EVA-MARIA BAST

Miss Würzburg

Roman

EVA-MARIA BAST

Miss Würzburg

Roman

Immer informiert

Spannung pur – mit unserem Newsletter informieren wir Sie regelmäßig über Wissenswertes aus unserer Bücherwelt.

Gefällt mir!

Facebook: @Gmeiner.Verlag
Instagram: @gmeinerverlag
Twitter: @GmeinerVerlag

MIX
Papier aus verantwortungsvollen Quellen
FSC® C083411

Besuchen Sie uns im Internet:
www.gmeiner-verlag.de

Im Ehnried 5, 88605 Meßkirch
Telefon 07575/2095-0
info@gmeiner-verlag.de

1. Auflage 2022

Lektorat: Claudia Senghaas, Kirchardt
Herstellung: Mirjam Hecht
Umschlaggestaltung: U.O.R.G. Lutz Eberle, Stuttgart
unter Verwendung eines Fotos von: © Archiv Eva-Maria Bast
Druck: CPI books GmbH, Leck
Printed in Germany
ISBN 978-3-8392-0173-2

Einige Figuren des Romans und auch Teile der Handlung sind frei erfunden. Hier sind Ähnlichkeiten rein zufällig und nicht beabsichtigt.

Prolog

Würzburg, 16. März 1945

Hoffnung! Ich legte den Kopf in den Nacken und sah in den Himmel hinauf. Er war von einem beinahe unverschämten Blau. Hungrig streckten sich die Zweige der Magnolie, unter der ich stand, der Sonne entgegen, als wollten sie jeden noch so kleinen Strahl auffangen und ihn in den Stamm, die Wurzeln des Baumes leiten, um ihn zu stärken, ihm Kraft und Vitalität zu verleihen. Am Ende der Zweige konnte ich schon die zartrosa Knospen erkennen, Knospen, die im Sonnenlicht immer dicker werden würden. Bald würden sie sich öffnen und uns ihre wunderbare entfaltete Schönheit offenbaren. Sie würden uns trösten, diese Blüten, so, wie sie uns schon all die vergangenen Jahre getröstet hatten, wenn wir hungerten, trauerten oder einfach nur verzweifelt waren.

Wieder blinzelte ich hinauf.

Eine der Knospen über meinem Kopf war praller als die anderen. Sie war im Begriff, sich zu öffnen. Lange würde sie nicht mehr brauchen, und lange, da war ich sicher, würde auch der Krieg nicht mehr dauern. Es war der 16. März 1945, und ich war schon lang nicht mehr so voller Hoffnung und Zuversicht gewesen wie heute, als ich im Kaisergärtchen zwischen all den wundervollen Magnolienbäumen stand, vor mir das Buchner'sche Palais. Zwar schrieb die *Mainfränkische Zeitung* – und auch die ausländischen Sender berichteten davon –, dass unsere Stadt zerstört werden würde, und die Angst davor hatte mich in den letzten Tagen immer wieder bang gen Himmel blicken lassen, aber bisher hatte es nur wenige mittelschwere Angriffe gegeben, und Schlimmeres, dessen war ich mir mit einem Mal sehr sicher, würde nicht passieren. Warum sollte man Würzburg auch zerstören? Wir hatten viele Krankenhäuser, keine bedeutende Rüstungsindustrie, hier gab es wertvolle Kulturgüter, uns würde nichts geschehen. Und hatte es nicht seit einigen Tagen keinen Alarm mehr gegeben?

Der Himmel war auf unserer Seite, der Himmel, der uns heute diesen wunderbaren Frühlingstag schenkte. Der Himmel wollte mir Mut machen.

Die Sonne streichelte mein Gesicht, zärtlich.

Ich atmete tief ein.

Breitete die Arme aus und ließ es zu, dass mich dieses wunderbare Gefühl der Zuversicht und der Freiheit durchflutete bis in die Fingerspitzen.

Ich war 20 Jahre alt, der Krieg fast vorbei, und die Magnolie würde bald ihre Knospen öffnen. Was wollte ich mehr.

Mit einem Lächeln auf den Lippen trat ich den Heimweg an. Am Marktplatz blickte ich zur Marienkapelle hinauf. Von dort oben strahlte die goldene Madonna über die Stadt. Sie hatte uns beschützt, all die schwierigen Jahre über. Gemeinsam mit den vielen Madonnen, die überall an den Häusern angebracht waren, um Unheil von ihren Bewohnern abzuwenden. Nicht umsonst war Würzburg als »Stadt der 1.000 Madonnen« bekannt.

In den Ringparkanlagen traf ich auf lauter Menschen, die ebenso leicht und unbeschwert wirkten wie ich. Der kalte Winter, der wie eine eisige Hand über der Stadt gelegen und niemanden aus seinen Klauen gelassen hatte, hatte der Macht des Frühlings weichen müssen! Der Frühling war stärker als der Winter. So wie die Hoffnung stärker war als die Angst.

Der Weg hinauf ins Frauenland war lang, aber ich genoss ihn aus vollen Zügen. Die Mauern der Residenz leuchteten in der Sonne und kündeten vom Stolz unserer Stadt – vor allem aber gaben sie mir ein Gefühl von Heimat und verstärkten meine Zuversicht. Wie oft hatte ich schon vor diesem prachtvollen, von Balthasar Neumann errichteten Gebäude gestanden, voller Dankbarkeit und Demut. Die Residenz, die Festung und das Käppele – die kleine Wallfahrtskirche hoch oben auf dem Nikolausberg – waren drei Konstante in meinem Leben, die mir Halt gaben. Bauwerke, an denen sich mein Blick oft festsaugte, verliebt in diese Stadt und stolz, zu ihr zu gehören.

Zu Hause angekommen, fand ich Mutti genauso zuversichtlich vor, wie ich mich fühlte. »Lass uns heute essen gehen!«, rief sie mir schon in der Tür entgegen.

»Essen gehen?« Sprachlos sah ich sie an. Ich konnte mich nicht daran erinnern, wann wir das letzte Mal essen gegangen waren. Und wann war Mutti jemals so fröhlich gewesen? Ich kannte sie nur noch als etwas schwächliche, ständig von den Sorgen gedrückte Frau. Doch heute war sie anders. Ganz anders.

»Es ist so ein schöner Tag, da können wir ruhig mal ein paar Abschnitte unserer Lebensmittelkarten opfern«, fand Mutti. »Ich schlage vor, wir gehen in die kleine Postsportgaststätte auf der Höhe Richtung Flugplatz und genießen das Leben.« Sie schenkte mir ein Lächeln, das ihre Augen zum Strahlen brachte. Lauter kleine Hoffnungsdiamanten, die in der Sonne funkelten. Fasziniert erwiderte ich ihren Blick. Derartiges hatte ich noch nie in ihren Augen gesehen.

Tatendurstig und voller Vorfreude auf einen schönen Abend machten wir uns auf den Weg. Die Vögel jubilierten, die warme Sonne schien auf unsere Haut. Die Bedienung in der Sportgaststätte begrüßte uns mit einem strahlenden Lächeln. Ihr schien es heute ebenso zu gehen wie uns. Wir gaben die Bestellung auf und nickten uns erwartungsvoll zu. Das Leben war schön. Und das mitten im Krieg.

»Du wirst sehen, Luise«, sagte Mutti, als die Bedienung uns die Getränke gebracht hatte, »wir haben das Schlimmste hinter uns. Alles wird gut werd...«

Sie hatte ihren Satz noch nicht beendet, als ein Geräusch alle Leichtigkeit zerschnitt und alle Hoffnung, die uns heute im Laufe des Tages beflügelt hatte, als tödliche Illusion entlarvte. Voralarm.

Ich sah Mutti an und fand in ihren Augen keine funkelnden Hoffnungskristalle mehr, sondern nur noch die nackte, kalte Angst, die meine eigenen Empfindungen widerspiegelte.

»Lass uns gehen«, sagte sie nur.

Enttäuscht blickte ich auf das Abendessen, das die sehr junge und inzwischen ebenfalls ausgesprochen ängstlich wirkende Bedienung gerade im Begriff gewesen war zu servieren.

»Sie haben nicht mehr viel Zeit«, hauchte sie, und auf die vorhin so rosigen Wangen hatte sich Totenblässe gelegt.

Ich schluckte. Ich kannte das Gefühl schon, das sich nun wieder seinen Weg durch meine Eingeweide bahnte und von dem ich doch gehofft hatte, es nie wieder fühlen zu müssen.

Es war das Gefühl entsetzlicher Angst.

Am liebsten wäre ich sofort in den Keller gerannt und hätte mich schutzsuchend im letzten Winkel verkrochen. Doch in fünfeinhalb Jahren Krieg hatte ich auch gelernt, was Hunger war und wie schrecklich er sein konnte. Unsere Lebensmittelkarten hatten wir für dieses Essen schon hergegeben. Wir konnten jetzt nicht einfach gehen.

»Mutti«, bat ich, »lass uns noch ganz schnell essen. Wir können es uns nicht leisten, Lebensmittelkarten umsonst zu opfern.«

Doch Mutti schüttelte den Kopf. »Wir müssen hier weg«, beschied sie mich, »sofort.«

Ich warf noch einen bedauernden Blick auf mein Abendessen und folgte Mutti dann nach draußen. Als wir die kleine Anhöhe an der Rottendorfer Straße hinunterhasteten, breitete sich vor mir der Himmel aus, in den ich heute Morgen noch so voller Hoffnung und Zuversicht geblickt hatte. Und da entdeckte ich etwas, das ich nie zuvor im Leben gesehen hatte! Rote Leuchtkugeln hingen wie kleine Lampions über dem Stadtgebiet!

Es sah wunderschön und seltsam surreal aus. Und in all seiner Schönheit bedeutete es allerhöchste, tödliche Gefahr.

Mutti und ich wechselten einen entsetzten Blick. »Christbäume! Das ist die Markierung zum Angriff auf Würzburg«, flüsterte ich.

Sie nickte nur, brachte kein Wort heraus.

Im nächsten Moment erfüllte ein ohrenbetäubender Lärm die Luft, die Sirene heulte auf Vollalarm.

»Geh du schon mal in den Keller«, rief ich Mutti zu. »Ich renne rasch nach Hause, um unsere zwei Koffer zu holen.«

»Nein«, erwiderte sie, mich panisch umklammernd. »Komm gleich mit. Die Koffer sind doch jetzt egal.«

»Sind sie nicht«, widersprach ich. »Ich habe noch Zeit, ich beeile mich.«

Mutti zögerte.

»Je länger wir diskutieren, desto gefährlicher wird es«, insistierte ich.

Panisch sah sie mich an, nickte schließlich, und ich eilte mit glühenden Sohlen davon.

Kurz darauf war ich auch schon zurück im Felsenkeller des *Letzen Hieb*.

Kaum hatte ich den Keller betreten, hing Mutti schon an meinem Hals, fassungslos vor Angst, zitternd.

»Sie haben gesagt, mit Angriff auf unsere Stadt ist zu rechnen«, teilte sie mir mit.

Das wunderte mich nicht. Umsonst würden sie den Himmel über unserer Stadt wohl nicht mit Christbäumen schmücken.

Der Keller war voller Menschen, vielleicht 200 an der Zahl. Die Angst lag wie eine dunkle, feuchte, kalte Wolke über uns. Die leichte Hoffnung des Vorfrühlingstages war so schnell verschwunden, wie sie gekommen war. Über uns summten und dröhnten deutlich hörbar die Bomberverbände, dann ging es Schlag auf Schlag, dumpfe schwere Einschläge – wumm, wumm, wumm, wumm, wumm.

Der Keller erzitterte unter den Detonationen, die Erde bebte, die Fenster zerbarsten. Mutti saß mit großen Augen wie versteinert da, sie wirkte vollkommen abwesend, als hätte sie sich kraft ihrer Gedanken in eine friedlichere, freiere und schönere Welt davongeschlichen.

Ich schloss die Augen, ebenfalls in dem Versuch, der grausamen Realität zu entfliehen. Blauer Himmel. Ein Magnolienzweig. Eine Blüte, die sich öffnet. Doch dann: eine schwarze Kugel, die aus dem Himmel fiel und die Blüte traf. Sie zerstob in tausend kleine Teilchen.

Erschrocken riss ich die Augen wieder auf.

Auch in meinen Gedanken war kein Trost zu finden.

Wie paralysiert sah ich mich im Keller um.

Die Menschen zitterten oder beteten, andere schrien laut. Kinder umklammerten ihre Mütter, und Mütter umschlangen ihre Kinder. Die Todesangst spie uns ihren giftigen Atem entgegen.

Mein Blick flackerte zu den drei Luftschutzwarten, die an der fest verschlossenen Kellertür standen und versuchten, die Menschen in Schach zu halten und zu beruhigen. Doch ihre Versuche zerbarsten ungehört an der allzu großen Angst. Die Frau, die mir gegenübersaß, hatte einen Pullover mit Rautenmuster an. Ich starrte darauf, bis es vor meinen Augen verschwamm.

Wumm. Wumm. Wumm. Jeder der Einschläge traf mich bis ins Mark. Es roch nach Teer und ich spürte eine eigenartige Hitze auf meinen Lippen. Muttis Hand zitterte in meine Richtung. Ich drückte sie, tröstend, wie ich hoffte. Ganz still saßen wir und sprachen kein Wort. Die Minuten dehnten sich, wurden zur Ewigkeit. Wie lang ist die Ewigkeit? Wie viele Momente hat eine Sekunde?

Und dann war es plötzlich still. Gespenstisch still. Es war eine Stille, geschwängert von dem Lärm und dem Leid, das in den letzten Minuten über unsere Stadt hereingebrochen war. All das klang noch in mir nach und auch die Angst vor dem, was uns nun erwarten würde, schwang in dieser Stille mit. Wir hatten überlebt. Aber nun würden wir hinaufsteigen müssen, aus dem schützenden Keller in eine zerbombte Stadt. Vielleicht waren wir obdachlos geworden. Und vielleicht, das war wohl die Sorge, die uns alle in unserer Schicksalsgemeinschaft am meisten umtrieb, vielleicht hatten wir unsere Liebsten dort draußen im Bombenhagel verloren.

In die Stille hinein brach das Geheul der Sirenen – aber diesmal war es ein Geräusch der Erleichterung – der Klang der Entwarnung.

Die Luftschutzwarte öffneten sehr vorsichtig die schwere Stahltür, um sie gleich darauf wieder zuzuschlagen. Mit ernsten Mienen wandten sie sich zu uns um.

»Die Stadt glüht«, sagte der ältere der beiden. »Alles steht in Flammen, und es weht ein heftiger Wind. Ein Flammenwind.«

Mutti und ich sahen einander entsetzt an.

Die Angst saß wie eine Klammer um meinen Hals und drohte, mich zu ersticken. Den anderen Menschen in unserem Keller schien es ähnlich zu gehen. Keiner wagte sich zu rühren, keiner wagte, die schützende Hülle zu durchbrechen, die uns umgab. Noch.

Doch wir hatten keine Wahl. Wir konnten nicht ewig hier sitzen. Langsam und schwerfällig kam Bewegung in unsere schicksalhafte Gemeinschaft. Zwei Feldunterärzte vom *Missionsärztlichen Institut* erhoben sich und verließen als Vorhut den Keller. Einige Mutige folgten ihnen, die meisten aber waren immer noch wie erstarrt vor Angst und blieben auf ihren Stühlen sitzen, ein kleiner Moment noch des Verweilens, bevor in vielen Fällen aus namenloser Angst schreckliche Gewissheit werden würde.

Ich weiß nicht, wie lange wir so saßen, und seltsamerweise hörte ich das überlaute Ticken einer Wanduhr, obwohl es in diesem Bunker gar keine gab. All das musste sich in meinem Kopf abspielen! Wie viele Momente hatte eine Sekunde? Da war sie wieder, die merkwürdige Frage, die sich während des Angriffs in meinen Kopf gebohrt hatte.

Schließlich sagte Mutti, wie erwachend: »Geh du und schau, ob unser Haus noch steht, wenn du nicht zurückkommst, weiß ich, dass es noch steht, und komme nach!«

Ich nickte, dankbar, dass sie mir diese Anweisung gegeben hatte, einen Impuls, mich aus meiner Starre zu lösen. Ich hätte keine Kraft gefunden, aus mir selbst heraus einen Entschluss zu fassen und zu handeln.

Wie in Trance, Schritt für Schritt, stieg ich die steile Steintreppe empor, auf alles gefasst!

Der Luftschutzwart deutete auf ein Fass mit Wasser, das am Ausgang stand, und auf den Stapel Handtücher daneben.

»Durchtränken Sie das Tuch und halten Sie es sich vor das Gesicht.«

Ich nickte, tunkte das Tuch in die Flüssigkeit und schlang es um meinen Kopf, so, dass es auch meine Haare bedeckte.

Draußen empfing mich die Hölle! Ein glühender, orkanartiger Sturm wütete, der Himmel war blutrot gefärbt. Ich kroch mehr, als dass ich in die Richtung rannte, in der ich mein Zuhause vermutete. Feuerfunken stoben mir entgegen und drohten mich zu versengen. Dachziegel und glimmende, dicke Balken flogen durch die Luft. Es war so unfassbar heiß, dass ich immer wieder stehenbleiben musste, um nach Atem zu ringen. Ich starrte in die brennende Nacht, taumelte in unsere Straße, in der vier Häuser in Flammen standen.

Ich wagte kaum, um die Ecke zu biegen. Gleich würde ich wissen, ob unser Haus ebenfalls zerstört war oder ob es noch stand. Und dann sank ich auf die Knie, fassungslos vor Glück und vor Demut. Unser Haus war nicht getroffen worden!

Am liebsten wäre ich hier sitzen geblieben, auf dieser Straße, vor unserem Haus, in dieser brennenden Stadt. Ein kleiner Lichtblick in unendlichem Leid. Doch da trat Herr Adam aus der Eingangstür, unser Vermieter, der für mich immer wie ein Vater gewesen war. Wir waren füreinander dagewesen, im Krieg, der diesen gütigen alten Mann schlimm gebeutelt hatte, wie ihm das schon so oft in seinem Leben widerfahren war. Nachdem seine Frau nach dem Großen Krieg an der Spanischen Grippe gestorben war, hatte er nun seine beiden Söhne an der Front verloren. Ich war für ihn fast wie eine Tochter, und als er mich dort knien sah, stolperte er durch den Rauch auf mich zu, sank vor mir nieder und schlang die Arme um mich. So kauerten wir da. Zwei Vereinte in einer brennenden Stadt.

»Luise«, murmelte er, »mein Mädchen! Ich bin so froh, dass dir nichts passiert ist. Was ist mit deiner Mutti?«

»Sie ist im Luftschutzkeller *Zum Letzten Hieb*«, erklärte ich. »Wir haben verabredet, dass ich vorausgehe, um nachzusehen, ob alles in Ordnung ist.«

Er nickte.

»Wo haben Sie den Angriff verbracht?«

»Hier«, sagte er ruhig.

»Hier?«, fragte ich verblüfft. »Aber wir haben doch gar keinen sicheren Keller.«

»Ich war auch nicht im Keller«, erklärte Herr Adam. »Oben war ich und habe während des Angriffs fünf Stabbrandbomben aus dem Dachfenster geschmissen und mit Sand abgedeckt.«

»Sie haben Ihr Leben riskiert!«, rief ich entsetzt.

»Ach, Kind«, sagte er und strich mir in unendlicher Müdigkeit über die Wange. »Was ist mir denn noch geblieben außer dem Haus? Hätten sie es getroffen, hätte dein alter Herr Adam auch nicht mehr weiterleben mögen.«

Eine schreckliche Ahnung beschlich mich. War Herr Adam absichtlich nicht in den Luftschutzkeller gegangen, weil er sterben wollte?

»Aber Sie haben doch mich«, sagte ich ganz leise und kam mir ungemein hilflos vor.

»Ja, Luischen.« Er legte seine Stirn an meine. »Da hast du wohl recht. Ich habe ja dich.«

Dann sah ich an dem Haus empor. Die Fensterscheiben waren zersprungen, die Vorhänge wehten in Fetzen aus den Fenstern, der orkanartige Sturm umgab mich immer noch.

»Geh nur hinein«, sagte Herr Adam.

Ich nickte und rappelte mich hoch, ging in unser Haus, in unsere Wohnung im ersten Stock, meine Füße tasteten über Böden voller Scherben, alles war finster, nur draußen glühte die Welt, und ich war allein, so allein.

So schnell ich konnte, zerrte ich alle Fensterläden zu, um die Hölle, die draußen wütete, auszusperren. Im Schein einer Kerze begann ich, die Glasscherben vom Boden aufzusammeln. Ich schnitt mir in den Finger, das Blut tropfte auf den Boden. Ich starrte auf die Flecke, die es hinterließ und die ich im Schein der Kerze nur schemenhaft erkennen konnte, unfähig zu handeln, so, als sei das nicht mein Blut, das da tropfte, nicht mein Fußboden und nicht meine Welt. Das konnte nicht meine Welt sein, die so grausam war!

Ein gewaltiges Krachen von draußen riss mich aus meiner Trance. Wahrscheinlich war einer der umherfliegenden Balken irgendwo gelandet. Reiß dich zusammen, schalt ich mich. Gleich kommt Mutti.

Ich kehrte stundenlang, dann legte ich mich, immer noch angezogen, erschöpft auf unser Wohnzimmersofa und wartete. Warum kam Mutti denn nicht? Wo blieb sie nur? Meine Augen wollten sich nicht schließen vor lauter Sorgen, und ich überlegte, ob ich noch einmal losgehen sollte, um sie zu suchen. Aber was, wenn wir uns dann verpassten in dieser brennenden, untergehenden Stadt? Ich musste an eine alte Abmachung denken, die wir einmal getroffen hatten, als ich noch ein kleines Mädchen gewesen war: Man hält sich immer an das, was besprochen war. Besonders in schwierigen Situationen.

Seufzend starrte ich an die Decke. Durch die Ritzen der Fensterläden flackerte der Schein des Feuers herein und bildete an der Zimmerdecke ein eigenartiges Schauspiel.

Und dann endlich, endlich, gegen 6 Uhr morgens, hörte ich einen Schlüssel in der Tür und Muttis zaghafte Stimme, die leise durch die dunkle Einsamkeit klang. »Luise?«

»Mutti!« Ich sprang auf, flog ihr entgegen, wir hielten uns umschlungen, sanken auf die Knie, unsere Tränen tropften auf den Boden wie zuvor mein Blut.

»Mutti, wo warst du denn die ganze Zeit über? Ich habe mir solche Sorgen gemacht!«, rief ich.

»Ich konnte mich nicht bewegen«, setzte sie zu einer Erklärung an. »Es war völlig unmöglich. Ich saß wie erstarrt.«

»Ach, Mutti«, sagte ich zärtlich. »Aber jetzt bist du ja zum Glück da.«

Zögernd dämmerte der Morgen herauf. Die Stadt war noch immer voller Rauch. Zaghaft öffneten wir die Fensterläden, voller Angst vor dem, was wir draußen sehen würden – aber auch voller Sorge vor jenem, was das hereinscheinende Licht im Inneren unserer Wohnung an Zerstörung zutage bringen würde. Und dann sahen wir es: Die geflochtenen Lehnen unserer Stühle waren von Splittern durchlöchert, Geschirr, Vasen und Lampen waren teilweise zerbrochen, denn ganz in unserer Nähe war eine Sprengbombe niedergegangen und hatte auch das Wohnhaus meiner besten Freundin Edith schwer beschädigt. Edith! Wie ein glühender Blitz schoss mir der Gedanke an sie durch den Kopf. Wenn nur mit meiner Edith alles gut wäre! Und Vati! Seit er Mutti und mich vor drei Jahren wegen einer anderen Frau verlassen hatte, lebte er mit seiner kleinen Familie in der Innenstadt. Um Himmels willen, ihm wird doch nichts geschehen sein!

Zaghaft sah ich erneut aus dem Fenster. Lieber Gott, wie sah es wohl drunten in der Stadt aus?

»Ich habe Durst«, sagte Mutti.

»Wir haben kein Wasser«, murmelte ich. »Und auch keinen Strom. Aber ich kann Wasser holen.«

Ich nahm Kanne und Eimer und ging zu unserem Löschteich, der etwa 150 Meter entfernt lag. Ich fühlte mich seltsam fremd auf diesen Wegen, die doch eigentlich so vertraut waren.

Die Straßen waren verlassen, doch am Löschwasserteich traf ich auf mehrere Menschen. Sie schienen alle die gleichen

Schwierigkeiten zu haben wie ich, hatten Eimer und Krüge mitgebracht, um Wasser zu holen.

Ich tauchte meine Kanne in das Wasser und beobachtete, wie ihr Rand die grüne Oberfläche aus Algen durchschnitt. Es sah widerlich aus und war ja auch nicht zum Trinken, sondern zum Löschen gedacht – aber was sollten wir tun, wo wir doch kein Trinkwasser mehr hatten?

Während ich schöpfte, lauschte ich mit wachsendem Entsetzen, was sie berichteten, die Menschen am Teich. Von der »Feuerhölle« sprachen sie. Dass alles kaputt sei, drunten in der Stadt. Dass Würzburgs Bürger verschüttet oder bei lebendigem Leibe verbrannt seien. Dass Kinder über Trümmer irrten und nach ihren Müttern riefen. Und dass Mütter, taub vor Schmerz, vor ihren zerstörten Häusern saßen und ihre toten Kinder in den Armen hielten.

Der Schmerz, der mich angesichts all dieser Schicksale durchfuhr, war so heftig wie der Feuersturm, der meine Stadt zu verschlingen drohte oder schon verschlungen hatte. Er brachte mich zum Taumeln. Rasend vor Angst um Vati stolperte ich zurück zu Mutti, um ihr das Wasser zu bringen. Es war gut, dass ich diese konkrete Aufgabe hatte, auf die ich mich konzentrieren konnte. Ich musste einen Fuß vor den anderen setzen. Ich musste achtgeben, dass ich die kostbare Flüssigkeit nicht verschüttete. Ich musste das Wasser nach Hause bringen.

Immer noch war der Himmel feuerrot, und die Kirchtürme, die ich sonst sehen konnte, waren, soweit sie noch standen, von einer gewaltigen grauen Rauchschicht bedeckt, die sich über sie gelegt hatte wie ein Helm.

»Ich muss hinunter in die Stadt und nachsehen, was mit Vati ist«, haspelte ich, kaum, dass ich Mutti das Wasser gegeben hatte. »Und nach Edith will ich auch suchen.«

»Luise, nicht«, brachte sie heraus. »Das ist zu gefährlich.«

»Ich passe schon auf mich auf«, versprach ich. »Aber ich brauche Gewissheit – und du doch auch!«

Entschlossen packte ich meine Gasmaske und kämpfte mich die Rottendorfer Straße hinunter. Links und rechts sah ich brennende Häuser, weinende, flüchtende oder apathische Menschen, die nach letzten Habseligkeiten suchten. Je weiter ich hinunterkam, desto schlimmer wurden die Zerstörungen. Ich setzte die Maske auf – es war keine Luft zum Atmen da, Trümmer, verstreuter Hausrat und Wind, Wind, der die Feuer immer wieder entfachte.

Endlich kam ich in die Nähe von Vatis Haus – und schwankte vor Entsetzen: Da war nur noch ein riesiger Trümmerhaufen. Es qualmte, es rauchte, niemand war da, den ich hätte fragen können, es war so unheimlich still. War ich am Abend zuvor vor unserem Haus vor Erleichterung auf den Boden gesunken, so ging ich nun vor lauter Verzweiflung auf die Knie. »Vati!«, rief ich. Und noch einmal: »Vati!«

Keine Antwort. Nur endlose, beklemmende, bleierne Stille.

Die Tränen liefen mir über die Wangen, auf die sich der Staub der Zerstörung gelegt hatte.

Da spürte ich eine Hand auf meiner Schulter. Ich fuhr herum.

Und da stand er vor mir. Blass und abgerissen, aber lebendig. Vati! Mein Vati!

Ich versuchte, mich aufzurappeln, aber ich war so durcheinander, dass ich sofort wieder hinfiel.

Und wie gestern Abend Herr Adam, ging nun Vati vor mir auf die Knie, umschlang mich, streichelte mein Haar, meine feuchten Wangen. Waren es meine Tränen oder die seinen?

Vati!

Und dann erzählte er mir seine Geschichte, während wir hier saßen, inmitten der Trümmer, einander an den Händen haltend, weinend, fassungslos vor Glück.

Vor zwei Tagen war Vatis Sohn Reinhold in der Frauenklinik im Luitpoldkrankenhaus zur Welt gekommen. Als er gestern Abend die Christbäume am Himmel sah, packte er seinen Mantel und lief los in Richtung Frauenklinik. Unterwegs überraschte ihn bereits der Angriff. Er erlebte diese Hölle im Freien und suchte immer wieder hinter einer Mauer oder einem Gebäude Schutz. Er brauchte sehr lange für den sonst 30-minütigen Weg. Als er endlich völlig erschöpft am Krankenhaus angelangt war, sah er, dass ein Teil in Flammen stand und die Mütter, ihre Neugeborenen im Arm, mit ihren Betten auf der Wiese standen oder noch herausgetragen wurden. Vati packte sofort mit an, half, andere Kranke herauszubringen, und fand schließlich seine Frau Herta und meinen kleinen Halbbruder Reinhold.

»Lass uns zu deiner Mutti gehen und ihr berichten, dass ich überlebt habe«, sagte er.

»Geh du schon mal vor«, bat ich ihn. »Ich muss noch etwas erledigen.«

Fragend sah er mich an, doch ich schüttelte nur den Kopf, und er nickte, akzeptierend, dass ich über mein Vorhaben nicht sprechen wollte.

Nachdem er mich noch einmal fest an sich gedrückt hatte, ging ich in Richtung Innenstadt. Je mehr ich mich dem Zentrum näherte, desto schlimmer wurde es. Ich stieg über eingestürzte Häuserwände, Trümmer, Dreck, Steine und verbrannte Holzbalken. Nur hin und wieder begegnete mir ein Mensch, das Gesicht grau vor Leid. Im Ringpark ragten verbrannte Bäume wie schwarze Zähne in den Himmel, der immer noch ganz trüb war. Und dann sah ich die Residenz, deren Anblick mir am Abend zuvor, auf dem Heimweg, noch so viel Trost, Zuversicht und Hoffnung gespendet hatte. Entsetzt keuchte ich auf. Das einst so prachtvolle Gebäude war schwer zerstört. Die Seitenflügel waren ausgebrannt, gespenstisch leer starrten mich die Fensterhöhlen an. Eine leblose Schönheit, der schreckliche Gewalt widerfahren war!

In der Mitte der Hofstraße, am *Holler Haus,* steigerte sich mein Grauen noch. Was ich da sehen musste, ließ meinen Atem stocken und prägte sich für immer in mein Gedächtnis ein – unauslöschlich! Auf dem breiten Gehsteig lagen gestapelt die Leichen von Frauen, Kindern und Männern in bizarrer abwehrender oder klammernder Haltung.

Erstickt, verbrannt, vielleicht 50 oder 60 an der Zahl. Ein entsetzlicher Anblick! Man hatte sie aus dem Luftschutzkeller herausgeholt, und sie sollten wahrscheinlich schnell von russischen Kriegsgefangenen zum Friedhof gekarrt werden.

Ich konnte den Blick nicht schnell genug abwenden, für einen Moment starrte ich in diese Gesichter. Ein einziges war unter ihnen, das nicht verletzt oder deformiert war. Es war ein kleines Mädchen mit langen schwarzen Haaren in einem weißen Kleidchen. Sie war vollkommen unversehrt, nur ein dünnes blutendes Rinnsal war aus ihrer Nase gelaufen und dann getrocknet. Warum, weiß ich nicht, aber der Anblick dieses kleinen, perfekten und unversehrten Gesichtchens entsetzte mich mehr als die zerstörten und verstümmelten Leichen, die es umgaben. Der Tod war ein grausamer Richter und der Krieg sein unbarmherziger Scherge!

Ich rang nach Luft, was einen heftigen Hustenreiz zur Folge hatte. Immer noch war die Luft heiß und voller Staub.

Ich zwang mich, ruhig zu atmen und weiterzugehen.

Das namenlose Grauen, das von mir Besitz ergriffen hatte, hatte nun ein Gesicht. Es war das Gesicht dieses Mädchens, das da lag wie eine kleine Feder, die vom Himmel gefallen war, um die Erde zu küssen. Und dann zu versengen, am Grauen der Welt und dieses Tages.

Ich keuchte auf, machte kehrt und lief, so schnell ich konnte, nach Hause.

18. März 1945

Das Bild des kleinen Mädchens hatte sich in meinem Kopf festgesetzt. Wann immer ich die Augen schloss, sah ich es vor mir. Nachts träumte ich von ihm. Wir saßen unter meiner Magnolie und sangen zusammen ein Lied.

Die Magnolie. Die Blüte. Ich musste dorthin!

Früh stand ich auf, hinterließ einen Zettel für Mutti und eilte den Berg hinab. Wieder einmal. Je näher ich der Innenstadt kam, desto schwerer fiel es mir, mich zu orientieren. Gebäude, an denen ich früher abgebogen war, standen nicht mehr, Gassen, durch die ich gehen wollte, waren voller Schutt.

Doch dann, endlich, war ich an meinem Ziel angekommen: im Kaisergärtchen unter der Magnolie, unter der ich vorgestern noch gestanden und meinen so hoffnungsvollen Blick gen Himmel gerichtet hatte. Was war ich dumm gewesen zu glauben, alles sei vorbei!

Zuerst sah ich, dass das Buchner'sche Palais, das das Kaisergärtchen nach Süden hin begrenzte, zwar ausgebrannt war, aber nicht vollständig in Trümmern lag. Und dann entdeckte ich meine Magnolie. Sie stand noch. Wie durch ein Wunder hatte sie diese Hölle überlebt.

Ich stellte mich unter sie, genau an jene Stelle, an der ich vor zwei Tagen gestanden hatte, umklammerte mit meinen Händen den Stamm des Baumes und legte wieder den Kopf in den Nacken.

Die dicke Knospe war nicht mehr da, der Ast, an dem sie sich befunden hatte, war abgebrochen. Doch viele Zweige streckten ihre Knospen unverzagt in den Himmel, der nun nicht mehr blau war und voller Hoffnung, sondern grau und voller Leid.

Lange stand ich so da. Meine Tränen tropften zur Erde. Das kleine Mädchen mit dem weißen Kleid. Das Leid, die

Verzweiflung, die über dieser Stadt zusammenschlugen. Mutti. Ich musste zu ihr. Sie in ihrer Verzweiflung stützen und stärken und die meine mit ihr teilen.

Tränenblind stolperte ich zurück in Richtung Marktplatz.

Durch das Grau der Vernichtung sah ich mit einem Mal etwas Goldenes schimmern. Ich blinzelte, sah genauer hin und versuchte, etwas zu erkennen.

Das musste die goldene Madonna auf der Marienkapelle sein, die den Angriff offenbar überstanden hatte und über unserer Stadt leuchtete.

Verzage nicht, schien sie zu sagen. Es gibt noch Hoffnung.

Meinen Blick fest auf sie gerichtet, stolperte ich weiter durch die Straßen, und irgendwann stellte ich fest, dass ich wieder die Orientierung verloren hatte. Da sah ich plötzlich die Gestalt eines Menschen aus einem Trümmerhaufen aufragen. Ich zwinkerte, weil der Staub in meinen Augen juckte, trat näher, sah genauer hin und erkannte einen jungen, schlanken Mann, der mit einer Kinderschaufel in der Hand auf einem Trümmerhaufen kniete und grub.

Lieber Himmel, dachte ich, er wird doch nicht nach Verschütteten suchen? Doch dazu wirkte er nicht verzweifelt genug. Im Gegenteil. Die Ausstrahlung dieses Mannes war von einer Fröhlichkeit, die inmitten dieses Leids fast schon absurd wirkte.

Ohne es zu merken, war ich offenbar stehen geblieben und starrte ihn an. Er hob den Blick und sah mich an. Lächelte.

Ich erwiderte sein Lächeln nicht. Mir war nicht zum Lächeln zumute. Ich wollte weinen, immer nur weinen.

»Was tun Sie da?«, fragte ich schließlich.

»Ich suche eine Madonna«, sagte er, als würde das alles erklären, und ich nickte. Es war absurd, aber zugleich schien es mir ungemein logisch, dass dieser Mann hier und jetzt eine Madonna suchte.

Es hätte also gar keine weitere Erklärung gebraucht, dennoch gab er sie mir.

»Ich habe von dem Angriff auf unsere Stadt an der Front erfahren und hatte furchtbare Angst um meine Eltern. Als ich davon hörte, habe ich einen Schwur geleistet. Wenn meine Eltern noch leben würden, würde ich eine Madonnenstatue aus den Trümmern graben und restaurieren. Ich habe sofort Sonderurlaub bekommen und bin heute Morgen angereist. Und wie durch ein Wunder sind meine Eltern wohlauf.«

Ich nickte, fasziniert und ergriffen von der Geschichte. Darauf gab es nichts zu sagen.

»Schon im 30-jährigen Krieg haben die Menschen einen Schwur geleistet und in höchster Not Madonnen gestiftet«, fuhr er fort. »Ich folgte also nur einer uralten Tradition.«

Ich war wie gebannt. Auch mir hatte der Anblick der von Jakob von der Auwera geschaffenen Madonna Immaculata hoch oben auf der Marienkapelle ja eben noch so viel Trost und so viel Hoffnung gegeben.

»Wollen Sie mir helfen?«, fragte er. »Beim Graben, meine ich?«

»Woher wissen Sie denn, dass Sie an der richtigen Stelle suchen?«, erkundigte ich mich.

»Das hier ist mein Elternhaus«, erklärte er und deutete auf ein Mauerstück, auf dem in weißer Schrift stand: ›Albin! Deine Eltern sind in Sicherheit!‹ Darunter eine Adresse in der Sanderau, an der sie untergekommen waren.

»So habe ich sie gefunden, denn mein erster Weg vom Bahnhof aus hat mich natürlich hierhergeführt«, erklärte er.

»Wie gut, dass Sie die Nachricht gefunden haben«, sagte ich. »Sie müssten ja sonst außer sich gewesen sein vor Angst.«

Er nickte. »Aber ich will noch weitere Madonnen retten. Bevor ich in den Krieg ziehen musste, habe ich eine Auflistung aller Madonnen in Würzburg erstellt. Ich habe sie katalogisiert.

Hier an dieser Stelle«, er deutete in die Luft, wo einmal das Haus gestanden hatte, »befand sich eine Madonna mit Lampe.«

Ich nickte. Das Ansinnen dieses Mannes schien mir ungemein sinnvoll und zwingend logisch.

»Ich würde gerne helfen«, sagte ich. »Aber ich habe keine Schaufel.«

Er sah sich suchend um. »Nehmen Sie meine.« Er drückte mir die kleine Kinderschaufel in die Hand.

»Aber das geht doch nicht«, protestierte ich.

»Und ob das geht«, erklärte er, stand auf und kehrte mit einem Stück Metall undefinierbarer Herkunft zurück. »Ich nehme das hier.«

»In Ordnung.«

Einträchtig gruben wir im Trümmerhaufen, und diese unsere Tätigkeit hatte etwas ungemein Tröstliches.

Wir sprachen nicht viel, wie wir da so kauerten und gruben. Einzig unsere Namen hatten wir ausgetauscht. Albin hieß er. Albin Beyer. Wobei ich seinen Vornamen ja schon von dem Schriftzug an der Hauswand kannte.

»Ich habe ihren Kopf«, rief er, nachdem wir eine Weile stumm nebeneinander gearbeitet hatten.

»Wie wunderbar!« Ich lächelte. »Wie unglaublich und wie wunderbar.«

Wie gruben weiter und stellten fest, dass der Kopf vom Rumpf abgetrennt worden war.

»Das kann ich restaurieren«, versicherte er. »Wir müssen nur noch ihren Körper finden.«

Die Suche nach dem Rest der Madonna gestaltete sich als deutlich schwieriger – aber nach stundenlanger Arbeit hatten wir es geschafft.

Albin schuf auf dem Trümmerhaufen eine gerade Fläche, auf der er sie aufstellte. Vorsichtig setzten wir ihr den Kopf auf den Rumpf und stützten sie von beiden Seiten.

Dann griff Albin ganz vorsichtig an den sehr lädierten Leib der Madonna, zog, etwa dort, wo das Herz saß, ein winziges Steinstück heraus, legte es in meine Hand und schloss meine Finger darum. »Er wird Sie beschützen.«

Ich starrte auf meine Hand, dann auf ihn.

Hier standen wir nun mit unserer ausgegrabenen Gottesmutter, im Angesicht der goldenen Madonna auf der Kapelle. Ich hielt ihr Herz in der Hand.

Und auf einmal hatte ich wieder Hoffnung.

Teil 1
1947 – 1948

1. Kapitel

»Wissen Sie, dass Sie am gleichen Tag heiraten werden wie Prinzessin Elisabeth?«, fragte Stella Furler, während sie all die Kleider und Schuhe auf das große Doppelbett legte, die ich sorgsam zusammenlegen und in den Schrankkoffer packen sollte.

»Was ist denn das für eine Frage!«, rief ich lachend. »Wie könnte mir das entgangen sein! Jeder redet über nichts anderes mehr als über die Hochzeit der englischen Thronfolgerin.« Es war der 18. November 1947 und übermorgen würde ich zum Traualtar schreiten.

»Am gleichen Tag wie die Prinzessin zu heiraten – das bringt bestimmt Glück«, vermutete meine Arbeitgeberin. »Prinzessin Elisabeth heiratet in Westminster Abbey ihren Prinz Philip, Herzog von Edinburgh. Und Prinzessin Luise Grökel heiratet in der Deutschhauskirche ihren Prinzen Hannes Meindorf.«

Ich seufzte, während ich Stella dabei zusah, wie sie ein traumhaftes Kleid nach dem anderen auf ihr Bett legte. Der Gedanke, Mrs Furler und ihre Familie, bei denen ich seit zwei Jahren in Lohn und Brot stand, vielleicht nie mehr wiederzusehen, warf einen großen Schatten auf mein Glück der bevorstehenden Hochzeit. Ich würde sie schrecklich vermissen!

Da ich recht gut Englisch sprach, hatte ich nach Kriegsende zunächst in den *Leighton Barracks* als Telefonistin gearbeitet und mich dabei mit Captain Furler angefreundet, wenn man das so nennen kann, denn schließlich war und blieb er mein Chef und ich seine Angestellte. Wir hatten uns so gut verstanden, dass er mich irgendwann, es muss Anfang des Jahres 1946 gewesen sein, beiseite genommen hatte, um mich darüber zu informieren, dass seine Frau Stella mit den beiden Kindern aus Amerika nachkommen werde. Er hatte mich gefragt, ob ich nicht als Haus- und Kindermädchen bei ihnen arbeiten wolle, und ich hatte mit dem Anflug eines schlechten Gewissens freudig zugesagt. Mein schlechtes Gewissen rührte daher, dass es gegenüber zahlreichen Nachbarn, die ich mein Leben lang kannte, illoyal war, bei den Amerikanern zu arbeiten. Denn gleich nachdem die Amerikaner die Stadt im April 1945 eingenommen hatten, hatten die Bewohner zahlreicher Villen am Frauenland und im Judenbühlweg ausziehen müssen. Mutti hatte mir sogar voller Empörung berichtet, dass der Eigentümer eines Hauses am Oberen Dallenbergweg nun in einer Baracke hausen müsse, die auf einer Lehmgrube errichtet worden war, kein Fundament besaß und deshalb ungemein feucht war, weshalb kein Holz gelagert werden konnte. Wasser gab es auch nicht. »Das muss man sich mal vorstellen«, hatte Mutti erbost gesagt. »Die meisten Häuser sind seit dem Angriff ohnehin kaputt, aber die, die noch heil geblieben sind, nehmen uns die Amerikaner weg.«

Insofern war sie auch zunächst nicht sonderlich begeistert gewesen, dass ich nun für eine der amerikanischen Familien arbeiten sollte, die in eine der beschlagnahmten Villen eingezogen war – aber in diesen Zeiten gab es nun mal nicht die Möglichkeit, wählerisch zu sein. Prinzipien waren ja gut und schön, aber man musste sie sich auch leisten können!

Und so hatte ich meinen Dienst bei der Familie Furler angetreten und war jedes Mal, wenn ich ihre Villa betrat, von einer Welt in die andere gereist.

Wir Würzburger froren bitterlich, wir hungerten, wir hatten nicht genug zu essen, und die Socken, die ich anhatte, waren so oft gestopft, dass sie eigentlich nur noch aus Gestopftem bestanden. Im Haus der Familie Furler aber war es warm, die Kinder trugen selbst im Winter kurze weiße Söckchen, Stella war stets wie aus dem Ei gepellt. Und natürlich gab es auch genügend zu essen!

Ich arbeitete bereits drei Monate bei der Familie Furler und hatte sie alle sehr ins Herz geschlossen, als die Amerikaner im April 1946 weitere 15 Häuser in der Salvator-, Haydn-, Steidle- und Simon-Breu-Straße übernahmen und die Empörung erneut aufloderte. »Im Krieg haben sie uns doch immer wieder durch die *Voice of America* versichert, dass ihre Truppen keine Privathäuser beschlagnahmen würden, um dort die Familien der Besatzungstruppen unterzubringen«, hatte sich mein Verlobter Hannes furchtbar erbost. Aber auch er war natürlich froh um meine Anstellung bei den Furlers gewesen – zumal Stella mir immer heimlich die Zigaretten zusteckte, die sie und ihr Mann zugeteilt bekamen. »Wir rauchen ja ohnehin nicht«, pflegte sie stets entschuldigend zu argumentieren. »Und Sie können so viel damit anfangen.«

Wie recht sie hatte. Nicht etwa, weil ich rauchte, sondern weil amerikanische Zigaretten auf dem Schwarzmarkt reines Gold waren!

Ja, sie waren mir sehr ans Herz gewachsen, Stella Furler und ihre beiden Mädchen. Und auch Captain Furler mochte ich nach wie vor ausgesprochen gern, selbst wenn ich ihn so gut wie nie zu Gesicht bekam.

In der Zeit, die ich nun schon für die Furlers arbeitete, hatten wir ein enges Vertrauensverhältnis entwickelt, das sich aber immer unserer jeweiligen Stellungen bewusst war. Wir mochten einander sehr, aber ich war die Angestellte und sie meine Arbeitgeber. Stella hatte mich stets nicht nur mit Zigaretten, sondern auch mit abgelegten Kleidungsstücken versorgt und auch mit Schuhen, die mir allerdings eine Nummer zu klein waren. Aber was tat das schon in Zeiten, in denen niemand Geld für Schuhe hatte und die Mütter oft die Spitzen von Halbschuhen abschnitten, wenn diese ihren Sprösslingen zu klein geworden waren.

Doch vor einer Woche hatte mich Stella mit Tränen in den Augen zu sich gebeten und mir mitgeteilt, dass sie nach Amerika zurückkehren müssten. Heute war unser letzter Tag gekommen, morgen würde die Familie abreisen.

Ich atmete tief ein und wieder aus, fest entschlossen, nun nicht sentimental zu werden, sondern meine Gedanken stattdessen auf die bevorstehende Hochzeit zu lenken.

»Ich wäre lieber in der Stephanskirche von Pfarrer Wunderer getraut worden«, gestand ich. »Er hat mich damals auch konfirmiert. Aber leider ist die Kirche ja größtenteils zerstört worden. Die Deutschhauskirche ist nun mal die einzige, die nicht zerstört ist.«

Die nördliche Langhauswand des Domes war in der Nacht zum 20. Februar 1946 zusammengebrochen – und mit ihr das Dachgewölbe des Hauptschiffes und des nördlichen Seitenschiffs. Ich war den Tränen nahe gewesen, als wir davon erfuhren. Der Einsturz des Doms beinahe ein Jahr nach dem Bombenangriff hatte die ganze Stadt erschüttert, war es doch zunächst gelungen, ihn zu retten: Anstelle des verbrannten hölzernen Dachstuhls war in den Monaten zuvor über den Gewölben ein neues Dach errichtet worden – aus Stahl, der ursprünglich für die Rüstung gedacht gewesen war.

»Es ist egal, wo man heiratet«, sagte Stella ernst. Sie hatte inzwischen fertig sortiert, ließ sich auf ihrem großen Bett nieder und klopfte auffordernd neben sich. Vorsichtig setzte ich mich zwischen meine Arbeitgeberin und den Wäscheberg. »Wichtig ist nur, dass man sich absolut sicher ist.« Aufmerksam sah sie mich an. »Sie sind sich doch sicher, Luise, ja?«

Ich zögerte keinen Moment und sah sie beinah erstaunt an. »Ja«, sagte ich. »Ja, natürlich bin ich mir sicher.« Was war das überhaupt für eine Frage! Ich konnte mir gar nichts anderes vorstellen, als Hannes zu heiraten! Wir kannten uns schließlich schon seit unserer Tanzstunde – auch wenn er mich im Tanzunterricht keines Blickes gewürdigt, sondern immer mit dieser fürchterlichen Marlies Kübler getanzt hatte! Nach dem Krieg hatten wir uns dann wiedergetroffen, und drei Monate später hatte er mir einen Heiratsantrag gemacht. Natürlich hatte ich ja gesagt. Hannes gehörte zu meinem Leben, war ein Teil von mir und ich von ihm.

Doch Stella war noch nicht fertig. Mit einer Ernsthaftigkeit, die ich sonst gar nicht an ihr kannte, sagte sie: »Sie müssen sich darüber im Klaren sein, dass Sie Ihren Mann noch nicht kennen. Und das stellt immer eine Gefahr dar.«

Überrascht sah ich sie an. »Wie meinen Sie das?«

Die Amerikanerin lächelte leise. »Nun«, sagte sie, »ich bin der festen Überzeugung: In jedem von uns wohnt nicht nur ein Mensch, sondern viele. Und diese vielen Menschen, die im anderen wohnen, die kennt man noch nicht. Und auch in Ihnen wohnen viele Menschen, Luise. Ich durfte bisher die Angestellte Luise kennenlernen, die sehr liebevoll und zuverlässig ist und eine sehr gute Arbeit gemacht hat. Aber zum Beispiel die verliebte Luise, die kenne ich nicht. Weil ich Sie noch nie mit Ihrem Hannes erlebt habe.«

Ich nickte nachdenklich. »Ich verstehe, was Sie meinen. Und Sie haben recht. Ich kenne bisher den verliebten Hannes, den Schüler Hannes, den Sohn Hannes und vielleicht noch den Schauspieler Hannes, weil ich häufig bei seinen Proben dabei war.«

»Aber Sie kennen nicht den Soldaten Hannes«, sagte sie ernst. »Sie müssen davon ausgehen, dass er im Krieg Dinge erlebt hat, die er nicht verarbeiten konnte. Sie kennen auch nicht den Ehemann Hannes. Sie kennen nicht den Vater Hannes …«

»Das klingt alles ziemlich beängstigend.«

»Oh, Dear, ich wollte Ihnen keine Angst machen«, versicherte die Amerikanerin und nahm meine Hände. »Ich wollte Sie nur auf die Überraschungen vorbereiten, die das Eheleben bereithält.«

»Schon gut.« Ich lächelte und fragte dann: »Ob Prinzessin Elisabeth wohl ähnliche Gedanken hat?«

Mrs Furler lachte. »In diesem Fall hat Philip wohl die schwerere Rolle. Er muss sich ja dem Leben im Palast anpassen.«

»Oh, ich glaube, Philip Mountbatten ist durchaus anpassungsfähig«, sagte ich. »Schließlich wurde er doch von seiner Mutter Alice von Battenberg als Säugling in einer Orangenkiste nach Deutschland gebracht.«

»Ja, diese Geschichte habe ich auch schon gehört«, sagte Mrs Furler. »Und seine Mutter muss eine sehr interessante Person sein. Wenn ich es richtig weiß, ist sie taub und hat während des Krieges mildtätig in Athen gewirkt. Und sie hatte ein so schweres Leben! Man hat sie für verrückt erklärt und sie von ihren Kindern getrennt. Philip hat sie erst sehr viel später wiedergesehen.«

»Wie furchtbar«, sagte ich betroffen. »Wenn ich einmal Mutter bin, das schwöre ich, dann will ich keinen einzigen Tag von meinen Kindern getrennt sein.«

»Manchmal kann man sich das leider nicht aussuchen«, sagte Stella seufzend. »Denken Sie nur an die schlimmen letzten Jahre und wie viele Kinder immer noch auf der Suche nach ihren Eltern sind – und umgekehrt. Der Krieg hat so viele Familien auseinandergerissen.«

Ich nickte bedrückt, und wieder stieg das Bild eines kleinen schwarzhaarigen Mädchens im weißen Kleidchen in mir auf. Und wie so oft musste ich an seine Eltern denken und fragte mich, ob und wie diese wohl den Angriff und vor allem den Tod ihres kleinen Mädchens er- und überlebt hatten. Waren sie unter den Leichen gewesen, die man auf einem Berg zusammengelegt hatte? Fast wünschte ich es ihnen, denn wäre man nicht lieber tot, als den Tod des eigenen Kindes zu erleben?

»Aber nun kann es nur aufwärts gehen«, sprach Stella mir Mut zu, als erahne sie meine trüben Gedanken. »Der Krieg ist vorbei, ein für alle Mal. Was mich nur sehr traurig macht, ist, dass ich Ihnen nun gar nicht mehr helfen kann.«

Ich lächelte. »Ihre Zigarettenstangen haben mich wirklich über Wasser gehalten«, sagte ich. »Und natürlich das gute Essen bei Ihnen.«

»Ein paar Zigaretten habe ich noch für Sie«, erklärte Stella. »Dann können Sie sich für Ihre Hochzeit noch einmal schön eindecken. Außerdem dürfen Sie sich aus dem Schrank raussuchen, was Sie wollen – oder auch gerne alles mitnehmen und weiterverschenken. Alles, was ich behalten möchte, habe ich auf das Bett gelegt.«

»Oh, Mrs Furler, das ist ja wunderbar!«, rief ich, fassungslos ob all dieser unglaublichen Schätze.

»Sie bekommen auch noch meinen Kleiderschrank dazu«, erklärte Stella. »In Amerika haben wir keine Verwendung für so was.«

Verlegen starrte ich auf meine Schuhspitzen.

»Was ist?«, fragte meine Arbeitgeberin. »Gefällt Ihnen mein Kleiderschrank nicht? Sie müssen ihn nicht nehmen.«

»Das ist es nicht«, murmelte ich. »Ihr Kleiderschrank ist wunderschön.« Ich blickte zu dem dreitürigen Belle-Epoque-Möbel aus dunklem Mahagoniholz hinüber. »Aber ich weiß nicht, wo ich ihn hinstellen soll. Ich … ich lebe mit meiner Mutti in einem Zimmer mit 14 Quadratmetern, und für unsere Zeit nach der Hochzeit haben wir noch keine Bleibe.«

»Sehen Sie, meine Liebe«, strahlte Stella und klatschte zufrieden in die Hände, »und das ist nun mein zweites Abschiedsgeschenk.«

»Nicht der Kleiderschrank?«, fragte ich irritiert.

»Nicht der Kleiderschrank«, bestätigte Stella.

Und dann ließ sie mich nicht länger zappeln. »Sie kennen doch Captain Hilty?«

Ich nickte. Ich war dem selbstbewussten, aber sehr freundlichen amerikanischen Ingenieur schon mehrfach begegnet.

»Nun, Captain Hilty lebt mit seiner Familie – er hat drei Kinder zwischen zwei und 15 Jahren – in der beschlagnahmten Kupsch-Villa in der Rottendorfer Straße«, fuhr Stella fort. »Die Villa verfügt über drei Stockwerke. Captain Hilty hat meinen Mann bei einem Besuch herumgeführt und dabei gesehen, dass das oberste Stockwerk leer steht. Es handelt sich um eine hübsche Mansarde mit zwei Zimmern und Bad.«

Ich starrte sie an und begann zu ahnen, was sie mir sagen wollte. Aber konnte das wirklich sein? Konnte das Schicksal mich derart begünstigen? Abertausende Menschen in unserer zerstörten Stadt hatten kein Dach über dem Kopf! Sie lebten immer noch in winzigen Zimmern, die inmitten der Trümmer erhalten geblieben waren, Kreideaufschriften oder Zettel wiesen den Weg zu den Familien, die in den Schuttbergen hausten, und wenn man abends durch die Stadt ging, sah man dann und wann ein Licht aus der Tiefe eines zerstörten Hauses scheinen.

»Nun, Captain Hilty fand die Idee gut, er wusste sofort, wer Sie sind, und nun sollen Sie sich morgen um 10 Uhr bei ihm einfinden, um sich vorzustellen.«

»Morgen schon?«, rief ich begeistert. »Oh, Mrs Furler, ich danke Ihnen!«

Obwohl ich eigentlich viel zu viel Respekt vor Mrs Furler hatte, um mir das zu erlauben, schlang ich die Arme um ihren Hals. Sie drückte mich an sich.

»Sie werden mir fehlen, Luise«, sagte sie. »Ich wünschte, ich könnte Sie mit nach Amerika nehmen.«

»Sie mir auch«, sagte ich bewegt. »Ganz furchtbar sogar.«

»Nun lassen Sie uns nicht mehr von Abschied reden, sondern die letzten Stunden miteinander noch genießen«, bat sie mich.

Ich schluckte und schaffte ein Lächeln. »Gute Idee.«

»Sagen Sie Ihrer Mutti, sie soll am Abend vor der Hochzeit ein Eigelb in Ihre Haare geben und dann nach zehn Minuten wieder auswaschen. Das macht einen wunderbaren Glanz«, empfahl sie mir.

Ich nickte und beschloss, später noch auf den Schwarzmarkt zu gehen. Dort würde ich versuchen, ein Ei zu bekommen. Allerdings würde Mutti mich sicherlich für verrückt erklären, wenn ich das kostbare Lebensmittel in Zeiten dieser Hungersnot in meine Haare gab, statt es zu verspeisen!

Schwer beladen kam ich eine Stunde später zu Hause an. Wir lebten immer noch in der Simon-Breu-Straße, mussten uns unsere Vier-Zimmer-Wohnung aber noch mit vier anderen Menschen teilen, die bei uns einquartiert worden waren. In unserem ehemaligen Wohnzimmer lebte ein junges Paar, das sich immer nur stritt, in Vatis ehemaligem Herrenzimmer eine Flüchtlingsfrau, die ihre ganze Familie in Ostpreußen verloren hatte und die wir nachts immer weinen hörten, und dann war da noch eine junge Witwe mit ihrem kleinen Kind, Anne, einem reizenden kleinen Mädchen, das viel Freude in unsere Schicksalsgemeinschaft brachte. Mutti und ich teilten uns ihr ehemaliges Schlafzimmer. Nachdem ich die Kleiderberge bei ihr abgeladen und ihr freudig von der Chance auf eine eigene Wohnung berichtet hatte, machte ich mich zu Fuß auf in Richtung Hauptbahnhof. Es war weit und es war eisig kalt, dennoch tat mir der Marsch durch den Winternachmittag gut.

Ich nahm bewusst den Weg über die Blasiusgasse und warf der »Madonna mit der Lampe« ein Lächeln zu. Ich besuchte sie jedes Mal, wenn ich in die Stadt kam. Dann tastete meine Hand nach dem kleinen Stein, den ich immer bei mir trug und für den ich inzwischen einen Beutel genäht hatte. Das Herz der Madonna. Dort, wo Albin den winzigen Stein aus ihrem Körper gezogen hatte, war eine hellere Stelle zu sehen. Hier hatte er ihren Körper verputzt. Was wohl aus ihm geworden war? So oft hatte ich an ihn gedacht, ihn jedoch niemals wiedergesehen. Und irgendwie folgte das auch einer tiefen Logik. Schließlich hatte diese unsere Begegnung in einer anderen Welt stattgefunden. In einer Welt zwischen den Zeiten.

Im Kaisergärtchen grüßten mich wie alte Freunde die winterschlafenden Magnolien, direkt gegenüber lag der Hauptbahnhof. Ich warf einen Blick über die Schulter, und mein Herz schlug schneller, wie immer, wenn ich auf den Schwarzmarkt ging. Es war verboten, und ich wusste es. Ich tat nicht gerne verbotene Dinge. Schon in der Schule war ich immer die Brave gewesen. Aber die Not zwang die Menschen eben manchmal, verbotene Dinge zu tun, und ich vermutete, dass jeder Würzburger oder zumindest aus jeder Würzburger Familie einer schon mal auf dem Schwarzmarkt gewesen war. Ich betrat die Baracke auf dem Bahnbetriebsgelände, die wie erwartet voller Menschen war. Alle trugen mehr oder minder große Taschen bei sich.

Ich steuerte auf die bucklige braungelockte Frau zu, die etwa Mitte 50 war und von der ich wusste, dass ich bei ihr Eier, Milch und Butter bekommen konnte. Ich nahm an, dass sie die amerikanischen Zigaretten, die ich ihr dafür gab, weitertauschte, immerhin war eine Zigarette im Moment acht Reichsmark wert. Vielleicht hatte sie zu Hause aber auch einen Mann, der sich gerne mal eine Zigarette gönnte? Wobei das angesichts ihres Werts schon ein unerhörter Luxus gewesen wäre!

»Eier, Milch, Butter«, murmelte ich und hielt meine Tasche auf. Sie ließ das Gewünschte hineingleiten, ich steckte ihr die Zigaretten zu.

Jetzt hämmerte mein Herz bis zum Hals, und ich hatte furchtbare Angst, erwischt zu werden. Ich wusste, dass es immer wieder Razzien gab und sich häufig Männer der Kriminalpolizei unter die Händler und Käufer mischten. Doch alles ging gut, und ich verließ den Bahnhof mit meiner kostbaren Beute wieder. Zum letzten Mal als Fräulein!

2. *Kapitel*

Aufgeregt zappelte ich an Hannes' Hand herum, als wir nebeneinander die Rottendorfer Straße hinaufgingen. Wir hatten uns beide in Schale geworfen. Hannes hatte sich in der Requisite des Theaters einen Anzug ausgeborgt, und ich musterte ihn heimlich aus den Augenwinkeln. Mein Verlobter sah, wie ich fand, fantastisch aus! Der Anzug betonte seine schlanke, aber muskulöse Figur, seine dunklen, etwas zu langen Haare fielen ihm in die Stirn, und seine blauen Augen leuchteten erwartungsvoll. Ich hatte mich nach kurzem Zögern für ein abgelegtes Kostüm von Mrs Furler entschieden, von dem ich wusste, dass es zu meinen kinnlang geschnittenen, gewellten braunen Haaren ebenfalls sehr vorteilhaft aussah. Gezögert hatte ich deshalb, weil ich fürchtete, dass Mrs Hilty, die ja mit Mrs Furler bekannt war, es sofort wiedererkennen würde, aber Mutti hatte mir ins Gewissen geredet: Mrs Hilty wisse schließlich um die Lage im Nachkriegswürzburg und würde sich garantiert nicht wundern.

Als wir durch das große Tor in die Auffahrt zur Villa Kupsch einbogen, schnappte ich nach Luft. *Das* war das Haus, in dem wir vielleicht künftig wohnen durften? Ich kannte es, ich kannte es gut, wenn auch nur von außen, aber ich hätte natürlich nie daran gedacht, dass es tatsächlich dieses Haus sein könnte, als Mrs Furler mir davon berichtet hatte. Wie oft war ich als Kind an dieser Villa vorbeigegangen und hatte sehnsüchtige Blicke durch den Zaun geworfen! Zusammen mit meiner Schulfreundin Edith hatte ich wieder und wieder hier gestanden und mir ausgemalt, wie wir einmal hier leben würden, wenn wir erwachsen wären und Kinder hätten. Wir würden die wunderbaren Blumenrabatten in Ordnung halten und dabei unsere Kinderschar beaufsichtigen, die friedlich im Garten spielte.

Der Weg führte zu einer prachtvollen Steintreppe, durch die man in einen Windfang gelangte. Selbiger endete im ersten Stock mit einem kleinen Balkon.

Aufgeregt drückte ich auf den Klingelknopf, und als habe es hinter der Tür schon auf das Signal gewartet, öffnete keine Sekunde später das Dienstmädchen, eine kleine, rundliche, freundliche Person mit straff nach hinten gekämmtem braunem Haar, das sie im Nacken zu einem Dutt gedreht hatte.

»Bitte folgen Sie mir«, sagte sie, als wir uns vorgestellt hatten. »Mr und Mrs Hilty erwarten Sie schon.«

Wir taten, wie uns geheißen, und sahen uns staunend um.

»Ist das hier prachtvoll«, flüsterte Hannes andächtig. Ich nickte nur. Ich kannte diesen Luxus ja von meiner Arbeit bei den Furlers und hatte außerdem Angst, dass das Dienstmädchen unser Gespräch belauschen könnte.

Captain und Mrs Hilty empfingen uns in ihrem großzügigen Wohnzimmer. Er war eine vierschrötige, kompakte Erscheinung – etwas laut, aber er hatte das Herz am rechten Fleck, wie ich von unseren Begegnungen bereits wusste. Sie wirkte wie eine dunkelhaarige privilegierte Südstaatlerin, schlank und gepflegt bis in die Fingerspitzen, mehr zum Ausgehen bestimmt als für den Haushalt – aber dafür hatten sie ja ihr Dienstmädchen.

»Welcome«, polterte der Captain und eilte auf uns zu, um uns beiden die Hand zu schütteln. Seine Frau erhob sich vom Sofa und reichte uns, als wir bei der Sitzgruppe angelangt waren, ebenfalls die Hand.

»Take a seat«, forderte uns der Captain auf, und wir setzten uns nebeneinander kerzengerade auf das samtblaue Sofa, das dem, auf welchem die Hiltys wieder Platz genommen hatten, direkt gegenüberstand. Ich war furchtbar nervös und wusste gar nicht, wohin mit meinen Händen. Zum Glück rettete uns das freundliche Dienstmädchen, indem es uns ungefragt Kaffee einschenkte und etwas Gebäck hinschob.

Ich war dank meiner Anstellung bei den Furlers in den letzten Jahren immer wieder in den Genuss von echtem Kaffee und Gebäck gekommen, Hannes aber litt seit Jahren wirklich Hunger, hatte seit Unzeiten keinen echten Kaffee mehr gehabt, und ich konnte ihm ansehen, dass er sich am liebsten direkt über die Köstlichkeiten hergemacht hätte. Zu meiner Erleichterung wartete er aber, bis Mrs Hilty selbst nach ihrer Kaffeetasse griff und der Captain genussvoll in seinen Donut biss, bevor Hannes sich einen Schluck gönnte.

Das Kindermädchen erschien in der Tür und brachte ein etwa zweijähriges blondes Mädchen herein, das sofort auf Mrs Hiltys Schoß strebte. Ihre Mutter schlang zärtlich die Arme um sie, die Kleine schmiegte sich glücklich in diese schützende Geborgenheit und musterte mich dann mit ihren großen blauen Augen interessiert.

»Bevor wir Ihnen die Wohnung zeigen, würden wir gerne noch ein paar Dinge besprechen«, begann Mr Hilty und wischte sich die Krümel vom Mund. Mein Herz klopfte schneller. Jetzt wurde es ernst.

»Sie dürfen natürlich Besuch bekommen, aber wir erwarten, dass Sie keine Partys veranstalten. Nicht, dass wir Ihnen den Spaß nicht gönnen würden«, fügte er rasch hinzu. »Aber dieses Haus ist als Einfamilienhaus konzipiert, und wir wollen nicht, dass allzu viele fremde Leute durch das ganze Haus gehen, wenn sie zu Ihnen nach oben müssen.«

»Aber das ist doch selbstverständlich«, sagte Hannes rasch.

»Dann sind wir uns ja einig«, freute sich Mr Hilty. »Vorausgesetzt, die Räume gefallen Ihnen.«

Das war die einzige Bedingung? Mir jedenfalls lag ein ganz wichtiger und entscheidender Punkt noch auf der Seele. »Wie hoch ist denn die Miete?«, fragte ich schüchtern.

Mr Hilty sah uns überrascht an, dann winkte er lachend ab. »Aber wir können doch keine Miete von Ihnen verlangen, wo wir ja selbst keine bezahlen!«, rief er.

Hannes und ich wechselten einen fassungslosen Blick. War uns wirklich so viel Glück beschieden?

»Das … wir sind sprachlos. Vielen Dank!«, brachte Hannes hervor, und ich war erleichtert, dass er sich tatsächlich dankbar zeigte und Mr Hilty in dessen Überlegungen nicht etwa zustimmte – schließlich hatte er laut über die Amerikaner geschimpft, als diese die Villen beschlagnahmt hatten.

»Na, dann zeigen wir Ihnen mal die Wohnung«, schlug Mrs Hilty vor und erhob sich, um uns voran in das wunderschöne und beeindruckende Treppenhaus zu gehen.

Wir folgten ihr in den zweiten Stock hinauf, und als ich die beiden Zimmer mit Bad sah, ließ ich alle meine Zurückhaltung fallen. »Oh, Mr und Mrs Hilty, es ist wunderschön«, rief ich. »Wir können unser Glück kaum fassen.« In Gedanken richtete ich unser kleines Paradies schon ein: Der größere, zum Garten hin gelegene Raum eignete sich als Wohn- und Schlafzimmer und der kleinere als Wohnküche. Daran schloss ein kleines Badezimmer mit Waschbecken und Badewanne an, und zu allem Überfluss gab es auch noch eine Zentralheizung, die das ganze Gebäude versorgte!

»Also«, sagte Mr Hilty und kratzte sich verlegen am Hinterkopf, »wie mir Captain Furler mitteilte, stehen ja morgen große Ereignisse ins Haus.«

»Ja«, erwiderte Hannes glücklich lächelnd. »Wir heiraten.«

»Wenn Sie heute nichts vorhaben, können Sie sofort einziehen«, erklärte Mr Hilty. »Ein junges Ehepaar braucht eine ordentliche Bleibe.«

»Das wäre ja wunderbar«, freute ich mich.

»Captain Furler lässt Ihnen ausrichten, dass Sie den Kleiderschrank seiner Frau heute noch holen können«, sagte Mr Hilty. »Morgen wäre es zu spät. Auch deshalb wäre es praktisch, den Umzug sofort über die Bühne zu bringen. Haben Sie Transportmöglichkeiten?«

Hannes überlegte kurz und nickte dann. »Ich bin mir sicher, dass sich einige meiner Kollegen nur zu gerne bereiterklären, mir zu helfen.«

»Dann sind wir uns ja einig«, mischte sich nun Mrs Hilty wieder ins Gespräch und sah mich lächelnd an. »Auf gute Nachbarschaft. Und nun kommen Sie bitte mit nach unten, damit wir Ihnen die Schlüssel überreichen können.«

Hand in Hand liefen wir singend die Rottendorfer Straße entlang. Wir waren auf dem Weg zu Mutti, die zu Hause schon aufgeregt auf uns wartete. Die Passanten sahen uns misstrauisch an und hielten uns wohl für verrückt, was gab es auch zu singen in diesen Zeiten! Manche lächelten aber auch und freuten sich sichtlich über dieses junge Glück.

Vor Muttis Haustür verabschiedete sich Hannes mit einem Kuss von mir. Er wollte gleich zum Theater gehen, um den Transport des Kleiderschranks zu organisieren.

Als ich die Haustür aufschloss, öffnete sich die Wohnungstür im Erdgeschoss und Herr Adam streckte seinen Kopf heraus.

»Und?«, fragte er. »Ich bin schon ganz gespannt.«

»Ach, lieber Herr Adam«, rief ich und fiel meinem väterlichen Freund um den Hals. »Wir haben die Wohnung und müssen nicht einmal Miete zahlen.«

»Wie wunderbar!«, freute sich der alte Mann. »Wenn es jemand verdient hat, dann du, Luischen.«

»Ich werde Sie vermissen«, sagte ich, von plötzlicher Wehmut gepackt. »Ich kann mich an keine Zeit erinnern, in der wir nicht unter einem Dach gelebt hätten.«

»Ach«, sagte er und betrachtete mich mit Augen, die so viel Leid gesehen, so viele Tränen vergossen und dennoch so gütig geblieben waren, »ach, du wirst doch deinen alten Herrn Adam nicht vergessen?«

»Aber wie könnte ich denn!« Wieder umarmte ich ihn und gab ihm einen Kuss auf die Wange.

Herr Adam lächelte. »Na, dann lauf zu deiner Mutti«, sagte er. »Sie wartet sicherlich auch schon sehnsüchtig auf Neuigkeiten.«

Das ließ ich mir nicht zweimal sagen. Sekunden später stand ich in unserer Wohnung und berichtete Mutti aufgeregt von unserem Glück.

»Ach, Liebes, wie wunderbar«, freute sich Mutti und zog mich in ihre Arme.

»Darf ich im Keller und auf dem Speicher nach Gebrauchsgegenständen schauen, die du nicht mehr benötigst?«, bat ich sie.

»Aber natürlich! Nimm dir, was du brauchst«, stimmte sie sofort zu.

»Und du bist sicher, dass das in Ordnung ist?«

»Ich bin ja sogar froh darum«, erwiderte sie. »Bis ich wieder eine Wohnung habe, die groß genug ist, all unsere alten Möbel aufzustellen, wird noch viel Zeit vergehen.«

Ich nickte, und als ich im Keller und auf dem Speicher unsere alten Möbel betrachtete, wurden Erinnerungen wach. An die Zeiten, als uns noch alle vier Zimmer der Wohnung gehört hatten, in der Mutti und mir nun noch ein einziges geblieben war. Vati hatte noch bei uns gelebt, bevor er zu seiner neuen Freundin gezogen war, und er hatte ein Herrenzimmer besessen, in dem es immer ein wenig nach Tabak roch. Das Herrenzimmer war schließlich mit Vatis neuer

Wohnung dem Bombenhagel zum Opfer gefallen. Wehmütig lächelnd strichen meine Hände über die altvertrauten Gegenstände und Möbel. Zwei Tage nach dem Angriff, an jenem 18. März, an dem ich Albin kennengelernt hatte, hatte ich ein Pferdefuhrwerk für den nächsten Tag organisiert, das uns aus der zerbombten Stadt hinausbringen sollte. Es war schwer gewesen, ein solches Fuhrwerk zu bekommen, denn alle, einfach alle wollten Würzburg nun verlassen. Weitere Angriffe und schwere Kämpfe um die Stadt waren zu erwarten. Es kostete mich viel Überredungskunst und vor allem ein Federbett mit Kopfkissen. Pünktlich am nächsten Morgen hatte das Fuhrwerk vor unserem Haus gestanden, um unsere wichtigsten Habseligkeiten inklusive Wohnzimmermöbel aufzuladen und uns damit nach Üngershausen zu fahren. Wir waren sehr erleichtert, dass der Mann uns zugesagt hatte, denn bei ihm überboten sich die Menschen gegenseitig mit Angeboten, um aus der Stadt zu kommen. Die Leute, die am 16. März alles verloren hatten, waren natürlich schon fort, aber auch wir »Verschonten« drängten jetzt, wegzukommen. Ich erinnere mich noch gut daran, wie ich mich im Wegfahren noch einmal umgedreht, an Albin gedacht und nach dem Stein in meiner Tasche getastet hatte. Doch in den nächsten Tagen war ich so damit beschäftigt gewesen, alles zu organisieren, dass mir wenig Zeit geblieben war, an ihn zu denken: In unserer Bleibe in Üngershausen, in der wir für Wochen ausharren würden, war kein Platz für unsere Möbel, und wir mussten sie in einem alten Schuppen unterstellen, aus dem sie auf wundersame Weise verschwanden. Wie eine Löwin hatte ich gekämpft und sogar beim Bürgermeister vorgesprochen, um sie wiederzubekommen! Und nun sollten sie also in unserem neuen kleinen Heim stehen, unsere Möbel, an denen sich so viel Familiengeschichte ablesen ließ!

Hannes war es tatsächlich gelungen, beim Theater ein

Fuhrwerk zu besorgen, das uns den ganzen Tag zur Verfügung stand und mit dem wir auch die anderen Möbel und Habseligkeiten zur Villa Kupsch bringen konnten. Die Hilty-Kinder fanden das ausgesprochen spannend: In Reih und Glied saßen sie nebeneinander auf der Bank, die rechts des Hauseingangs stand, und verfolgten unsere Aktivitäten mit großen Augen.

Als wir endlich alle Möbel nach oben geschleppt hatten, zog Hannes mich in seine Arme, um mich zum Abschied zu küssen. Wir hatten vereinbart, dass ich die Nacht vor unserer Hochzeit noch bei Mutti verbringen würde. Da hörten wir es auf der Treppe poltern und dann ein lautes Klopfen an unserer Tür. Stirnrunzelnd und auch etwas verärgert ließ Hannes mich aus seinen Armen, öffnete die Tür und seufzte dann erstaunt auf.

»Onkel Peter.«

Auch ich musterte den Neuankömmling verwundert und wenig erfreut. Ich war meinem künftigen Schwiegeronkel erst einmal begegnet, und er war mir auf Anhieb unsympathisch gewesen. In seinem aufgedunsenen, rotgeäderten Gesicht schwammen zwei hellblaue Äuglein, die nun etwas berechnend und verschlagen auf mir ruhten. In seinem Mund befanden sich braune verfaulte Zähne, und er stank entsetzlich nach kaltem Schweiß. Zwar hatten wir ihn, als Taufpaten meines Verlobten, zu unserer morgigen Hochzeit erwartet, aber doch keinen Tag früher und schon gar nicht als Übernachtungsgast, zumal dazu keine Notwendigkeit bestand, er hatte bis vor kurzem in Weimar gelebt und war gerade ins nahe Schweinfurt umgezogen! Dass er aber vorhatte zu übernachten, daran ließ der riesige Koffer, den er bei sich trug, keinen Zweifel.

»Habe gerade die letzten Sachen aus Weimar geholt. Wo ihr nun eine neue Bleibe habt und noch dazu mit fließend

Wasser«, sagte er und stellte schnaufend seinen Koffer ab, »dachte ich, ich komme einen Tag früher und übernachte. So einen Luxus habe ich in Schweinfurt nicht.«

Hannes und ich wechselten einen entsetzten Blick und schwiegen. Mir schoss die Frage durch den Kopf, wie in aller Welt der unsympathische Onkel wohl von unserer Wohnung erfahren hatte, doch andererseits spielte das nun auch keine Rolle mehr. Er hatte es erfahren und gleich für seine Zwecke ausgenutzt.

»Ah, gut, da steht ja schon eine Chaiselongue in der Wohnküche, da packe ich jetzt das Federbett aus Weimar aus und lege mich erst mal hin nach der Reise!«, tönte er.

»Aber …«, wandte Hannes ein, doch sein Onkel sah ihn streng an und hob warnend den Finger.

»Ihr wisst, ich bin gegen eure Heirat, das habe ich auch deinem Vater gesagt, ihr habt nichts – ihr seid nichts. Na, ein Gutes hat die Sache wenigstens, Hannes braucht nicht mehr auswärts zu essen, und er hat die Putzfrau und Waschfrau gleich im Haus!«

Ich stand wie versteinert da und brachte kein Wort heraus. Auch Hannes war still, ja, betroffen und drückte beschwichtigend meine Hand.

»Am besten ist, ihr geht jetzt etwas spazieren, damit ich hier meine Ruhe habe, meine Schuhe stelle ich Ihnen hin, Luise, die können Sie mir dann putzen!«

Wie in Trance zog ich mich an Hannes' Hand rückwärts aus dem Raum. Er schlug die Tür hinter uns zu. Draußen standen wir im Halbdunkel des Treppenhauses und starrten uns an. »Ich weiß, mein Onkel findet oft nicht den richtigen Ton und wirkt dadurch beleidigend, aber ich sage dir, er meint es gar nicht so«, versuchte Hannes, mich zu trösten.

Ich presste die Lippen aufeinander. Es passte mir überhaupt nicht, dass mein unsympathischer Schwiegeronkel nun die erste Nacht in unserem Nest verbringen sollte, doch auf keinen Fall wollte ich mit meinem Liebsten streiten – schon gar nicht am Vorabend der Hochzeit. Zumal er nichts dafür konnte.

»Ich wollte ja sowieso jetzt zu Mutti gehen«, sagte ich. »Seine Schuhe kann er sich selbst putzen«, schnaubte Hannes.

»Ich bringe dich.«

Schweigend gingen wir Hand in Hand durch die immer noch in Trümmern liegende Stadt.

Unser letzter Abend als Verlobte. Morgen wären wir Mann und Frau.

3. Kapitel

»Das war ein Tag«, seufzte ich, als ich kurz darauf in Muttis Zimmer saß.

Sie lächelte mich liebevoll an. »Wie aufregend das alles ist! Morgen wirst du heiraten und nun hast du sogar schon eine eigene Wohnung!«

Ich nickte, dann verzog ich das Gesicht. »Allerdings hat jedes Glück auch seine Schattenseiten.« Ich berichtete ihr von der Ankunft meines unsympathischen Schwiegeronkels.

»Lass dir von ihm nur nicht die Laune verderben«, warnte sie. »Du weißt doch, was Herr Adam dazu sagen würde: Es geht darum, den Blick auf die schönen Dinge im Leben zu lenken, und davon haben sich derzeit wirklich einige ereignet.«

»Du hast ja recht«, seufzte ich und hatte augenblicklich ein schlechtes Gewissen wegen meiner Jammerei.

»Wo wir gerade bei schönen Dingen sind«, ergriff ich die Gelegenheit beim Schopf. »Morgen soll ich ja besonders schön sein, und da hat Mrs Furler gesagt, ich solle dich bitten, mir ein Ei in die Haare zu machen, damit es morgen schön glänzt.«

Zu meiner Überraschung belehrte Mutti mich nicht darüber, dass man Eier in Zeiten wie diesen lieber essen statt in die Haare schmieren sollte, im Gegenteil: »Eine hervorragende Idee«, rief sie strahlend. »Man heiratet ja nur einmal im Leben. Weißt du was? Ich spendiere dir zum Ei noch etwas von meinem kostbar gehüteten Shampoo erster Kriegsqualität.«

Ich folgte ihr in die Küche, wo sich zu meiner Erleichterung kein anderer Bewohner blicken ließ, verquirlte das Ei in einer Porzellanschüssel und strich es mir sorgsam in die Haare. Während es einwirkte, erhitzte Mutti auf dem Herd das Wasser und stellte die Waschschüssel bereit. »Nun spülen wir das Ei aus«, verkündete sie. »Beug dich über das Becken.«

Ich tat, wie mir geheißen, und genoss das Gefühl, von Mutti verwöhnt zu werden. Doch nach einigen Minuten merkte ich, dass etwas nicht stimmte. Mutti rieb immer fester und murmelte vor sich hin.

»Was ist?«, fragte ich beunruhigt.

»Ich bekomme das Ei nicht mehr aus deinem Haar«, jammerte meine Mutter. »Es ist alles ganz starr und klebrig. Das war kein guter Vorschlag von deiner Mrs Furler.«

Da fiel es mir siedend heiß ein. »Sie hat mir noch gesagt, dass wir nur das Eigelb verwenden sollen. Wie konnte ich das nur vergessen.«

»Oje«, seufzte Mutti, »dann bleibt mir wohl nichts anderes übrig, als einen weiteren Topf aufzusetzen und noch etwas mehr von meinem Shampoo zu opfern.«

Doch es half alles nichts: Mein Haar blieb starr und steif, und ich war den Tränen nah, als wir irgendwann spätabends endlich aufgaben.

»Ein bisschen besser ist es«, versuchte Mutti, mich noch zu trösten. »Besser kriegen wir es nicht hin. Ich glaube, wichtiger ist jetzt, dass wir beide etwas Schlaf bekommen.«

»Man sieht es gar nicht. Wirklich nicht«, versicherte meine alte treue Schulfreundin Edith am nächsten Morgen. Ich hatte sie zu meiner Trauzeugin auserkoren, und sie war extra früh gekommen, um mir noch dabei zu helfen, mich zurechtzumachen. Jetzt zog sie mir den Schleier über den Haaren zurecht, während sie versicherte: »Und es riecht auch nicht sehr nach Ei.«

Ich verzog den Mund. »Nicht sehr bedeutet nicht nicht.«

»Naja, wenn man es weiß, nimmt man einen leichten Eigeruch wahr«, räumte sie ein. »Aber nur, wenn man es wirklich weiß. Du siehst einfach wundervoll aus.«

Ich lächelte. In der Tat war ich trotz meines Haardebakels ausgesprochen zufrieden mit meinem Aussehen. Das spitzenbesetzte Hochzeitskleid, das mir meine Cousine Irmgard überlassen hatte, hatte Mutti an der Taille geschickt abgeändert, sodass es meine zierliche Figur gut zur Geltung brachte. Der Schleier bildete einen hübschen Kontrast zu meinen braunen glatten Haaren, und meine blauen Augen leuchteten mir wie kleine Sterne aufgeregt aus dem Spiegel entgegen.

Flüchtig dachte ich an Prinzessin Elisabeth, die in London heute ebenfalls zum Traualtar schreiten würde. Ob sie ebenso nervös war wie ich? Sicherlich hatte es bei ihr am Vorabend keinen Ei-Unfall gegeben! Und wenn, hätte der Palast bestimmt eine Möglichkeit gefunden, das Malheur zu beheben.

Mrs Furler hatte mir neben einem Paar weißer Stöckelschuhe aus Nubukleder auch ein weißes Pelzcape spendiert, das sich auf meinen nackten Schultern wunderbar anfühlte und mir ein unbeschreibliches Gefühl von Luxus vermittelte.

Ich fühlte mich wie auf Wolken, als ich einen letzten Blick in den halbblinden Spiegel warf, den ich nach dem Angriff auf Würzburg am 16. März 1945 aus den Trümmern gezogen hatte. Ich hätte platzen können vor Glück! Heute war der schönste Tag meines Lebens! Endlich hatte ich einen Menschen gefunden, an den ich mich anlehnen konnte, der zu mir gehörte, der mich verstand und, das war mir ganz wichtig, der stets Fröhlichkeit und Zuversicht ausstrahlte. Endlich war ich, das Einzelkind, nicht mehr allein!

»Wo bleibt denn Hannes?«, rief Edith aus der Diele. »Wir sollten langsam los. Er wollte sich doch hier bei euch seinen Frack anziehen.«

»Ich weiß es auch nicht«, erwiderte ich und sah nervös aus dem Fenster. Die mahnenden Worte von Mrs Furler kamen mir wieder in den Sinn. Vielleicht wollte Hannes gar kein Ehemann sein? Vielleicht nahm ich ihm, dem Freigeist, dem Schauspieler, zu viel Raum? Oder sein Onkel, der mich ja augenscheinlich ganz und gar nicht schätzte, hatte ihn davon überzeugt, dass ich nicht zu ihm passte? Offenbar sah er in mir ja nur die Putzfrau, und als die hatte ich versagt, indem ich seine Schuhe eben nicht geputzt hatte.

»Ich gehe ihn suchen«, rief Edith aus der Diele.

»Nein«, versuchte ich, sie zurückzuhalten. »Nachher nimmt er einen anderen Weg und ihr verpasst euch, und dann fehlt ihr beide.«

»Unsinn«, erwiderte Edith pragmatisch. »Es gibt nur einen sinnvollen Weg, und den werde ich wählen.«

Als die Wohnungstür hinter meiner treuen Freundin zugefallen war, ging ich wie ein gefangener Tiger auf und ab. »Vielleicht ist er die Treppen hinuntergefallen!«, rief ich. »Oder er ist im Ringpark überfallen worden!«

»Luise«, sagte Mutti streng, »setz dich jetzt hin, du machst mich ganz nervös mit deinem Herumgerenne auf den wenigen Quadratmetern! Ich traue mich ja gar nicht mehr, mich vom Fleck zu rühren, weil ich jedes Mal Angst haben muss, dass du mich umrennst. Dabei habe ich mich heute extra für dich in Schale geworfen. Nicht auszudenken, du würdest meine und deine Mühe mit einem Fall zu Boden krönen.«

Wider Willen musste ich lachen. »Du siehst wirklich toll aus«, versicherte ich Mutti. Sie hatte sich von Irmgards Mutter ein schmal geschnittenes Kleid aus Seide geborgt, zu dem es auch eine passende Jacke gab und das ihre schlanke Figur gut zur Geltung brachte. Mit ihrem schmalen Gesicht und den hellen Augen sah Mutti höchstens aus wie Mitte 30 und nicht wie Mitte 40.

Ich wollte ihr das gerade sagen, da klingelte es Sturm. »Gott sei Dank!«, rief ich, als ich die polternden Schritte aus dem Treppenhaus hörte. Im nächsten Moment wurde die Tür aufgerissen, und Hannes stand mit glühendem Gesicht vor mir. Er lächelte verlegen.

»Was ist passiert?«, rief ich aufgeregt. »Warum kommst du so spät? Ich hatte schon Angst, dass wir unsere eigene Hochzeit verpassen.«

»Ich musste doch erst noch die Steppeisen von meinem einzigen Paar schwarze Schuhe abschrauben, und das dauerte etwas länger – tut mir so leid«, sagte er. Mein Liebster wirkte vollkommen aufgelöst, und sein dunkles Haar stand ihm zu Berge.

Ich musste lachen. Das war typisch für Hannes. Und dafür liebte ich ihn.

»Das kommt eben davon, wenn man einen Schauspieler heiratet«, sagte Edith in seinem Rücken lächelnd.

»Du siehst übrigens umwerfend schön aus«, versicherte Hannes, und seine Augen leuchteten. »Die schönste Frau der Stadt gibt mir gleich das Jawort. Was habe ich doch für ein Glück.«

»Keine Zeit für Süßholzraspelei, sonst kommt ihr wirklich zu spät zu eurer eigenen Hochzeit«, trieb Mutti uns zur Eile. Sie drückte meinem Hannes den Frack in die Hand und schob ihn energisch in ihr Zimmer. »Den ziehst du jetzt an und dann kämmst du dich. Dein Hemd liegt gebügelt auf dem Bett – aber schnell.«

Ich wechselte einen amüsierten Blick mit Edith: So energisch kannte ich meine Mutter gar nicht!

In Windeseile war Hannes wieder da und präsentierte sich mir strahlend. »Nimmst du mich so?«

»So nehme ich dich«, erwiderte ich zufrieden. »Wo ist eigentlich dein Onkel?«

Hannes rollte die Augen. »Schuhe putzen«, sagte er dann grinsend. »Nein, im Ernst, ich habe ihm gesagt, er soll schon mal vorgehen, meine Eltern abholen und nachsehen, ob auf dem Standesamt alles in Ordnung ist.«

»War er sehr verärgert wegen der Schuhe?«

»Er hat getobt«, grinste Hannes zufrieden.

»Und das freut dich?«, fragte ich verunsichert.

»Allerdings freut mich das. Ich heirate dich doch nicht, damit du meinem Onkel die Schuhe putzt!«, rief er empört. Dann reichte er mir galant den Arm, und wir stiegen die

Treppen hinab. Draußen empfing uns die kühle Novemberluft, umhüllte uns mit ihrem eisigen Mantel. Aber in seiner Gegenwart konnte mir die Kälte nichts anhaben, ich fühlte mich warm und geborgen. Unser gemeinsames Leben begann.

»Die Zukunft liegt vor uns wie ein ungeschriebenes Buch«, sagte ich leise. »Alles ist offen. Alles ist möglich. Vielleicht sogar ein kleines bisschen Glück.«

4. Kapitel

Als ich die Haustür aufschloss, quoll mir der Duft nach Gebratenem wie eine Wolke entgegen. Sofort wurde mir speiübel. Ich stürzte wieder nach draußen – Hannes, der meine Merkwürdigkeiten inzwischen gewöhnt war, hatte schon damit gerechnet und hielt mir, ohne zu fragen, die Tür auf. Ich holte tief Luft und eilte dann, so schnell ich nur konnte, mit angehaltenem Atem nach oben in unsere Wohnung, schlug die Tür hinter mir und damit dem mir folgenden Hannes vor der Nase zu. Bei meinem Dauerlauf nach oben hatte ich allerdings noch einen der Apfelbutzen von einer Treppenstufe geangelt, die die Jüngste der Familie Hilty stets halb gegessen irgendwo herumliegen ließ.

»Schwangere Frauen sind so charmant, sie lassen ihren eigenen Gatten draußen stehen«, sagte Hannes lächelnd, als er sich erfolgreich Zugang zu unserer Wohnung verschafft hatte.

»Mach die Tür schnell wieder zu«, rief ich ihm entgegen. »Das stinkt ja entsetzlich!«

»Ich finde nicht, dass es stinkt«, widersprach Hannes. »Ganz im Gegenteil. Ich würde mich mit Freuden zu den Hiltys an den Tisch setzen. Oder auch nur ins Treppenhaus, um anhand der himmlischen Düfte von reich gedeckten Tafeln zu träumen.« Dabei warf er sich dramatisch in die Brust.

Ich schüttelte lachend den Kopf. Hannes' Schauspieltalent machte vor unserer Haustür nicht halt, und er hatte Spaß daran, mir dann und wann eine Privatvorstellung zuteilwerden zu lassen.

Seufzend ließ ich mich auf der geblümten Chaiselongue in unserer Wohnküche nieder, die Hannes' Onkel an unserem ersten Abend »eingeweiht« hatte, und sah mich in unserem kleinen Reich um. Wie wunderschön es geworden war. Unsere alten Möbel machten sich hervorragend, und ich hatte sogar Vorhänge genäht. Mein Lieblingsplatz war der kleine Holztisch mit den beiden Stühlen, der direkt unter dem Fenster stand und von dem aus man einen wunderbaren Blick in den Garten hatte, wo die Rosen jetzt in verschwenderischer Pracht blühten.

Inzwischen war es Juni geworden. Sieben Monate wohnten wir nun schon hier, und ich konnte mein Glück nach wie vor kaum fassen. Eine warme Zweieinhalbzimmerwohnung zur Verfügung zu haben – und das in diesen Zeiten – war und blieb regelrecht unfassbar. Über drei Jahre war die Zerstörung unserer Stadt nun her und immer noch waren Abertausende Würzburger wohnungslos. Zwar war der Wiederaufbau schon sehr weit gediehen, auch dank unzähliger Frauen, die unermüdlich Trümmer geräumt hatten. Alle Straßen waren eine einzige Gleisanlage für die Loren-Züge, die den ganzen Tag hin- und herfuhren und den Schutt zu den jeweiligen Abladestellen brachten. Aber trotzdem war der Wohnraum noch immer ausgesprochen knapp. Das galt auch für die Lebensmittel. Ich war im siebten Monat schwanger, hatte bisher aber nicht zu- sondern abgenommen, was keineswegs nur an meiner Übelkeit, sondern vor allem an der schlechten Lebensmittelversorgung lag. Nicht nur Mutti und Hannes, sondern auch unser Arzt Doktor Körner fand das ausgesprochen besorgniserregend. Wirklich helfen konnte mir jedoch niemand.

Das Einzige, worauf ich Appetit hatte – und zwar unbändigen Appetit –, waren Äpfel. Fräulein Timm, das freundliche, etwas dralle Dienstmädchen mit dem straffen braunen Dutt, steckte mir dann und wann einen Apfel zu, so, wie sie Hannes immer wieder abgebrühten Kaffeesatz nach oben brachte, statt ihn zu entsorgen, damit er sich diesen nochmals aufgießen konnte – doch das reichte bei Weitem nicht, um meine Apfelgier zu stillen, und auch jetzt verschlang ich den Butzen mit wenigen Bissen.

Hannes beobachtete mich grinsend. »Irgendwie muss ich gerade an das Märchen von Rapunzel denken«, sagte er und setzte sich zu mir auf die Chaiselongue, um mir die Füße zu massieren. »Soll ich dir Äpfel klauen gehen?«

»Nein«, sagte ich kauend. »Am Ende wirst du noch verhaftet.«

»Hast du noch nie Mundraub begangen?«, wollte er wissen.

»Doch«, gab ich zu. »Ich hatte im Krieg an zwei Nachmittagen in der Woche Kriegshilfsdienst in der *Francois Schokoladenfabrik* abzuleisten. Meine Aufgabe war, rosafarbene, gelb-weiße und grüne Fondant-Pralinen am Rand in etwas Schokolade zu tauchen. Die Pralinen wurden dann in kleine Schachteln zu 150 Gramm gesetzt und als Weihnachts-Sonderzuteilung zu den Soldaten an die Front geschickt.«

»Ja«, sagte Hannes, und seine Augen leuchteten plötzlich. »Ich erinnere mich. Selten hat etwas so gut geschmeckt.«

»Du hast diese Pralinen auch bekommen?«, rief ich entzückt. »Wie romantisch!«

»Allerdings. Die Vorstellung, dass du sie vielleicht vorher in der Hand hattest, gefällt mir.«

Er küsste mich. »Und von diesen Pralinen hast du geklaut?«

»Nicht wirklich«, wand ich mich. »Es war uns streng untersagt zu naschen, nur wenn mal Bruch entstand, durften wir zugreifen. Leider entstand aber viel zu selten Bruch, und so, na ja, so halfen wir da manchmal etwas nach!« Ich lächelte und streichelte meinen kaum sichtbaren Bauch. Dann fuhr ich fort: »Als ich Mutti von meiner Versuchung erzählte, glänzten ihre Augen vor Gelüsten. Da entschloss ich mich, etwas zu tun, was eigentlich nicht recht war: Ich sammelte in meinem langen, weiten Ärmel mit Bündchen fast jedes Mal künstlichen Bruch!«

»Und du bist nie erwischt worden?«, fragte mein Hannes.

Ich schüttelte den Kopf. »Nein, nie. Aber ich hatte immer schreckliches Herzklopfen, wenn ich durch die Werkskontrolle ging. Zu Hause wartete Mutti schon auf meinen gesammelten Reichtum, und da es uns von dem Zuckerzeug immer etwas flau im Magen wurde, gab es an solchen Abenden immer Kartoffeln und Sauerkraut.«

Ich schüttelte mich bei dem Gedanken. Wie ich jemals Kartoffeln mit Sauerkraut hatte essen können, war mir zum aktuellen Zeitpunkt unbegreiflich.

»Siehst du«, sagte er, »du hast für Mutti künstlichen Pralinenbruch stibitzt, und ich stibitze für dich Äpfel. Mundraub für die Liebsten ist erlaubt.«

»Von wegen«, widersprach ich ihm. »Neulich habe ich meinen alten Schulkameraden Helmut Förtsch getroffen, und er hat mir erzählt, er habe einen kennengelernt, der sechs Monate im Knast saß, weil er ein paar Bleistifte bei den Amis mitgehen ließ, und ein anderer habe drei Jahre für drei Kilo Fett bekommen.«

»Ich würde alles auf mich nehmen, wenn ich dir damit helfen könnte. Ich mache mir wirklich Sorgen.« Plötzlich war er ganz ernst geworden und blickte finster drein.

»Was ist denn mit dir?«, fragte ich.

»Ach«, machte er, hob die Hände und ließ sie wieder sinken.

»Ich schäme mich einfach, dass meine schwangere Frau Abfall essen muss und trotz Schwangerschaft ab- statt zunimmt«, sagte Hannes bedrückt. »Ich würde so gern besser für dich sorgen.«

»Liebster!« Ich nahm meine Füße von seinem Schoß, setzte mich schwerfällig zurecht und lehnte mich an ihn. Er legte den Arm um mich, und ich fühlte mich herrlich geborgen. »Du tust doch schon, was du kannst. Da geht es uns noch gut, weil wir diese Wohnung haben, nur für uns.«

»Das stimmt«, er küsste mich auf die Stirn. »Wir sollten dankbar sein. Und immerhin verdiene ich mit meiner Stelle als Inspizient am Kulturverband mehr als andere in meinem Alter.«

Ich nickte. Hannes war gerade mal 24 Jahre alt, vier Jahre älter als ich selbst, und dafür war seine Stellung wirklich ausgesprochen gut. Was wir dafür bekamen, reichte aber hinten und vorne nicht aus. Und ich wusste auch, dass die Probenarbeit durchaus hart war: Es gehörte schon viel

Enthusiasmus dazu, unter diesen schlechten Bedingungen wie ungeheizten Proberäumen und miserabler Bezahlung gute künstlerische Arbeit zu erbringen. Aber selbst, wenn wir mehr Geld gehabt hätten: Mehr zu essen hätten wir uns dennoch nicht kaufen können. Die Lebensmittelversorgung war zwar nicht mehr ganz so knapp wie noch vor einem Jahr, aber immer noch ausgesprochen dürftig.

Auch Textilien jeglicher Art waren noch immer nicht zu bekommen. Hinzu kam, dass man für alles Essbare scheinbar endlos lange anstehen musste – wozu ich aufgrund meiner Schwangerschaft, meiner Unterernährung und meiner Abneigung gegen Essensgerüche ohnehin nicht in der Lage war.

Unten vor dem Haus waren auf einmal laute Stimmen zu hören, mehrere Autos fuhren vor. Hannes stand auf und ging zum Fenster, ich rappelte mich ebenfalls hoch, stellte mich neben meinen Mann und sah hinunter. Tatsächlich standen mehrere Autos in der Einfahrt, denen ein elegantes Paar nach dem anderen entstieg. Amerikaner. Hiltys schienen eine Party zu geben.

»Findest du es nicht ungerecht?«, fragte Hannes.

»Was meinst du?« Ich schmiegte mich an ihn.

»Na ja, wir leben in einem Haus, aber wir haben nichts und sie haben alles. Essen – Kleidung – Auto – Ausgehen – Partys …«

»Ich finde, wir können ihnen dankbar sein, dass wir hier sein dürfen. Sie wollen nicht mal Miete von uns.«

»Das wäre ja auch komisch«, knurrte er. »Sie zahlen schließlich auch keine Miete für dieses Haus, das ihnen nicht gehört und in das sie einfach eingezogen sind.«

»Trotzdem müssten sie es uns nicht überlassen«, beharrte ich. »Es ist freundlich von ihnen. Lass uns nicht neidisch oder missgestimmt sein, sondern uns an dem wenigen freuen, was wir haben – im Gegensatz zu vielen anderen.«

»Du hast ja recht«, sagte er. »Ich weiß auch nicht, was in mich gefahren ist. Wahrscheinlich quält es mich so, dass ich meine schwangere Frau nicht besser versorgen kann.«

»Du gibst mir Liebe«, sagte ich und schmiegte mich enger an ihn. »Das ist alles, was ich brauche.«

5. Kapitel

Auf einmal landete etwas auf meinem Kopf. Ich schrie erschrocken auf und griff haltsuchend nach Ediths Arm, die direkt neben mir ging. Wir waren gerade auf dem Weg zu einer der zahlreichen Ausgabestellen: Heute, am 20. Juni 1948, erhielt jeder Reichsbürger der drei Westzonen 40 Deutsche Mark.

Fassungslos blickte ich auf die Scheine, die um mich herumsegelten. Es war ein Bündel Reichsmark gewesen, das mich getroffen hatte. Edith lachte, breitete ihre Arme aus und streckte ihr Gesicht nach oben, in die Richtung, aus der die Geldscheine – einzeln und in Bündeln – kamen.

»Das hätte ich mir auch nicht träumen lassen, dass ich mal im Geldregen stehe«, sagte sie.

»Nur, dass es nichts mehr wert ist«, erwiderte ich und tat es ihr nach. »Schade eigentlich.«

»Jetzt kann ich mein Geld ja getrost aus dem Fenster werfen«, brüllte eine Stimme über uns. Wir blickten hinauf und sahen am offenen Fenster einen zornigen Mann stehen, der für den Geldregen verantwortlich war.

»Da hat man sich krummgearbeitet, nur, um jetzt zu erfahren, dass das alles nichts mehr wert ist!«, schrie er, während er das nächste Geldbündel nach unten schleuderte.

»Ja, wer arm ist, hat nun tatsächlich einen Vorteil«, sagte ich und hakte Edith unter.

Schon vor zwei Tagen hatte die *Main-Post* auf ihrer Titelseite ausführlich über die bevorstehende Währungsreform berichtet, und das, obwohl die Reform zu diesem Zeitpunkt noch gar nicht offiziell verkündet worden war: Insgesamt solle jeder Bürger für 60 Reichsmark 60 Deutsche Mark erhalten. Heute würde die erste Rate ausbezahlt werden.

»Na ja, ganz wertlos ist sein Geld ja nicht«, widersprach ich Edith. »Die *Main-Post* schrieb, dass Bankguthaben im Verhältnis zehn zu eins umgetauscht werden. Aber es ist trotzdem bitter für die, die etwas sparen konnten: Nun haben die Menschen Krieg, Elend, Vertreibung und Hunger überstanden, und jetzt verlieren sie drei Jahre nach Kriegsende noch ihre Ersparnisse.«

»Ja«, murmelte Edith, »es scheint fast so, als würde sich unser Leben nie mehr normalisieren.«

»So würde ich das nicht sehen«, widersprach ich tröstend. »Ich empfinde das wie einen Funken Hoffnung. Dieses neue Geld kann uns vielleicht bald zu geordneten, klaren und letztendlich prosperierenden Zeiten des Aufschwungs verhelfen.«

»Hm«, machte Edith nur, wenig überzeugt.

»Auf jeden Fall beginnt heute ein neues Zeitalter«, gab ich in meinen Versuchen, sie aufzumuntern, nicht nach. »Die Reichsmark war wertlos, die Deutsche Mark hat eine starke Kaufkraft.«

»Himmel, sind das viele!«, rief Edith und deutete auf die Menschenmasse, die sich vor der Ausgabestelle vor dem Städtischen Schlachthof gebildet hatte. »Da müssen wir ja stundenlang anstehen. Schaffst du das?«

Ich zögerte. Ich empfand die Vorstellung, mehrere Stunden lang auszuharren, als ungemein anstrengend, schließlich war ich hochschwanger und fühlte mich dieser endlosen Warterei kaum noch gewachsen. Aber ich hatte keine Wahl. Mutti hatte sich geweigert zu gehen, sie scheute solche Menschenmassen und Anlässe sehr, und Hannes hatte Probe. Ich stand also für uns alle drei an. Wenigstens war es heute nicht allzu heiß, sondern eher regnerisch und bewölkt.

»Ich schaffe das schon«, versicherte ich. »Und zur Not bist du ja bei mir.«

Wir mussten zwei Stunden warten, dann hielten wir unser Geld in den Händen. Edith 40, und ich 120 Mark für Hannes, Mutti und mich. Ich betrachtete die neuen, ungewohnten Scheine, die übrigens den amerikanischen Dollarnoten ähnelten, leicht misstrauisch. Wie jungfräulich sie sind, dachte ich. Keiner vor mir hatte sie – bis auf die Menschen in den Ausgabestellen und jenen, die sie hergestellt hatten – je in Händen gehalten.

Von den anderen Wartenden hatten wir erfahren, dass die Geschäfte sich, während wir um unser Geld anstanden, auf wundersame Weise mit Waren füllten. »Vielleicht wird es nun auch bald wieder Läden in der Innenstadt geben«, überlegte ich, um dann sehnsüchtig hinzuzufügen: »Wie schön das wäre. Weißt du noch, wie wir vor dem Krieg immer durch die Stadt gegangen sind und die Auslagen bewundert haben? Lass uns ein bisschen bummeln.«

»Bist du sicher?«, fragte sie zweifelnd. »Das sind doch vermutlich vor allem Lebensmittel, und von denen wird dir schlecht.«

»Dann kann ich ja immer noch wegsehen«, beharrte ich. »Oh bitte, Edith.«

»Also gut«, lachte meine Freundin. »Du bist schließlich diejenige, die in anderen Umständen und damit nicht so belastbar ist.«

»Ich fühle mich wie damals, als wir unseren ersten Lippenstift bei *Woolworth* gekauft haben«, sagte ich. »Fast genauso leicht und unbeschwert.«

»Ach, das waren noch Zeiten«, entgegnete Edith wehmütig. »Damals gab es noch alles. Dabei hatten wir auch schon seit einem Jahr Krieg.«

Und jetzt gab es *wieder* alles, wie wir bald feststellen sollten. Die Schaufenster unserer »Budenstadt« quollen wie von Zauberhand regelrecht über vor Waren, und die Leute standen in Scharen davor und drückten sich die Nasen platt. Wir waren nicht die Einzigen gewesen, die die Idee gehabt hatten, in die Stadt zu gehen.

Sprachlos schlenderten wir durch die Straßen. In einem Schaufenster lagen Kleider von, wie ich fand, unfassbarer Schönheit, dazu bezaubernde Stoffe. Im nächsten Schaufenster waren Seifen neben Haarbürsten, Handspiegeln und Parfüm ausgestellt.

»Was es da vorne wohl gibt?«, fragte Edith und deutete auf ein Schaufenster, das von so vielen Menschen umstanden war, dass man keine Chance hatte zu erkennen, was sich dahinter verbarg. Wir stellten uns an, übten uns in Geduld und konnten uns langsam, Stück für Stück, nach vorne arbeiten – und dann wurde mir entsetzlich übel: Unzählige Würste waren dort ausgestellt! Große und kleine, dazu Geräuchertes, Schinken, Eier, Butter, Schnäpse und Liköre, Schokolade, Pralinen, Obst und Zigaretten.

»Ich muss hier weg«, presste ich hervor und drängte mich hastig durch die Menge. Der Anblick all dieser Nahrungsmittel brachte meinen Magen zum Rebellieren.

»Mir wird auch schlecht, wenn ich das sehe«, deutete ein Mann meine Übelkeit falsch. »Widerlich, so was. Die haben das doch alles gehortet, weil sie wussten, dass die Währungsreform kommt. Gestern habe ich noch versucht, hier mit meinen Reichsmark etwas zu essen zu bekommen. Und da hieß es, man hätte nichts mehr!«

»Da hilft dieses Schild auch nicht«, sagte eine Frau, die neben ihm stand – ob es die seine war, konnte ich nicht erkennen –, und zeigte nach oben. Dort wurde in geschwungener weißer Schrift versichert: »Hier werden keine gehorteten Waren verkauft.«

»Lass uns gehen«, bat mich Edith. »Ich habe genug.«

Ich nickte. »Ich auch. Und ich glaube, dass die Kaufleute vergeblich auf einen Ansturm warten werden. Die Würzburger lassen sich nicht veräppeln. Ich habe gestern selbst noch versucht einzukaufen und nichts bekommen. Und heute ist plötzlich alles wieder da?«

Natürlich musste in diesen Zeiten der Not jeder sehen, wo er blieb. Aber es kam eben auch auf Gemeinschaft und Solidarität an!

6. Kapitel

Trotz der riesigen schattenspendenden Bäume, die unser Haus umstanden, war es in unserer Dachgeschosswohnung ungemein stickig, was mein Unwohlsein noch verstärkte. Immer noch hatte ich kaum zugenommen und wurde nach wie vor ständig von Übelkeit und Schwindel geplagt. Ich schaffte es kaum, mich auf meine Stopfarbeit zu konzentrieren, denn auch wenn die Währungsreform einige Erleichterung und Stabilität gebracht hatte, waren wir doch weit entfernt von einer Normalität. Die erste Reaktion der Menschen nach der Währungsreform hatte der Befriedigung des Hungers gedient, und das bisschen Geld wurde sehr oft in ungesunde Lebensmittel gesteckt. Der Appetit auf Fettes und Süßes löste die sogenannte »Fresswelle« aus. Da mir nach wie vor von allem schlecht wurde, hatten wir uns diesbezüglich zurückgehalten, allerdings hatte ich mir einen riesigen Korb Obst geleistet und Hannes und Mutti hatten sich Kuchen und Süßigkeiten gegönnt. Doch nachdem die gehorteten Waren verkauft waren, stiegen die Preise, während umgekehrt die Löhne sanken. Man bekam jetzt also wieder was für sein Geld, aber dieses Geld war äußerst knapp. Das führte dazu, dass die Leute im Bereich Freizeitvergnügen zu sparen anfingen. Kinos, Restaurants und Theater hatten es schwer in jenen Tagen, und das traf natürlich auch meinen Hannes: Der Kulturverband sah sich schon gezwungen, einzelne Mitglieder seines Ensembles zu entlassen, weil die Landkreise die Zuschüsse verweigerten. Die Menschen hatten jetzt dringlichere Bedürfnisse zu befriedigen, als ins Theater zu gehen. Der Kulturverband wurde in die *Gesellschaft der Theater- und Musikfreunde* umgewandelt, ein privat gefördertes Unternehmen, das die verbliebenen Schauspieler miserabel bezahlte. Jetzt, wo es also endlich wieder Ware gab, war kein Geld da, um sie zu kaufen. Und auch politisch war es zu Spannungen gekommen.

Zwischen Westalliierten und Sowjets hatte die Währungsreform zu großen Unruhen geführt: Die Russen sperrten unter scheinheiligen Ausreden die Autobahn Helmstedt-Berlin, worauf die Amerikaner und die Engländer ab 26. Juni mit der gigantischsten Luftbrücke aller Zeiten antworteten. Von da ab wurde der Westsektor Berlins mit allen lebensnotwendigen Gütern in pausenlosem Einsatz Tag und Nacht von den sogenannten »Rosinenbombern« versorgt. Das Unmögliche wurde ermöglicht, eine Millionenstadt konnte auf diese ungewöhnliche Weise am Leben erhalten werden.

All das führte dazu, dass wir uns auch in diesem Sommer der Währungsreform keine neuen Strümpfe leisten konnten, sondern ich natürlich die alten stopfte.

Meine treue Freundin Edith leistete mir wieder einmal Gesellschaft. Eben hatte sie mir erzählt, dass sie sich verliebt hatte, in Mike Johnson, einen Amerikaner, den sie bei ihrer Arbeit am Switchboard in den *Leighton Barracks* kennengelernt hatte. Morgen Abend wollte er mit ihr ausgehen, und Edith war schrecklich aufgeregt.

»Kannst du dich noch an das Gefühl erinnern, ein heiles Paar Socken zu besitzen?«, fragte ich nun.

Sie schüttelte den Kopf. »Das ist gefühlt so lange her wie der Moment, als wir deinen ersten Lippenstift kauften.«

Ich runzelte die Stirn. »Das ist nicht nur gefühlt, sondern wirklich so lange her«, war ich mir sicher. »Wie lange all das schon zurückliegt! Ich erinnere mich noch daran, dass ich damals dachte, der Krieg sei gar nicht so schlimm. Man konnte noch fast alles bekommen, es gab noch genügend zu essen und ausreichend Vergnügungen in diesem schrecklichen *Bund Deutscher Mädel.*«

»Damals war es ja auch noch nicht so schlimm«, gab Edith mir recht. »Wir ahnten noch nicht, was alles auf uns zukommen würde.«

In diesem Moment klopfte es an die Tür, und wir schreckten zusammen.

Etwas ungelenk rappelte ich mich hoch und ging zur Tür.

»Mrs Hilty«, sagte ich überrascht, als die zierliche, wie immer elegante und perfekt zurechtgemachte Amerikanerin vor mir stand. Mrs Hilty war zwar sehr hilfsbereit und hatte uns vor allem am Anfang mit der Anschaffung einiger Möbel und Gebrauchsgegenstände zur Seite gestanden, verirrte sich ansonsten aber so gut wie nie zu uns.

»Was kann ich für Sie tun?«, fragte ich.

»Ich würde Sie gern kurz sprechen, Luise«, sagte die Amerikanerin mit einem angestrengten Lächeln. »Ich erwarte Sie in fünf Minuten in meinem Wohnzimmer.«

»In ... in Ordnung«, stammelte ich und schloss die Tür wieder. Edith sah mich besorgt an.

»Das klingt aber gar nicht gut«, murmelte sie. »Habt ihr etwas ausgefressen?«

»Nicht dass ich wüsste«, erwiderte ich ängstlich. »Wir verstehen uns eigentlich hervorragend. Unser Verhältnis ist freundlich, aber distanziert.«

»Aber irgendetwas muss doch passiert sein.«

Angestrengt dachte ich nach. »Vielleicht hat sie mich dabei beobachtet, dass ich die Apfelreste esse, die ihre Tochter immer wegwirft.«

»Das glaube ich nicht«, sagte Edith. »Und wenn sie es wüsste, müsste sie sich eigentlich schämen, dass sie so viel

Essen haben, dass sie es wegwerfen, während du als Schwangere Hunger leiden musst.«

»Wir haben nun mal den Krieg verloren. Und viel Schuld auf uns geladen«, murmelte ich. »Ich finde es nur gerecht.«

»*Du* hast ganz sicher keine Schuld auf dich geladen«, widersprach Edith. »Du musst mit diesen Selbstvorwürfen aufhören.«

»Ich hätte mehr hinterfragen sollen. Das habe ich nicht getan. Ich habe mir zum Beispiel keine Gedanken gemacht, was aus unserer Nachbarin Hedwig und ihrer Familie wurde, die eines Tages plötzlich weg war.« Die Gedanken an das Schicksal, das unseren jüdischen Mitbürgern widerfahren war, quälten mich, seit ich mit Kriegsende all die grausamen Details erfahren hatte. Ich schämte mich abgrundtief dafür, nichts getan zu haben, um diesen Menschen zu helfen.

»Hör auf«, sagte Edith. »Und geh jetzt zu Mrs Hilty. Sie erwartet dich.«

Mit weichen Knien stieg ich die Treppen hinab und klopfte an der Wohnungstür unserer Vermieter. Fräulein Timm, das Hausmädchen, öffnete, und die Tatsache, dass die sonst so fröhliche Frau bedrückt wirkte und mir nicht in die Augen sehen konnte, bestärkte mich in meiner Vermutung, dass etwas ganz und gar nicht stimmte.

Mrs Hilty saß auf dem Sofa, an genau der gleichen Stelle, an der uns das Ehepaar vor einem dreiviertel Jahr empfangen hatte, und bat mich, Platz zu nehmen. Auch ich setzte mich an genau die gleiche Stelle wie damals. Diesmal gab es keinen Kaffee und keine Donuts, wofür ich allerdings dankbar war, leider aber auch keine Äpfel. Doch das sollte nun mein kleinstes Problem sein, wie sich bald zeigen würde.

Sobald ich mich gesetzt hatte, sprang Mrs Hilty wieder

auf und marschierte nervös durch das Zimmer. Immer wieder öffnete sie den Mund, um etwas zu sagen, schloss ihn dann aber wieder. Meine Unruhe wuchs. Was mochte nur geschehen sein? Es musste sich um etwas ganz Entsetzliches handeln.

Die Spannung, die in der Luft lag, war mit Händen zu greifen.

Schließlich atmete Mrs Hilty tief durch, nahm mich entschlossen ins Visier, schoss sodann direkt auf mich zu und sagte auf Englisch:

»Luise, wir haben schlechte Neuigkeiten für Sie und Ihren Mann. Wir waren so glücklich, Sie hier zu haben – aber nun …«, sie rang nach Luft und warf die Hände in die Luft.

»Mein Mann muss in die Vereinigten Staaten zurückkehren. Das heißt, Sie müssen die Wohnung innerhalb von zwei Wochen räumen«, brach es aus ihr heraus.

Die Angst, die die ganze Zeit durch meinen Körper gerast war, klumpte sich in meinem Magen zusammen. Entsetzt keuchte ich auf und presste eine Hand auf meinen Bauch. Diesermaßen an meine Schwangerschaft erinnert, blickte Mrs Hilty noch betroffener drein.

»Es tut mir unendlich leid, meine Liebe. Gerade jetzt, wo Sie in anderen Umständen sind.«

Wie betäubt und ein wenig taumelnd stand ich auf.

»Danke für alles«, presste ich noch hervor. »Ich wünsche Ihnen alles Gute.«

Dann eilte ich, so schnell das in meinem Zustand eben möglich war, in die Wohnung hinauf. Auf der Treppe lag wieder ein halb gegessener Apfel von Klein-Arleen, aber dieses Mal ignorierte ich ihn. Edith erwartete mich schon in der Tür, voller Sorge, welche Neuigkeiten ich haben würde. »Ach, Edith«, rief ich ihr, schnaufend wie ein Walross, entgegen. »Wir müssen ausziehen!«

Ich fiel meiner Freundin in die Arme und berichtete schluchzend, was ich gerade von Mrs Hilty erfahren hatte. »Wo sollen wir denn nur hin? Was wird jetzt aus uns?«

Edith strich mir beruhigend über den Rücken, fand jedoch keine tröstenden Worte. Was sollte man angesichts einer solchen Schreckensnachricht auch sagen!

»Wahrscheinlich ist das die Strafe dafür, dass wir so undankbar waren«, stieß ich hervor.

»Undankbar? Wann wart ihr denn undankbar?«

»Neulich erst!«, rief ich klagend. »Hannes und ich standen am Fenster und sahen neidvoll die ganzen prächtigen Wagen der Amerikaner vorfahren, die bei den Hiltys zu einer Party eingeladen waren. Es gab jede Menge zu essen, während ich mich von den weggeworfenen Apfelbutzen ernährte.«

»So ein bisschen Neid ist erlaubt«, versicherte die treue Edith. »Das hat nicht das Geringste damit zu tun, dass ihr nun gehen müsst, und das weißt du auch.«

»Aber was soll denn aus uns werden?«, schluchzte ich verzweifelt und sah in ihr liebes, vertrautes Gesicht mit den ebenmäßigen Zügen, umrahmt von glattem blondem Haar, das sie auf Kinnlänge geschnitten hatte. »Wo sollen wir denn nur hin?«

»Aufs Wohnungsamt«, sagte die pragmatische Edith. »Die werden euch helfen.«

»Dann lass uns gleich gehen«, sagte ich aufgeregt. »Ich kann jetzt nicht einfach so rumsitzen und nichts tun.«

»Jetzt sofort? Willst du denn nicht warten, bis Hannes nach Hause kommt?«

Ich schüttelte den Kopf. »Der hat Probe, das wird spät«, erklärte ich. »Bis dahin hat das Wohnungsamt zu, und wir haben keine Zeit zu verlieren.«

»Da hast du auch wieder recht«, stimmte Edith mir zu. »Dann komm. Ich werde dich begleiten.«

7. Kapitel

Meine Hoffnung, dass man mir beim Wohnungsamt weiterhelfen könne, sank zu einem winzig kleinen Häufchen zusammen, als ich die enormen Menschenmengen erblickte, die auf den Fluren warteten. Frustriert seufzte ich auf. »Das hat doch gar keinen Sinn! Wir können gleich wieder gehen.«

Doch Edith blieb hart. »Unsinn. Du bist schwanger«, sagte sie. »Man wird dich sicherlich bevorzugt behandeln.«

Doch keiner von all den Menschen, die dort mit trüben Gesichtern auf ihren Stühlen saßen und warteten, kam auf die Idee, mir einen Sitzplatz anzubieten. Die Luft war ungemein stickig, und ich spürte, dass mir die Beine wegzusacken drohten.

Erschrocken griff Edith nach meinem Arm, um mich zu stützen. Dann ging sie entschlossen mit mir zu einem jungen Mann, der auf einem der Stühle lümmelte.

»Bitte überlassen Sie den Stuhl meiner Freundin«, sagte sie. »Sie ist in anderen Umständen.«

Der junge Mann musterte mich anzüglich, was mir furchtbar unangenehm war, aber vermutlich nur der Tatsache geschuldet war, dass ich, obwohl inzwischen im achten Monat, ganz und gar nicht schwanger aussah.

Murrend stand er schließlich auf, damit ich Platz nehmen konnte. Ich bedankte mich höflich.

Die Wartezeit zog sich in die Länge. Edith lehnte neben mir an der Wand. Unsere anfänglichen Gespräche waren mittlerweile verstummt. Zu eng saßen die Menschen nebeneinander, und der Gedanke, dass ein ganzer Flur jedes Wort mithören würde, das wir miteinander wechselten, missfiel uns derart, dass wir lieber schwiegen.

Stattdessen beobachtete ich die Menschen, die mit mir hier saßen, in diesem Flur der Hoffnungslosigkeit.

Sie sahen müde aus und zermürbt, ihnen allen war die Not ins Gesicht geschrieben. Und in ihrer aller Augen glomm Hoffnung, die jedes Mal erloschen war, wenn sie das Zimmer wieder verließen, in dem ein Mann saß, der über ihrer aller Wohl und Wehe entschied.

So war mir sehr bang, als ich schließlich aufgerufen wurde und mehr in das Zimmer taumelte als ging.

Ich kannte die Antwort schon, bevor ich mich überhaupt vorgestellt hatte – sie stand in den Augen des Mannes, der sagte, dass er Herr Müller heiße. Die Worte, die er dann hinzufügte, bestätigten nur, was ohnehin schon klar war: »Aussichtslos.«

»Aber ich bin schwanger«, sagte ich.

Herr Müller schüttelte nur bedauernd den Kopf. »Das sind viele. Andere haben kranke Kinder oder alte Eltern. So viele Schicksale und keine Hoffnung.«

Er nahm sich die Nickelbrille von der Nase und strich sich müde über die Augen. »Wissen Sie eigentlich, wie grausam mein Beruf ist?«, brach es aus ihm hervor. »Ich bin der Zerstörer aller Hoffnungen. Wir könnten eigentlich auch einen Zettel an die Tür hängen, auf dem steht: ›Aussichtslos‹. Stattdessen muss ich Tag für Tag hier sitzen und eine Hoffnung nach der anderen vernichten.«

Er atmete tief durch, setzte sich die Brille wieder auf die Nase und eine dienstliche Miene auf. »Bitte verzeihen Sie meinen Ausbruch«, sagte er verlegen. »Sie haben etwas an sich … vielleicht ist es auch Ihre Schwangerschaft. Wissen Sie, ich wäre eigentlich auch Vater, aber meine Frau …«

Er machte eine unbestimmte Handbewegung.

»Was ist mit Ihrer Frau?«, fragte ich leise. Da war es wieder. Da war das, was ich schon in meiner Schulzeit und während des Krieges immer wieder erlebt hatte. Die Menschen öffneten sich mir, auch wenn wir uns nicht kannten. Vertrauten sich mir an. Ich empfand das jedes Mal als ungemeines Geschenk, denn was konnte man einem anderen Menschen in Zeiten wie diesen schon geben als Vertrauen. Und wie konnte ich es besser erwidern als mit Zuneigung und Zuhören?

»Meine Frau ist am 16. März beim Angriff auf die Stadt ums Leben gekommen«, stieß der Mann hervor. »Auch meine zweijährige Tochter ist gestorben. Es hat unser Haus voll getroffen. Und meine Frau war schwanger mit unserem zweiten Kind. Sie sind in dem Haus einfach verbrannt ... erstickt. Sie hatten wohl keine Chance.«

Ich atmete tief ein. Oh Gott. Haltsuchend tastete meine Hand nach dem Herzen der Madonna, das ich immer bei mir trug.

Er blinzelte heftig, konnte aber nicht verhindern, dass sich eine Träne aus seinem Augenwinkel löste und an seiner Nase hinabrann. Er wischte sie nicht fort.

»Es tut mir sehr leid«, murmelte ich. Einem Impuls folgend, beugte ich mich über den Tisch und legte meine Hand auf die seine. Die Geste schien ihm gutzutun, ihn zu beruhigen, und ich fragte mich unwillkürlich, wie lange dieser Mann schon nicht mehr berührt worden war, wie lange er keine Zuneigung, keine Zärtlichkeit mehr erfahren hatte.

Er zuckte etwas verlegen die Achseln. »Ein Schicksal wie so viele.«

»Das macht es nicht weniger schrecklich«, sagte ich und zog meine Hand wieder zurück. Ich wusste: Die Kraft lag in der Kürze dieser Zuneigungsbekundung. Alles andere wäre aufdringlich gewesen.

Er nickte. »Wissen Sie«, sagte er mit gepresster Stimme, »in jedem Kind, das hier hereinkommt, sehe ich meine kleine Tochter. Und in jeder schwangeren Frau sehe ich die meine. Ich habe sie nicht beschützt. Ich konnte ihnen nicht helfen. Und auch all diesen Menschen im Flur kann ich nicht helfen. Sie alle kommen so voller Hoffnungen zu mir. Und sie alle muss ich enttäuschen. Auch Sie.«

Ich schüttelte den Kopf. »Sie haben mich nicht enttäuscht«, versicherte ich ihm.

»Nein?« Er sah mich erstaunt an.

»Nein. Sie haben mir etwas geschenkt. Ihr Vertrauen. Sie haben sich mir als Mensch gezeigt. Mich teilhaben lassen. Das ist unser größter Reichtum in dieser Zeit. Die Mitmenschlichkeit und das Mitgefühl. Das können wir uns bewahren.«

»Ja«, sagte er, »da haben Sie recht. Ich danke Ihnen für Ihren Besuch. Kommen Sie nur regelmäßig wieder. Wenn ich irgendetwas für Sie tun kann, tue ich es. Sofort. Das verspreche ich Ihnen.«

»Ja«, sagte ich. »Ja, das weiß ich. Und ich werde wiederkommen.«

8. Kapitel

Eigentlich hatte ich überhaupt keine Lust, auf das traditionsreiche *Kiliani-Volksfest* zu gehen. Doch Hannes ließ nicht locker. »Wir können doch nicht die ganze Zeit über Trübsal blasen«, insistierte er. »*Kiliani* darfst du dir nicht entgehen lassen. Das bist du unserer Stadt schuldig.«

»Du hast ja recht«, murmelte ich. Und das hatte er wirklich. *Kiliani* gehörte zu unserer Stadt wie der Main und die Festung, und wenn wir auch in den letzten Jahren andere Sorgen gehabt hatten, so war die Tatsache, dass das Volksfest nun wieder stattfand, doch mehr als nur ein Hoffnungsschimmer für unsere zerstörte Stadt. In der Schule hatte ich gelernt, dass *Kiliani* zunächst nur aus Verkaufsständen bestanden hatte, dass im Laufe der Jahre aber immer mehr Gaukler gekommen und aufgetreten waren. 1846 waren Verkaufs- und Schaumesse getrennt worden, und aus der Schaumesse hatte sich das heutige Volksfest entwickelt.

»Irgendwie komisch, dass *Kiliani* nicht am Mainufer, sondern auf dem Sanderrasen stattfindet«, sagte Hannes. »Das fühlt sich an, als wäre es ein anderes Fest.« Der übliche Platz am Mainkai stand noch nicht wieder zur Verfügung, weil dort nach wie vor die Feldbahn zum Abtransport des Schuttes fuhr.

»Eigentlich ist es richtig, das Fest auf dem Sanderrasen zu feiern«, widersprach ich.

Hannes sah mich verwundert an. »Weshalb?«

»Mutti hat erzählt, als sie noch ein Kind war, war *Kiliani* immer auf dem Sanderrasen. Erst 1920 ist es an den Main verlegt worden.«

»Dann kehren wir ja gewissermaßen zurück zu den Ursprüngen«, sagte mein Mann und urteilte dann: »Mit dem früheren *Kiliani* ist das hier mit den wenigen Buden trotzdem nicht zu vergleichen.«

»Das sieht im nächsten Jahr bestimmt schon ganz anders aus«, tröstete ich ihn. »Immerhin gibt es überhaupt wieder *Kiliani*. Und sogar eine *Mondraketenbahn*. Mit der fahre ich aber nicht.«

»Das solltest du auch nicht«, pflichtete Hannes mir mit Blick auf meinen inzwischen sehr stattlichen Bauch bei. »Aber ich gönne mir ein Bier.«

»Weißt du eigentlich, dass es früher kein Bierzelt, sondern eine Milchhalle gab?«, fragte ich ihn. »Auch das weiß ich von Mutti. Sie hat mir eine regelrechte Geschichtsstunde zu *Kiliani* gegeben.«

»Eine Milchhalle?«, fragte er verständnislos, während wir uns am Bierstand anstellten, um den begehrten Gerstensaft für Hannes zu kaufen. »Wer geht denn auf ein Fest, um Milch zu trinken?«

»Schwangere zum Beispiel«, erwiderte ich lächelnd. »Und für unser Ungeborenes wäre Milch sicherlich gesünder als Bier.«

»Ich glaube, Schwangere sind nicht unbedingt die Bevölkerungsgruppe, an die sich das Fest richtet«, frotzelte er, nahm strahlend sein Bier entgegen und ließ sich den ersten Schluck schmecken. »Köstlich«, befand er.

Rückblickend sollte das für lange Zeit der letzte unbeschwerte Abend bleiben, denn die kommenden Monate waren hart. Den Bemühungen des freundlichen Herrn Müller zum Trotz fanden wir einfach keine Unterkunft, und so blieb uns nichts anderes übrig, als in Muttis 14-Quadratmeter-Zimmer zu ziehen. Mutti schlief natürlich in ihrem Bett,

Hannes und ich teilten uns eine Matratze auf dem Fußboden. Es war sowohl Mutti als auch meinem Liebsten, die im Grunde ja Fremde waren, furchtbar unangenehm, auf derart engem Raum zusammenleben zu müssen. Es gab keine Privatsphäre, und beide waren stets angespannt. Das galt auch für mich: Schließlich war ich das Bindeglied zwischen ihnen und fühlte mich immer dafür verantwortlich, dass die beiden harmonierten. An Zärtlichkeiten, geschweige denn Intimitäten, war natürlich nicht zu denken, und ich merkte, wie das Hannes immer mehr zu schaffen machte. Immer öfter blieb er abends länger fort, und wenn er nach Hause kam, roch er nach Alkohol. Nach und nach nahm der Geruch das ganze Zimmer in Besitz, was meinen derzeit extrem sensiblen Geruchssinn quälte.

Meine Mutter verübelte meinem Mann sein Verhalten. Wenn er fort war, schimpfte sie in einem fort über ihn, was mich wiederum ärgerte, und wenn er da war, strafte sie ihn mit eiskalter Verachtung. Was wiederum dazu führte, dass er immer öfter die Flucht ergriff, und ich konnte es ihm nicht einmal verübeln. Ich tat es ihm gleich. Sooft ich konnte, verließ ich unsere Wohnung, um mit Edith oder allein durch die Stadt und ihre Parks zu spazieren.

Auf einem dieser ausgedehnten einsamen Spaziergänge – Edith war bei der Arbeit und konnte mich nicht begleiten – spürte ich plötzlich einen stechenden Schmerz im Bauch. Erschrocken zuckte ich zusammen. Was war das? Sicher nur ein Zufall, versuchte ich mich zu beruhigen, vielleicht ein falscher Tritt, denn Wehen konnten es ja wohl noch nicht sein. Trotzdem war ich beunruhigt und beschleunigte meine Schritte, um schnellstmöglich nach Hause zu kommen. So schlecht mein Verhältnis zu Mutti in den letzten Wochen auch geworden sein mochte: Jetzt sehnte ich mich nach ihr und danach, dass sie mir Halt gab und mir versicherte, dass alles in Ordnung sei. Im Stillen hoffte ich auch, Hannes zu Hause anzutreffen. Wobei das extrem unwahrscheinlich war, denn er vermied es, mit Mutti allein zu sein. Kam er nach Hause, wenn ich nicht da war, suchte er meist, so schnell er konnte, wieder das Weite.

Doch ich hatte Glück: Als ich nach einer gefühlten Ewigkeit endlich ankam, traf ich auf Hannes, der gerade das Haus verlassen wollte. Offensichtlich hatte er schlechte Laune. »Du warst nicht da«, sagte er statt einer Begrüßung. »Und deine Mutter redet nicht mit mir. Also habe ich es vorgezogen zu gehen.«

Doch ich hatte kein Ohr für seine Sorgen. »Hannes!«, keuchte ich. »Ich glaube, ich habe Wehen.«

Erschrocken machte er zwei rasche Schritte auf mich zu, um mich zu stützen, was mir angesichts des Gewaltmarsches, den ich hinter mir hatte, lächerlich vorkam, aber ich schwieg natürlich. Er meinte es ja nur gut.

»Ich sage Mutti Bescheid, kannst du kurz warten?«, fragte er und wandte sich zum Gehen.

»Ich bin durchaus in der Lage, mit hochzukommen«, setzte ich an, doch er widersprach sofort.

»Auf gar keinen Fall. Du darfst dich nicht anstrengen.«

Minuten später war er mit meiner Mutter zurück. In ihrer Aufregung und Sorge um mich hatten meine beiden liebsten Menschen sogar ihre gegenseitigen Ressentiments vergessen. Es war rührend, wie sie da vor mir standen, einer aufgeregter als der andere.

Mutti stellte fachkundige Fragen, die ich alle bejahte, während Hannes sie ansah, als sei sie Chefärztin an der *Charité*. Wenn meine vorzeitigen Wehen – denn offensichtlich waren es welche – dazu beitrugen, dass sie sich wieder besser vertrugen, dann war mir jeder Schmerz recht.

Im Gegensatz zu Hannes war Mutti allerdings der Meinung, dass wir noch ein bisschen abwarten und die Lage beobachten konnten. Zum ersten Mal seit vielen Wochen verbrachten wir einen halbwegs harmonischen Abend zu dritt in Muttis winzigem Zimmer.

Während der Nacht kehrten die Wehen mit großer Gleichmäßigkeit zurück. Ich konnte kaum schlafen und hörte in mich hinein, führte ein stummes Zwiegespräch mit dem kleinen Menschlein, das nun offenbar fand, es sei allerhöchste Zeit, auf die Welt zu kommen.

Ich war müde und zugleich hellwach, als ich mich aufrappelte.

Hannes fuhr hoch. »Was ist mit dir? Hast du Schmerzen? Geht es dir gut?«, überfiel er mich aufgeregt.

Ich lächelte. Seine Sorge um mich tat mir gut, wärmte mich und machte die schwierigen letzten Wochen wett.

Auch Mutti war aufgewacht und sofort an meiner Seite.

Prüfend sah sie mir ins Gesicht und war sich dann sicher: »Jetzt dauert es nicht mehr lang.«

Ich nickte und krümmte mich unter einer neuen Wehe zusammen.

»Wir sollten gehen.« Bittend sah ich meinen Mann an. »Ich würde gern laufen.«

»Aber …«, setzte er an, doch Mutti beruhigte ihn. »Laufen tut ihr gut.«

»Bist du sicher, dass du es noch bis zum Krankenhaus schaffen wirst?«, fragte er besorgt.

Ich nickte. »Ganz sicher.«

Eilig zogen wir uns an, dann gingen wir im Gänsemarsch die Treppen hinunter, Hannes hatte meinen Klinikkoffer in der Hand.

Unten im Erdgeschoss ging die Tür auf, und Herr Adam streckte seinen Kopf heraus. »Ich wollte dir Glück wünschen«, sagte er, und in seinen alten Augen schimmerten

Tränen, als er schüchtern hinzufügte: »Ein wenig ist es ja so, als würde ich auf meine alten Tage doch noch einmal Opa werden. Obwohl ich die Meinen ja alle verloren habe.«

»Ach, Herr Adam.« Ich ging zu unserem Vermieter und schlang die Arme um ihn. »Natürlich werden Sie Opa. Es ist uns eine Ehre.«

Sichtlich gerührt wischte sich Herr Adam die Augen und verschwand dann unter gemurmelten guten Wünschen wieder in seiner Wohnung. Mutti nahm mich in die Arme und drückte mir einen innigen Kuss auf die Wange, dann zogen wir los. Ein Weg von immerhin etwa 25 Minuten lag vor uns. In der einen Hand trug Hannes meinen Klinikkoffer, mit der anderen hielt er meine Rechte fest umklammert. »Du hattest schon lange keine Wehe mehr«, stellte er schließlich, als wir fast angekommen waren, fest. Seiner Stimme und dem Ausdruck seiner Augen war deutlich anzumerken, dass er über diesen Umstand einerseits erleichtert, andererseits aber beunruhigt war. Erleichtert, weil er es schrecklich fand, mich leiden zu sehen, beunruhigt, weil selbst er als Mann wusste, dass Wehen zur Geburt gehörten und dass sie immer heftiger wurden, bis das Kind irgendwann auf der Welt war.

Ich empfand genau wie er. Und irgendwie fand ich es auch amüsant. Da hatten wir uns den ganzen weiten Weg hierhergequält, und kaum befand sich das Krankenhaus in erreichbarer Nähe, hatte ich keine Wehen mehr! Sie schienen plötzlich wie weggeblasen.

»Sollen wir umdrehen?«, fragte ich meinen Mann.

Doch der schüttelte vehement den Kopf.

»Um Gottes willen, wir können doch jetzt nicht umkehren. Also ich trage den Koffer nicht wieder in die Wohnung zurück, wo uns doch alle haben fortgehen sehen – also das kommt überhaupt nicht infrage!«

»Es ist ein Mädchen und es ist gesund!«, teilte mir die Hebamme fünf Stunden später mit. Unsere Tochter wurde gebadet, gemessen und angezogen, und ich bekam sie kurz gezeigt. Sehnsüchtig streckte ich die Arme nach ihr aus. Nachdem wir so lange eins gewesen waren, schmerzte es mich beinahe körperlich, von ihr getrennt zu sein. Und wie musste sie sich erst fühlen, einsam und verloren in dieser großen, lauten, kalten Welt. Ich wollte sie in die Arme nehmen, sie beschützen und ihr Geborgenheit geben. Doch die Hebamme zog sie von mir weg.

»Bitte, geben Sie mir doch meine Tochter«, flehte ich.

Sie schüttelte erbarmungslos den Kopf. »Sie bekommen Ihr Kind wieder, wenn Sie Milch zum Stillen haben.« Es klang wie eine Drohung, und das war es ja auch.

»Renate«, flüsterte ich voller Sehnsucht. »Mein kleines Renatchen.« Auf den Namen hatten Hannes und ich uns lange vor der Geburt geeinigt. Wäre es ein Junge gewesen, hätten wir ihn Fritz genannt.

Am späten Nachmittag besuchten mich Hannes und Mutti. Ich lag in meinem Bett, einen Sandsack auf dem Bauch und zu Tode erschöpft, krank vor Sehnsucht nach meinem kleinen Mädchen, das ich so voller Schmerzen auf die Welt gebracht hatte und das mir dann entrissen worden war.

»Wo ist das Kind?«, fragte Hannes, nachdem er mich geküsst hatte, und sah sich suchend um.

»Oh, Hannes, sie haben sie mir weggenommen.« Nun war es mit meiner mühsam aufrechterhaltenen Beherrschung vorbei, und ich begann bitterlich zu weinen.

»Aber, aber, Frau Meindorf«, schalt mich die sogleich herbeigeeilte Schwester. »Wer wird denn da weinen! Natürlich haben wir Ihnen Ihr Kind nicht weggenommen. Sie sollen jetzt zur Ruhe kommen und schön viel Milch produzieren, dann bekommen Sie sie wieder.«

»Aber ich kann mich nicht erholen, wenn sie nicht bei mir ist«, widersprach ich.

»Nun lernt die Kleine erst mal ihren Vati und ihre Omi kennen, und dann ist sie ganz schnell bei Ihnen. Kommen Sie«, bestimmte die Schwester resolut und eilte davon. Mutti und Hannes warfen mir zwar einen entschuldigenden Blick zu, machten dann aber, dass sie hinterherkamen. Ich fühlte mich einsam, aber zugleich war ich erleichtert, dass man wenigstens diesen beiden die Möglichkeit gab, nach dem Rechten zu sehen.

Wenig später war Hannes wieder an meiner Seite. »Es geht ihr gut«, sagte er, strahlend vor Stolz. »So ein hübsches kleines Mädchen.«

»Sie haben versprochen, sie nun bald zu dir zu bringen«, tröstete mich Mutti und strich mir über die Wange. »Und nun ruh dich aus. Wir besuchen dich morgen wieder.«

Hannes küsste mich zum Abschied, dann fiel die Tür hinter ihnen zu. Die nächsten Stunden verbrachte ich damit, sie anzustarren, als könne ich sie kraft meines Willens dazu bringen, sich zu öffnen. Doch ich musste noch lange warten, bis ich endlich mein reines, kleines Bündel in die Arme schließen durfte. Sehr zierlich und hilflos war mein kleines Mädchen – sie wog gerade fünfeinhalb Pfund – kein Wunder bei meiner kargen Ernährung. Dazu kam noch ihre Eile, das Licht der Welt drei Wochen zu früh zu erblicken. Ich empfand nichts als Liebe, wie ich sie so in meinen Armen hielt und einfach nur ansah. Staunend. Dankbar. Und voller Demut. Das war sie also, meine kleine Tochter. Meine Schutzbefohlene. Auf einmal hatte mein Leben einen neuen Sinn bekommen und ich die wichtigste und wunderbarste Aufgabe überhaupt: diesem kleinen Menschen ein glückliches Leben zu bescheren. Mein Mädchen vor Leid zu beschützen, es zu einem aufrechten und ehrlichen Menschen zu erziehen. Würde mir das gelingen? Würde ich eine gute Mutter werden?

Wie ein kleines Vögelchen öffnete Renatchen ihren winzigen Mund, und ich legte sie an die Brust. Offenbar war das Trinken ungemein anstrengend für sie, denn sie schlief immer wieder ein und ich musste sie durch »Bäckchenstreicheln« zum Weitertrinken ermuntern. »Ich lasse dich nie wieder los, kleines Mädchen«, flüsterte ich zärtlich und presste ihr kleines, warmes Körperchen eng an mich. »Ich werde dich immer beschützen.«

Fünf Tage nach der Geburt durften wir nach Hause – und vor diesem Moment hatte ich große Angst. Zu Recht, wie sich zeigen würde. Jetzt schliefen wir zu viert in dem winzigen Zimmer, und die Anspannung wuchs ins Unermessliche, zumal sich Renatchen als Schreikind entpuppte, was uns allen den Schlaf raubte, aber auch zu Schwierigkeiten mit den Mitbewohnern führte, die ja frühmorgens zur Arbeit gehen mussten. Wir alle waren mit unseren Nerven am Ende, und unsere Nervosität übertrug sich auf die Kleine.

»Du brauchst etwas Schönes, das dir guttut«, sagte Edith, als ich ihr auf einem gemeinsamen Spaziergang mit Renatchen durch den Ringpark mein Leid klagte.

Ich nickte. »Da hast du allerdings recht.«

»Wie wäre es mit einem neuen Kleid?«, schlug meine Freundin vor.

»Ach«, strahlte ich, »das wäre ein Traum. Ein wirklicher, echter Traum.«

»Dann lass uns doch eines kaufen!«, rief Edith begeistert. »Deine alte Figur hast du ja schnell wieder zurück.«

Ich nickte nachdenklich und stellte fest, dass ich mich sofort besser fühlte. Ein neues Kleid! Das wäre jetzt genau das Richtige. Und ich hatte mir schon so lange nichts mehr gegönnt! Ich würde aber noch ein paar Wochen abwarten, bis ich meine alten Maße wiederhatte.

9. Kapitel

Die alte Frau blinzelte, als ich zwei Monate nach der Geburt vorsichtig die notdürftig reparierte Ladentür der am Inneren Graben gelegenen Schneiderei aufstieß und das Licht der Straße auf ihr Gesicht fiel. In meiner Hand hielt ich eine Bahn wunderbaren schwarzen Crêpe de Chine, und ich konnte nicht aufhören, immer wieder über diese herrliche Geschmeidigkeit zu streichen. Mutti hatte mich in meinem Vorhaben unterstützt und sich angeboten, solang auf Renatchen aufzupassen, da die Schneiderin ja sicherlich Maß nehmen müsse. Es war mir schwergefallen, mich von meinem winzigen Bündel zu trennen, aber es war ja nicht für lange, und ich wusste sie bei Mutti in guten Händen.

»Luischen«, sagte die Alte. »Luischen, bist du es wirklich?«

»Ja, liebste Frau Ströbel, ich bin es wirklich«, erwiderte ich gerührt.

»Luischen!«, rief sie wieder, eilte auf mich zu und strich

mit ihrer faltigen Hand über mein Gesicht. »Luischen, dass ich dich noch einmal wiedersehen werde.«

Mit leuchtenden Augen fuhr sie fort: »Weißt du noch, damals im Krieg habe ich dir dein Tanzstundenkleid genäht. Deine geblümte Tagesdecke hast du dafür hergegeben.«

»Ja, ich weiß. Wie könnte ich das vergessen?«, lächelte ich und sah mich wieder vor mir, wie ich, ebenso aufgeregt wie heute, die Schneiderei betreten hatte. Nur war ich damals 15 gewesen und nicht 21. Und ich hatte keinen nagelneuen Crêpe de Chine dabei, sondern eben jene geblümte Tagesdecke, aus der Frau Ströbel dann mein Kleid gezaubert hatte.

»Sie waren so tüchtig und haben sich solche Mühe gegeben, etwas Schönes für mich zu fertigen.«

»Ach, das war aber auch eine Freude, so viel Stoff für ein Kleid zur Verfügung zu haben«, kicherte die Alte. »Damals war es ja üblich, zwei oder drei verwaschene oder alte Kleider zu einem neuen zusammenzufügen. In den Genuss, eine so große Stoffbahn für ein Kleid zu haben, kam ich in jenen Jahren recht selten.«

Ich lächelte beim Gedanken an den Tanzkurs, für den sie mir das Kleid geschneidert hatte, verträumt. Rückblickend kam es mir vor, als hätte er zwischen den Zeiten stattgefunden, in einer kleinen, heilen Blase, die es eigentlich schon gar nicht mehr gab: Wir waren 15, unsere Tanzstundenherren 17 Jahre alt gewesen. Nach Weihnachten sollten sie mit geschenktem Kriegsabitur zur Wehrmacht eingezogen werden – und so viele von ihnen würden nicht mehr zurückkehren.

Helmut Hersam war einer von jenen, die im Krieg blieben. Er war meine erste Liebe, und ich hätte mir nichts sehnlicher gewünscht, als dass er mein Tanzstundenherr werden würde, doch zu meinem großen Kummer hatte er sich Hilde Hendrikock ausgeguckt, so wie mir ja auch mein Hannes damals keinen zweiten Blick geschenkt hatte. Offenbar hatte ich aber doch Eindruck auf Helmut gemacht, denn später schrieb er mir aus dem Krieg, er würde bald Heimaturlaub bekommen nach all den schrecklichen Fronterlebnissen in Russland. Und am liebsten wolle er den ganzen Urlaub von 14 Tagen mit mir verbringen. Tatsächlich hatten wir dann eine wunderschöne Zeit miteinander verlebt, doch als ich eines Morgens im August 1943 nach meinem kärglichen Frühstück die Zeitung durchgeblättert hatte, hatte ich eine Todesanzeige entdeckt, die mir fast das Herz stehenbleiben ließ! »Unser lieber Sohn Helmut Hersam ist kurz vor Antritt seines Heimaturlaubes als Fähnrich für Volk und Vaterland gefallen.« Wieder und wieder hatte ich die Anzeige gelesen und es einfach nicht glauben wollen! Etliche Tage später ging ich an dem kleinen Reihenhaus im Gerbrunner Weg vorbei, in dem Helmut mit seinen Eltern und vier weiteren Geschwistern gewohnt hatte.

Automatisch sah ich zu dem kleinen Fenster im Dachgeschoss hinauf, von dem ich wusste, dass sich dahinter sein Zimmer befand, er hatte es mit seinem Bruder geteilt. Im Garten entdeckte ich eine schwarz gekleidete Frau mit ernsten, verhärmten und doch gütigen Gesichtszügen.

Ich wusste, es war seine Mutter, ich kannte sie vom Sehen. Sie sah mich, winkte mir zu und bat mich herein. Erstmals betrat ich Helmuts Haus, spürte und erlebte seine häusliche Umgebung – es war bittersüß und unendlich schmerzhaft. Seine Mutter erzählte mir viel von Helmut, auch von seinen letzten Briefen. Sie wusste von unserer freundschaftlichen Verbindung und fragte mich, ob ich Helmuts Zimmer sehen wolle. Natürlich wollte ich, wenn auch zögerlich. Sie zeigte mir seine Zeichnungen und machte mich darauf aufmerksam, dass er darin immer wieder meine Initialen mit Herz versteckt hatte. In einem seiner letzten Briefe vertraute er ihr an, dass er mich schon immer sehr gemocht hatte, mich aber für später, für nach dem Krieg, »aufheben« wollte. Frau Hersam fragte mich, ob ich die Bank an der Eisenbahnüberführung kannte, wo er ein Herz mit unseren Initialen in die Lehne geschnitzt hatte. Ich schüttelte den Kopf und versuchte mit aller Gewalt, den Kloß herunterzuschlucken, der sich in meinem Hals gebildet hatte.

Von all dem wussten wir noch nichts, ahnten es höchstens sehr schemenhaft, als wir uns damals bei unserem Tanzkurs zu einem ersten »Beschnuppern« im Hofgarten trafen. Wir waren jung, wir waren lebenshungrig, eine Reihe kichernder alberner Mädchen, Arm in Arm in einer Reihe laufend, begutachtet von einer Reihe unreifer Burschen, die hinter uns hergingen, eigentlich schüchtern und deshalb besonders patzig. Wir wurden einander »zugeteilt« nach Größe und Haarfarbe, mehr oder weniger unmöglich!

»Luischen?«, fragte Frau Ströbel nun und sah mich lächelnd, aber auch ein wenig beunruhigt an. »Wo bist du nur mit deinen Gedanken.«

»Entschuldigung«, sagte ich, erwachend aus einer anderen, untergegangenen und sehr schmerzlichen Welt. »Ihre Schilderungen von dem Kleid haben mich wieder an die Tanzstunden erinnert. Und an die jungen Männer, die im Krieg geblieben sind.«

»Ja«, sagte sie bekümmert. »Ja, es ist schrecklich.«

Ich sah sie an, in dem staubigen Dämmerlicht ihrer Schneiderei, und wusste, dass sie all das schon zum zweiten Mal erlebt hatte, dass es der zweite Krieg gewesen war, den sie hatte durchleiden müssen.

»Ich freue mich, dass Sie mich besuchen, Luischen«, sagte die Alte vorsichtig. »Und wie ich sehe, haben Sie mir wieder einen wunderschönen Stoff mitgebracht. Einen ganz neuen dieses Mal.«

»Ja«, erwiderte ich. »Das Einzige, was ich mir von den 40 Mark gekauft habe. Ich würde mir daraus gerne ein *Kleines Schwarzes* schneidern lassen. Geht das?«

»Aber natürlich geht das«, freute sich Frau Ströbel. »Ein wunderbares Kleid für eine Frau deiner Größe und deiner Statur. Ich würde dann noch mal maßnehmen.«

»Gern«, sagte ich. »Wie damals.«

»Wie damals«, bekräftigte sie und machte sich an die Arbeit. Mit konzentrierter Miene maß sie den Umfang von Brust, Taille und Hüfte sowie die Länge meiner Beine und trug meine Maße mit einem Bleistiftstummel in ein dickes, abgegriffenes Heft ein. Ob es noch das gleiche war, in das sie auch damals meine Maße geschrieben hatte?

»Wunderbar«, sagte sie schließlich zufrieden, um mich gleich darauf fast schüchtern anzusehen: »Ich habe noch eine alte Wehrmachtsdecke. Daraus könnte ich dir einen passenden Mantel nähen. Du wirst sehen, das sieht sehr schick aus.«

Überrascht sah ich sie an. Einen neuen Mantel brauchte ich wirklich dringend, hatte aber gezögert, auch noch für einen Wollstoff Geld auszugeben.

»Die Decke würde ich dir schenken, Luischen«, sagte die Alte. »Wäre das nicht schön? Damals habe ich dir aus deiner Tagesdecke ein Kleid genäht, und heute nähe ich dir aus meiner Wehrmachtsdecke einen Mantel. Sie hat mir gute Dienste geleistet und mich im Krieg warmgehalten.«

Der Gedanke, dass sie mir aus dieser Decke, die sie durch die Kriegswinter gebracht hatte, einen Mantel nähen wollte, rührte mich zutiefst.

»Das wäre wunderschön«, stimmte ich ihr zu. »Aber ich bestehe darauf, Sie auch für die Decke zu bezahlen. Sie haben ja selbst nichts. Und vielleicht brauchen Sie sie noch. Momentan ist es zwar warm, aber der nächste Winter kommt bestimmt.«

Doch Frau Ströbel schüttelte vehement den Kopf. »Mein Sohn hat mir eine neue Decke gekauft«, sagte sie. »Ich habe die Decke wirklich übrig, und sie hat mir so gute Dienste geleistet, da will ich sie nicht irgendjemandem geben. Sie soll dir Glück bringen und dich schützen wie der Mantel einer Madonna.«

Wie elektrisiert zuckte ich zusammen, und wieder einmal tastete meine Hand nach dem winzigen Stein in seinem Beutel, den ich nach wie vor stets bei mir trug. Es konnte nur Zufall sein, dass Frau Ströbel das sagte, aber es traf mich mitten ins Herz. Würzburg, seine Madonnen, seine Menschen. Wie gut aufgehoben ich mich hier fühlte.

Dankbar lächelte ich Frau Ströbel an. »Was für ein wunderschöner Gedanke«, sagte ich verlegen. »Danke, dass Sie mir so viel Gutes tun!«

»Ich hab dich immer gemocht, Luischen«, sagte Frau Ströbel, die offensichtlich ebenfalls sehr gerührt war. »Bei dir ist meine alte Decke gut aufgehoben.«

Als ich die kleine Schneiderei am Inneren Graben zwei Tage später betrat, erwartete mich Frau Ströbel schon aufgeregt. Sie zeigte mir das *Kleine Schwarze* und den Mantel, und beides war atemberaubend. Der Mantel hatte einen halbrunden Kragen, der sich aufstellen ließ, eine schmale Taille, die meine schlanke Linie betonte, und war über und über mit einer schwarzen Soutache-Stickerei verziert, die das Schwarz meines Kleides aufgriff, den Mantel aber vor allem zum reinsten Kunstwerk machte. »Oh, Frau Ströbel, es ist atemberaubend schön«, hauchte ich.

»Nun zieh es schon an, Kindchen«, befahl sie mir. »Ich will sehen, wie es an dir aussieht.«

Ich tat, wie mir geheißen, betrat die Umkleidekabine, legte mein graues Nachkriegskleid ab und war, als ich kurz darauf in den Spiegel blickte, hingerissen. Der schwarze Crêpe de Chine schmiegte sich wie eine zweite Haut an meine schlanke Figur. Die ärmlich wirkende junge Frau hatte sich in eine elegante Dame verwandelt!

»Oh, Luischen, du siehst wundervoll aus«, rief die alte Schneiderin gerührt. Vor ihren kundigen Augen musste ich mich drehen und wenden und ich bestand die Prüfung. Sie hatte nichts mehr auszusetzen.

Jetzt fehlte nur noch ein Anlass, zu dem ich dieses wundervolle Kleid tragen konnte!

10. Kapitel

»Nun lass dich nicht so bitten.« Mutti stemmte die Hände auf für sie ungewohnt resolute Art in die Hüften und sah mich auffordernd an. »Du musst auch mal wieder unter die Leute. Dein Hannes spielt den Sigismund im *Weißen Rössel*, für die Kleine sorge ich, was hält dich also davon ab, mal wieder unter die Leute zu gehen? Außerdem: Nun hast du dir aus dem wunderbaren Crêpe de Chine bei Frau Ströbel so ein schönes Kleines Schwarzes nähen lassen und dann noch diesen todschicken grauen Mantel mit der schwarzen Soutache-Kurbelei – und, hast du ihn einmal angehabt? Nein! Da ist doch die Wahl der Miss Würzburg in den *Huttensälen* die beste Gelegenheit.«

»Ach, ich habe wirklich keine Lust«, maulte ich und warf einen sehnsüchtigen Blick auf mein friedlich schlafendes Töchterlein. Wenn sie schlief, musste ich doch auch Erholung suchen! »Ich bin so schrecklich müde.« Statt in die *Huttensäle* wollte ich viel lieber zu Bett gehen, mir die Decke über den Kopf ziehen und endlich einmal wieder richtig schlafen.

Doch meine Mutter ließ nicht locker, und ich stellte verblüfft fest, dass es ihr langsam, aber sicher gelang, mit ihren Argumenten zu mir durchzudringen. Sicher würde eine Kapelle spielen, und es wäre schön, wieder einmal unter die Leute zu kommen. Wenn ich nur nicht alleine gehen müsste! Aber Edith musste arbeiten, und Hannes hatte Probe. Andererseits tat mir das Alleinsein vielleicht auch mal ganz gut! Diesen Zustand hatte ich nicht mehr erlebt, seit ich mit Hannes zu Mutti gezogen war.

»Also schön«, sagte ich.

»Und Zeit genug, zum Friseur zu gehen, hast du auch noch«, stellte Mutti mit einem Blick auf die Uhr zufrieden fest, als ich fertig angezogen vor ihr stand. »Das geht ja nicht, so ein schickes Kleid und dann so eine Sauerkrautfrisur.«

»Danke für die Blumen«, erwiderte ich spöttisch.

»Nun mach dich schon auf den Weg, sonst schaffst du es nicht mehr!« Sie schob mich buchstäblich aus der Wohnung.

»Willst du mich loswerden?«, fragte ich misstrauisch.

»Ich will nur, dass du dich auch mal wieder amüsierst«, sagte Mutti und schlug die Wohnungstür hinter mir zu.

Irritiert setzte ich einen Schritt vor den anderen. Dabei fiel mir auf, dass ich, mit Ausnahme des Besuchs bei der Schneiderin, das erste Mal seit Renatchens Geburt alleine unterwegs war. Es fühlte sich zugleich ungemein befreiend und ungemein traurig an. Ich wollte mein kleines Mädchen nicht alleinlassen. Mir war allerdings klar, dass ich Streit mit Mutti riskierte, wenn ich wieder umkehrte. Sie mochte zwar eher zartbesaitet und nicht sehr belastbar sein, aber wenn sie sich etwas in den Kopf gesetzt hatte, konnte sie ungemein stur sein. Und jetzt hatte sie sich eben in den Kopf gesetzt, dass ich gefälligst Spaß zu haben hätte. Seufzend fügte ich mich in mein Schicksal.

Ich eilte durch die Innenstadt, in der Hoffnung, dass mich Friseur Ullrich in der Kaiserstraße noch schnell drannehmen würde. Er hatte mich schon mal recht chic frisiert. Und auch dieses Mal hatte ich Glück: Der Meister zauberte mir eine kunstvolle Hochsteckfrisur, über die er mindestens ebenso entzückt war wie ich.

Allerdings blieb uns nicht viel Zeit, um uns über das Resultat zu freuen, denn wenn ich überhaupt eine Chance haben wollte, noch eine Karte zu bekommen, musste ich mich sputen! Das wäre ja was, dachte ich, während ich in Richtung *Huttensäle* eilte. Wenn ich mich nun dermaßen umständlich zurechtgemacht hätte, um dann vor verschlossenen Pforten zu stehen.

Vor den *Huttensälen* standen jede Menge Menschen, denen anzusehen war, dass sie sich ebensolche Mühe mit ihrem Aussehen gegeben hatten wie ich. Für sie alle war diese Veranstaltung etwas Besonderes, eine der ersten Gelegenheiten, zu denen sie sich wieder herausgeputzt hatten.

Die Karten wurden in einer Art Büro verkauft, und ich klopfte zaghaft an die Tür. Die Frau am Schreibtisch sah auf und begann zu strahlen, als sie mich erblickte. »Fräulein Gökel!«, rief sie erfreut. »Wir haben uns ja ewig nicht mehr gesehen.« Ich blinzelte. Erst jetzt erkannte ich sie wieder! »Fräulein Wolz«, rief ich begeistert. »Natürlich! Ihr Bruder hat ja die *Huttensäle* übernommen!«

»So ist es«, strahlte Marion Wolz. »Und ich helfe ihm ein wenig. Wie lange ist es her?«

»Oh, das kann ich Ihnen genau sagen«, lachte ich. »Wir waren doch zusammen in der Tanzschule.«

»Wieso siezen wir uns dann?«, fragte Fräulein Wolz. »Das ist doch albern.«

»Finde ich auch«, sagte ich. »Und Fräulein Grökel stimmt auch nicht mehr. Ich bin jetzt Frau Meindorf.«

»Ach«, rief sie und warf einen Blick auf meinen Ringfinger. »Du hast Hannes Meindorf geheiratet? Den aus der Tanzschule?«

»Allerdings!«, bestätigte ich. »Und wir haben eine kleine Tochter bekommen. Dies ist mein erster Abend ohne sie.«

Marion musterte mich von oben bis unten. »Das sieht man dir überhaupt nicht an. Du siehst fantastisch aus.«

»Danke«, freute ich mich. »Du aber auch.«

»Ich habe dich schon damals in der Tanzstunde immer bewundert«, gestand Marion. »Du hattest einfach eine natürliche Grazie. Und du warst immer so gut angezogen. Wie jetzt auch wieder! Wie machst du das nur in diesen Zeiten?«

Verlegen zupfte ich mein Kleines Schwarzes zurecht. »Das ist tatsächlich das erste Kleid, das ich mir seit Jahren gegönnt habe«, sagte ich. »Und es hat die gleiche Schneiderin genäht wie mein Tanzstundenkleid.«

»Zum Abschlussball hattest du ein herrliches türkisfarben schimmerndes Taftkleid an«, erinnerte sich Marion mit schwärmerischem Ton.

Ich sah sie überrascht an. »Ja, das stimmt. Meine Cousine Irmgard hat es mir geliehen, wie kürzlich auch mein Hochzeitskleid. Ist das nicht lustig: Sie hat kurz vor mir ihren Abschlussball gehabt und kurz vor mir geheiratet.«

Ich hielt inne und fuhr dann fort: »Dass du das noch weißt!

Ich kann mich bei keiner Einzigen mehr entsinnen, was sie zum Abschlussball getragen hat.«

»Aber ich wette, alle erinnern sich noch an dein Kleid, Luise. Du warst schon immer was Besonderes.«

Verlegen versuchte ich, von meiner Person abzulenken. »Wenn ich mich auch nicht an die Kleider erinnere: Unseren Tanzlehrer sehe ich vor mir, als wäre es gestern gewesen. Wie hieß er noch mal?«

»Herr Peffner«, sagte Marion eifrig.

»Stimmt«, rief ich. »Herr Peffner. Er war klein, grazil und elegant. Er tanzte mit jeder Bewegung, als wolle er die Erde segnen, auf der er sich bewegt, und war die vollendete Beherrschung.«

»Seinen Sohn fand ich allerdings furchtbar«, murmelte Marion.

»Ich auch«, erinnerte ich mich an den jungen Mann, der seinen Vater dann und wann vertreten hatte. »Kam der nicht immer in Uniform?«

»Ja«, kicherte Marion. »Das Schlimmste aber war, dass er immer diese glänzenden hohen Stiefel trug.«

»Was zur Folge hatte, dass er gar kein Gefühl in den Füßen hatte. Als ich einmal mit ihm tanzen musste, hat er mich die ganze Zeit getreten«, schwelgte ich in Erinnerungen.

»Weißt du noch, wie dein Tanzstundenherr einmal umgekippt ist?«, fragte Marion.

Ich nickte. »Wie könnte ich das je vergessen! Ich hatte schon beim Tanzen bemerkt, dass etwas mit ihm nicht stimmte. Er war ganz blass, und ihm standen kleine Schweißtröpfchen auf der Nase. Ich wollte noch fragen, was mit ihm los sei, aber da taumelte er schon, fiel hin und rutschte auf dem blanken Boden bis zur Wand. Ihm war das schrecklich peinlich, zumal die anderen Burschen ihn auslachten und über ihn witzelten.«

»Ja, das war schlimm«, bestätigte Marion. »Er tat mir schrecklich leid. Zumal sein Ansehen in der Klasse ja ohnehin nicht allzu gut war.«

»Ich hatte auch entsetzliches Mitgefühl mit ihm«, erklärte ich. »Und er war so dankbar, dass ich ihn wegen des Vorfalls nicht verachtete. Das hat er mir gestanden, als er mich nach Hause brachte.«

Marion nickte. Dann erklärte sie: »Wie ich bereits sagte: Du warst schon damals etwas Besonderes. Und du bist es immer noch. Deshalb finde ich es auch sehr richtig, dass du heute mitmachst.«

Ich sah sie verständnislos an. »Wie meinst du das – dass ich heute mitmache?«

Nun war es an Marion, verständnislos dreinzublicken. »Na, bei der Wahl zur Miss Würzburg. Deswegen bist du doch hier, oder nicht?«

Ich lachte verlegen. »Ja schon, aber doch nur als Zuschauerin«, stellte ich richtig. »Ich würde nie auf die Idee kommen …«

Doch Marion ließ mich nicht ausreden. »Papperlapapp«, sagte sie und machte eine abwehrende Handbewegung. »Natürlich machst du mit, das ist ja wohl gar keine Frage. Geh nur rasch hinter die Bühne und stell dich bei der austragenden Firma *Opal* vor.«

»Aber …«

»Keine Widerrede«, sagte Marion streng.

»Ich …«

Hinter mir räusperte sich jemand. »Junges Fräulein, nun gehen Sie schon«, ließ sich ein älterer Herr mit weißem Vollbart vernehmen. »Meine Frau und ich würden auch gerne bald einmal an die Reihe kommen.«

Erschrocken wandte ich mich um. Ich hatte gar nicht mitbekommen, dass sich auch noch andere Menschen vor der Kartenverkaufsstelle eingefunden hatten.

»Ich muss weitermachen«, sagte Marion und schob mich in Richtung Saal. »Wir sprechen uns nachher.«

Wie betäubt ging ich durch den fast vollen Saal auf die Bühne zu. Im Vorbeigehen fing ich einige Wortfetzen auf:

»Einen Pelzmantel soll die Gewinnerin des heutigen Abends bekommen.«

»Ich habe gehört, wertvollen Schmuck, vielleicht auch eine Reise.«

Einen Pelzmantel! Schmuck! Eine Reise! Mir war ein wenig schwindelig, und ich fühlte mich wie in Trance. Endlich war ich hinter der Bühne angekommen und stellte mich, wie von Marion gewünscht, dem Veranstalter vor. Der betrachtete mich mit geschultem Blick, nickte anerkennend und sagte dann: »Bitte begeben Sie sich in den kleinen Raum nach hinten zu den anderen Damen.« Schüchtern tat ich, wie mir geheißen, und als ich die Tür öffnete, war ich schrecklich nervös. Unzählige hübsche Gesichter wandten sich mir zu. Die etwa 20 Mädchen, die hier warteten, taxierten und musterten mich von oben bis unten. Ich fühlte mich schrecklich und hätte am liebsten sofort wieder die Flucht ergriffen. Sie waren doch alle viel schöner als ich! Warum hatte ich nur auf Mutti gehört! Und auf Marion! Ich hatte doch gar nicht hier sein wollen, und wenn, dann höchstens als Zuschauerin! Ich würde mich schrecklich blamieren! Doch als ich genauer hinsah, erkannte ich in ihren Gesichtern die gleiche Angst, die ich selbst empfand. Sie schienen von ähnlichen Zweifeln geplagt zu werden.

»Meine Damen«, ertönte da eine Stimme von der Tür her. Alle drehten sich um. Der Veranstalter war gekommen, um uns über den Ablauf des Abends zu informieren.

»Jede von Ihnen wird zwei Durchgänge auf dem Laufsteg absolvieren. Also hin, zurück, hin, zurück. Anschließend bilden Sie unten im Saal einen Halbkreis, sodass die Leute Sie aus der Nähe sehen können.«

Der Mann, der sich als Adalbert Schönlein vorstellte, verteilte Nummern, ich bekam die Zwei, vermutlich, weil ich nahe an der Tür stand.

»Folgen Sie mir in der Reihenfolge der Nummern, die Sie erhalten haben«, sagte Schönlein und führte die aufgeregte Schar zur Bühne. Hier und da war ein Kichern zu hören, und ich fühlte mich auf einmal um Jahrzehnte zurückversetzt. Ich war wieder ein kleines Mädchen und stand in meinem Ballettkleidchen hinter der Bühne. Gleich sollte es losgehen und unten im Publikum saßen Mutti und Vati …

Nimm dich zusammen, ermahnte ich mich. Du bist kein kleines Mädchen mehr, und unten im Publikum sitzen auch nicht Mutti und Vati, sondern Hunderte fremde Menschen, vor denen du gleich eine Modeschau läufst.

»Ich darf um absolute Ruhe bitten!«, rief der Veranstalter. Die Kapelle spielte einen Tusch, und Schönlein schubste die erste Bewerberin ins Rampenlicht. Das arme Mädchen stolperte auf die Bühne, fing sich aber gleich darauf wieder und setzte seinen Weg hocherhobenen Hauptes fort.

11. Kapitel

Ich zwang mich, ruhig zu atmen. Ich würde die Nächste sein. Von draußen war Applaus zu hören, dann kam das blonde Mädchen, das vor mir an der Reihe gewesen war, schon wieder zurück. »Los, Sie sind dran«, zischte Adalbert Schönlein mir zu, als hätte ich das nicht gewusst, und ich wappnete mich innerlich schon gegen einen Stoß, der allerdings nicht erfolgte. Das Herz schlug mir bis zum Hals und meine Beine waren zittrig, als ich den Laufsteg betrat. Was wollte ich hier? Was sollte das alles? Nicht einmal meinen kleinen Glücksstein hatte ich bei mir, da das Kleid keine Taschen besaß. Er steckte in der Tasche meines Mantels, und der hing an der Garderobe hinter der Bühne.

Haltung, sagte ich mir. Du kannst das.

Die Scheinwerfer brannten in meinen Augen und auf meiner Haut, Stellas zu kleine Schuhe drückten, und ich hatte das Gefühl, dass das Kleine Schwarze bei jeder Bewegung ein Stück nach oben rutschte, doch ich beschloss, all das zu ignorieren, setzte mein strahlendstes Lächeln auf und tänzelte über den Laufsteg und wieder zurück, als hätte ich nie etwas anderes getan. Der Beifall war gigantisch, und als ich wieder hinter die Bühne ging, lächelte der Veranstalter mich bewundernd und fast auch ein wenig *ver*wundert an. »Das haben Sie großartig gemacht«, sagte er. »Sie haben offenbar schon einiges an Erfahrung.«

»Nein«, erwiderte ich wahrheitsgemäß. »Nur eine Ballettaufführung als Fünfjährige.«

Doch Schönlein hörte meine Antwort schon gar nicht mehr, weil er im Begriff war, die nächste Bewerberin um das Amt der Würzburger Schönheitskönigin auf die Bühne zu schieben.

Als auch das letzte Mädchen seinen Lauf hinter sich gebracht hatte, scheuchte Adalbert Schönlein uns alle durch die Seitentür in den Saal. »Denken Sie daran«, erinnerte er uns an die bevorstehende Aufgabe, »Sie stellen sich vor der Bühne im Halbkreis auf, sodass die Zuschauer die Möglichkeit haben, Sie aus der Nähe zu betrachten. Halten Sie dabei Ihre Nummer gut sichtbar in den Händen. Die Zuschauer stimmen auf ihren Zetteln nach Nummer ab.«

Wir sind doch nicht im Zoo, dachte ich mit dem Anflug von Unwillen, tat aber natürlich, wie mir geheißen, und nahm eine Ballettgrundstellung ein, nur viel natürlicher.

Die anderen Mädchen, die aufgereiht standen wie die Zaunlatten, schienen das albern zu finden. Sie stießen sich an, lachten und sahen zu mir herüber, was ich furchtbar unprofessionell fand, schließlich standen wir vor Publikum, doch ich ließ mich nicht von meiner Pose abbringen und blickte mit einem strahlenden Lächeln nach vorne.

Das Publikum applaudierte, und ich sah aus dem Augenwinkel, dass die Menschen miteinander flüsterten und auf den ausgeteilten Stimmzetteln abstimmten.

Im Gänsemarsch verließen wir den Saal wieder. So sehr ich auch Haltung bewahrt hatte, als es darauf ankam: Jetzt fühlte ich mich furchtbar und hatte das Gefühl, mich bis auf die Knochen blamiert zu haben. Die anderen schienen jedenfalls der Meinung zu sein, dass dem so war. Sie tuschelten miteinander und warfen mir seltsame Blicke zu. Eine äffte meine Ballettpose nach, die anderen kicherten. Brüsk wandte ich ihnen den Rücken zu. Die folgenden Minuten, in denen die Stimmen ausgezählt wurden, zogen sich schier endlos in die Länge.

»Ich darf Sie nun wieder auf die Bühne bitten«, sagte der Veranstalter endlich.

Ich blinzelte, als ich hinaustrat. Das Licht schien mir greller zu sein als zuvor. »Ist das hell«, raunte die Nummer Eins mir zu.

»Ja«, flüsterte ich zurück, dankbar, dass jemand mich für würdig erachtete, das Wort an mich zu richten. »Das finde ich auch.«

Im Saal wurde es mucksmäuschenstill.

»Meine Damen und Herren!«, rief der Moderator gut gelaunt ins Mikrofon. »Sie hatten heute Abend die Qual der Wahl. Würzburgs 20 schönste Frauen haben sich Ihnen präsentiert, und ich würde sagen: Eine ist hübscher als die andere.«

Tosender Applaus und Jubel folgten seinen Worten.

»Aus diesen Schönheiten die Siegerinnen zu küren, war gewiss nicht einfach, dennoch haben wir ein ganz eindeutiges Ergebnis.«

Mein Herz klopfte mir bis zum Hals, als der Moderator ins Mikrofon rief: »Den dritten Platz belegt …«, er machte eine kunstvolle Pause und fuhr dann fort, »Agatha Faulhammer.«

Enttäuschung klumpte sich in meinem Magen zusammen, während die Drittplatzierte strahlend ihre Glückwünsche, einen Blumenstrauß, zwei Küsschen des Moderators und ihre Schärpe entgegennahm. Auch den zweiten Platz belegte eine andere, und meine Gedanken schweiften zu meiner kleinen Renate und wie es ihr bei meiner Mutter wohl ging, als der Moderator mich plötzlich so merkwürdig ansah.

»Die Gewinnerin des heutigen Abends und damit unsere erste Nachkriegs-Miss-Würzburg ist die Nummer zwei – Frau Luise Meindorf.«

Ich glaubte zu träumen, es konnte unmöglich wahr sein, was ich da hörte – ich – ich sollte »Miss Würzburg« sein – ich, die ich eigentlich nur zum Zuschauen hier war!

Mir blieb keine Zeit, mich zu fassen – der ganze Saal klatschte wie wild – Adalbert Schönlein befestigte schon die Miss-Würzburg-Schärpe an meiner Jacke und drückte mir Küsschen auf die Wange und einen Strauß weiße Chrysanthemen in den Arm. Um meinen Hals legte er ein doppelreihiges Perlencollier – die Fotografen drängten sich vor der Bühne, es folgte ein Blitzlichtgewitter. Wie betäubt nahm ich die Glückwünsche meiner Mitstreiterinnen, die auf einmal gar nicht mehr hämisch, sondern fast unterwürfig waren, und den Gutschein von *Foto – Gundermann* für drei Atelieraufnahmen entgegen, beantwortete die Fragen eines Reporters von der *Main-Post* und sah plötzlich Hannes in der Menge. Neben ihm stand Marion, der ich all das zu verdanken hatte. Beide winkten mir strahlend zu.

Ich blinzelte. Hannes? Was machte Hannes hier? Wie hatte er davon erfahren?

Es dauerte noch eine ganze Weile, bis es mir gelang, mich zu ihm durchzukämpfen. Marion stand zu meinem großen Bedauern nicht mehr neben ihm. Ich hätte mich so gern bei ihr bedankt!

»Luise, meine Luise, du machst ja Sachen!«, rief er begeistert und zog mich stolz in seine Arme, um mich zu küssen. Das Blitzlichtgewitter um uns herum schien er zu genießen.

»Ich wollte das eigentlich gar nicht«, stotterte ich. »Was machst du hier?«

»Deine Mutti hat mir erzählt, dass du zur Wahl der Miss Würzburg gehen wolltest, und da dachte ich mir, dass ich dich abhole«, erklärte er. »Ich hätte natürlich nicht damit gerechnet, dass ich die Miss Würzburg selbst nach Hause führen werde.«

»Ich auch nicht«, sagte ich, während uns jemand je ein Glas Sekt reichte, und erzählte ihm dann, was passiert war.

»Kein Wunder«, sagte er. »Ich sage dir doch immer wieder, was für eine schöne Frau du bist. Aber du willst mir ja nicht glauben.«

»Das alles habe ich nur Marion zu verdanken«, sagte ich und sah mich suchend um. »Wo ist sie überhaupt?«

»Vermutlich irgendwo vorne«, mutmaßte mein Mann. »Ich helfe dir, sie zu suchen.«

»Frau Meindorf«, hielt mich da eine große, schlanke und ausgesprochen elegant wirkende Dame Mitte 50 auf.

»Ja?«

»Mein Name ist Mia Bindewald. Ich gratuliere Ihnen zu Ihrem Erfolg. Sie haben sich die Auszeichnung redlich verdient.«

»Danke«, sagte ich.

»Ich bin Modedesignerin«, fuhr Mia Bindewald fort. »Vor dem Krieg hatten wir in Berlin ein exquisites Atelier. Wir mussten fliehen. Jetzt versuche ich, mir hier im schönen Würzburg eine neue Existenz aufzubauen.«

»Sie werden es nicht bereuen«, prophezeite ich. »Auch wenn die Innenstadt zurzeit in Trümmern liegt und man uns als ›Grab am Main‹ bezeichnet: Würzburg wird wieder zu seiner einstigen Größe zurückfinden!«

»Davon bin ich überzeugt.« Mia Bindewald lächelte. »Und ich würde mich freuen, wenn Sie mir dabei helfen könnten – also, hier wieder Fuß zu fassen.«

»Ich?«, sagte ich verwundert. »Aber wie soll ich denn …?«

Mia Bindewald winkte ab. »Jetzt genießen Sie erst mal Ihren Abend. Und wenn Sie Lust haben, besuchen Sie mich bald einmal.«

Sie schrieb mir ihre Adresse auf ein Stück Papier und verabschiedete sich.

Nachdenklich schob ich das Stück Papier in meine Manteltasche, wo ich auch mein Glückssteinchen ertastete. Doch bis wir nach einem langen Abend voller Glückwünsche endlich nach Hause kamen und ich Mutti von dem unerwarteten Verlauf der Veranstaltung berichtet hatte, hatte ich den Zettel schon wieder vergessen.

12. Kapitel

Meine Wahl zur Würzburger Schönheitskönigin änderte mein Leben von Grund auf. Die *Main-Post* hatte der Wahl eine ganze Seite gewidmet, und daher strahlte ich den Würzburgern aus allen Briefkästen entgegen. Auf der Straße drehten sich die Leute nach mir um, lächelten mir zu und grüßten mich. Ich war einerseits stolz auf meinen Erfolg und genoß all die Aufmerksamkeit, die mir nun zuteilwurde, andererseits war es mir auch schrecklich unangenehm, wenn die Leute, kaum, dass sie mich sahen, riefen: »Ah, die Frau Schönheitskönigin.« Und ich stellte auch fest, dass Hannes, der anfangs so stolz auf meinen Erfolg gewesen war, zunehmend gereizt reagierte, wenn mich die Leute anstarrten oder ansprachen. Die Post, die der Briefträger jeden Tag brachte, und in der fremde Menschen ihre Bewunderung für mich zum Ausdruck brachten, versteckte ich wohlweislich vor ihm.

Wenn ich Renatchen in ihrem Kinderwagen durch die Stadt fuhr, hörte ich die Leute tuscheln: »Der Mann ist ja Schauspieler und sie war beim Ballett. Kein Wunder, dass die sich da bewegen kann.«

Wahrscheinlich war es wirklich das Ballett, das zu meinem Sieg geführt hatte, überlegte ich, als ich mich wieder einmal auf den Weg zum Wohnungsamt machte. Auch wenn die anderen Bewerberinnen mich dafür ausgelacht hatten: Während alle anderen mit hängenden Armen dastanden, hatte ich Haltung angenommen. Vermutlich ging es im Leben immer darum: Haltung zu zeigen.

Am Wohnungsamt empfing mich Herr Müller freudig und freundlich, wie er das seit unserer ersten Begegnung immer tat. Heute hatte er, nachdem auch er mir herzlich zu meinem Erfolg gratuliert hatte, aber obendrein noch wirklich gute Nachrichten:

»Ich hätte vielleicht was für Sie.«

»Ja?«, fragte ich aufgeregt. Ich schien im Moment wirklich eine Glückssträhne zu haben. Oder würde er mich begünstigen, weil ich nun Schönheitskönigin war? Das käme mir falsch vor, aber andererseits: Selbst wenn es so wäre, was machte das schon? Stolz und Bescheidenheit waren etwas für gute Zeiten. In der Not konnte man sich diese zugegebenermaßen sehr noblen Charakterzüge nicht leisten.

»Ein Zimmer in der Höhle des Löwen«, erläuterte Herr Müller. »Es ist die einzige Unterkunft weit und breit, die ich frei habe. Aber wenn ich sage, die Höhle des Löwen, dann habe ich dazu einen guten Grund.«

Fragend sah ich ihn an.

»Das Zimmer ist frei geworden, weil die jetzigen Mieter es dort nicht mehr ausgehalten haben: Sie sind freiwillig gegangen.«

»Dann muss es ja wirklich schlimm sein«, sagte ich zögernd. Niemand verließ in diesen Zeiten freiwillig sein Zuhause. Immer noch lebten unzählige Menschen inmitten der Trümmer, es gab furchtbar viele Obdachlose in der Stadt.

»Das ist es«, bestätigte der freundliche Herr Müller. »Es ist bei einer Familie Rumpel im Unteren Frauenland, die sind bei uns schon amtsbekannt, berühmt-berüchtigt! Also ich warne Sie, Frau Meindorf, diese Leute können Sie nicht mit normalen Maßstäben messen, Sie werden auf massiven Widerstand stoßen!«

»Wir nehmen das Angebot trotzdem an«, sagte ich entschlossen. »Wir können einfach nicht mehr länger bei meiner Mutter bleiben. Wir schlafen mit dem Säugling zu viert auf 14 Quadratmetern.«

»Gut«, sagte Herr Müller, während er mir die Adresse reichte, und sah mich beinahe zärtlich an. »Wenn es jemand schafft, das Herz der Vermieter zu gewinnen, sind Sie es. Sie müssen nur sagen, dass ich Sie schicke. Und noch mal Glückwunsch zu Ihrem Erfolg. Sie haben ihn sich wirklich verdient.«

»Ich danke Ihnen, Herr Müller. Von ganzem Herzen.«

»Sie können ja noch mal wiederkommen und berichten, wie es Ihnen ergeht«, sagte er, und es klang ein wenig wehmütig, wohl, weil ihm unsere Begegnungen fehlen würden. Sie waren fast schon zur lieben Gewohnheit geworden.

»Das werde ich«, versprach ich ihm.

Beschwingt machte ich mich auf den Weg nach Hause, um Renatchen, die bei Mutti geblieben war, zu stillen und mir eines von Stella Furlers aussortierten Kostümen anzuziehen, und ging dann gleich weiter zum Theater. Hannes würde seine Mittagspause für die Wohnungsbesichtigung nutzen müssen. Mein Mann war zwar skeptisch, aber doch begeistert von der Gelegenheit, die sich uns bot. Er borgte sich in der Requisite noch einmal den Anzug, der uns schon bei Mr und Mrs Hilty Glück gebracht hatte, und so gaben wir ein ausgesprochen harmonisches Bild ab, als wir schweigend, jeder seinen Gedanken nachhängend, zu der Adresse gingen, die der freundliche Herr Müller vom Wohnungsamt uns genannt hatte.

»Das ist ja wunderschön«, flüsterte ich andächtig, als wir vor der Gründerzeit-Villa angekommen waren. »Beinahe so schön wie die Kupsch-Villa.« Das Haus lag weit von der Straße zurück und war von Bäumen und Sträuchern umgeben. Auf dem weitläufigen Rasen standen mehrere Obstbäume, die mich sofort an meinen Apfelheißhunger während meiner Schwangerschaft erinnerten. Das ganze Grundstück war von einem hohen schmiedeeisernen Zaun umgeben. Doch so schön das Haus war – es machte einen abweisenden und ausgrenzenden Eindruck. Mit Gebäuden ist es wie mit Menschen, dachte ich. Ihre Form mochte noch so schön sein – die Ausstrahlung, das Innere war es, auf das es ankam. Bei einem Menschen waren es die Seele, das Herz und der Geist, die Gedanken, die sich wie ein Mosaik zusammensetzten. Und bei einem Haus waren es wohl die Bewohner, die es prägten, ihm ein Herz und eine Seele gaben, ihm Ausstrahlung verliehen.

Ich wechselte einen zweifelnden Blick mit Hannes, doch dann nickten wir uns zu, holten tief Luft und läuteten. Warteten, läuteten wieder und warteten erneut. Nichts rührte sich.

Probehalber drückte Hannes die Klinke der Gartentür herunter, doch alles blieb still.

Wir klingelten erneut – und nach Minuten des Wartens erschien auf dem Gartenweg eine alte Frau mit schleichendem Gang und hexenähnlichem Aussehen.

»Guten Tag«, sagte Hannes höflich. »Ich nehme an, Sie sind Frau Rumpel. Unser Name ist Meindorf, dürfen wir Sie kurz stören?«

Inzwischen war die Alte bis zum immer noch verschlossenen Gartentor vorgedrungen, und ihr bösartiger, durchdringender Blick vergiftete mit einem Schlag die Atmosphäre: »Wenn Sie der Müller vom Wohnungsamt schickt, dann können Sie gleich wieder gehen – ich vermiete nicht!«

Doch Hannes ließ sich nicht beirren. »Liebe Frau Rumpel, wir hätten uns so gerne mal in aller Ruhe mit Ihnen über unsere Wohnsituation unterhalten. Wir haben ein kleines Kind und suchen dringendst einen Wohnraum.«

»Sie brauchen gar nicht weiterzureden«, unterbrach die Alte ihn barsch. »Ich habe kein Zimmer frei – hier kommt mir niemand rein – höchstens über meine Leiche!«

Sie drehte sich um, ließ uns wie zwei begossene Pudel stehen und schlurfte über den Gartenweg zurück.

Betroffen sahen wir uns an.

»Das war's dann wohl«, sagte ich bedrückt.

»Das war's dann wohl«, stimmte Hannes mir zu. »Es wäre ja auch zu schön gewesen.«

Seite an Seite gingen wir durch die Stadt, die uns beiden schon immer Heimat gewesen war und in der wir schon so vieles erlitten und durchlebt hatten. Und mit jedem Schritt, den wir machten, wuchs meine Wut. Bis ich schließlich stehen blieb, wütend mit dem Fuß aufstampfte und erbost rief: »Das kann doch wirklich nicht sein! Wie können Menschen nur so hart und herzlos sein. Wir werden das nicht hinnehmen, Hannes.«

Kampfeslustig sah ich meinen Mann an.

Hannes stutzte, doch dann zeichnete sich auch auf seinem Gesicht wütende Entschlossenheit ab. »Das sehe ich auch so«, erklärte er. »Das Wohnungsamt hat uns dieses Zimmer zugeteilt, also steht es uns auch zu.«

»Ich gehe jetzt zu Herrn Müller und frage ihn, was wir tun sollen«, verkündete ich.

»Ich würde dich gern begleiten«, sagte Hannes mit Blick auf seine Armbanduhr. »Aber ich muss gleich wieder zu den Proben.«

»Ich mache das«, versicherte ich. »Heute Abend berichte ich dir dann, was er gesagt hat.«

»Gut.« Er gab mir zum Abschied einen Kuss. »Tschüss, meine Schöne.«

Herr Müller hörte sich meinen Bericht mit betretener Miene an und nickte bei all meinen Schilderungen beinahe unaufhörlich.

»So in etwa habe ich mir Ihren Versuch vorgestellt – ich kenne die Leute ja«, sagte er dann. »Die Alte ist eine echte Hexe, und ihr Mann hat zu Hause überhaupt nichts mehr zu sagen. Im Haus wohnen auch zwei unverheiratete Töchter, die den Inbegriff der alten Jungfern verkörpern. Ich bin ihnen einmal begegnet, sie sind sehr verschroben und merkwürdig.«

»Wir haben nur die alte Frau gesehen«, sagte ich.

Herr Müller beugte sich über seinem Schreibtisch nach vorne.

»Ich sage es Ihnen jetzt ganz klipp und klar, Frau Meindorf, und ich bedauere es sehr, so deutlich werden zu müssen: Wenn Sie in dieses Haus einziehen wollen, dann können Sie das nur mit Polizeigewalt erreichen. Was ich damit meine, ist eine Zwangseinweisung! Wollen Sie das wirklich?«

Ich schluckte, nickte dann aber entschlossen. »Ja – das wollen wir, wenn es absolut nicht anders geht. Vielleicht werden sich die Wogen im Laufe der Zeit doch noch glätten, wir werden jedenfalls unser Möglichstes tun.«

»Das weiß ich, meine liebe Frau Meindorf«, erklärte Herr Müller. »Wenn das jemandem gelingt, dann Ihnen.«

Mit einem Mal blickte er ganz bekümmert drein. »Fast habe ich ein schlechtes Gewissen, dass ich Sie in diese Situation gebracht habe.«

»Aber das müssen Sie wirklich nicht!«, rief ich erschrocken und zugleich gerührt über diesen Mann, der immer nur das Beste für mich wollte. »Sie können doch überhaupt nichts dafür. Wir sind Ihnen unendlich dankbar für diese Chance, wirklich.«

»Gut«, sagte Herr Müller. »Dann werde ich Frau Rumpel nun schriftlich über unser Vorhaben in Kenntnis setzen.«

13. Kapitel

Zwei Wochen später packten wir unsere wenigen Habseligkeiten auf ein gemietetes Pferdefuhrwerk. Uns war bang und zugleich beschwingt zumute, denn so sehr wir uns freuten, kurz vor unserem ersten Hochzeitstag der drangvollen Enge in Muttis Wohnung zu entfliehen, so sehr fürchtete vor allem ich mich vor unserer Vermieterin. Mutti stand am Fenster und winkte uns nach.

Vor dem Haus, in dem wir künftig wohnen sollten, wartete bereits der Polizist, der uns Zutritt zur Wohnung verschaffen sollte. Als er mich sah, hellte sich sein Gesicht auf. »Guten Tag, Frau Meindorf«, sagte er, und ich bemerkte, dass sich Hannes' Miene verfinsterte, weil der Mann mich offenbar erkannt hatte. Ich schickte ein Stoßgebet zum Himmel, dass der Polizist das Thema Schönheitskönigin nicht ansprechen möge, und ich hatte Glück. Nachdem er auch Hannes begrüßt und der kleinen Renate auf seinem Schoß ein Lächeln geschenkt hatte, ging er zum Gartentor, um zu klingeln.

Es dauerte eine Ewigkeit, bis Frau Rumpel erschien.

»Was wollen Sie?«, giftete sie den Polizisten an, während sie uns vollkommen ignorierte. »Wir haben nichts getan. Das ist ein anständiges Haus.«

»Sie sind angewiesen, diese Familie bei sich aufzunehmen«, erklärte der Beamte und deutete auf das Fuhrwerk.

Die Hexe warf uns einen Blick zu, der so böse war, dass mir das Blut in den Adern gefror. Wie konnte ein Mensch so sein? Wir hatten ihr doch nichts getan! Schützend zog ich die kleine Renate enger an mich.

Der Polizist ließ die darauffolgende Schimpftirade scheinbar unbeeindruckt über sich ergehen und hielt Frau Rumpel nur wortlos den polizeilichen Einweisungsschein unter ihre spitze Nase.

Daraufhin verschwand die Alte vor sich hin murmelnd im Haus.

Der Polizist wandte sich um und lächelte uns ermutigend zu. »Das wird schon.«

Ich bemühte mich erfolgreich darum, sein Lächeln zu erwidern.

Und er hatte recht: Etwa zehn Minuten später kam die Alte tatsächlich mit drei Schlüsseln in der Hand zurück.

Die reichte sie dem Beamten durch das immer noch verschlossene Tor und drehte sich wutschnaubend um, nicht ohne uns nochmals einen bitterbösen Blick zuzuwerfen.

Dann schlurfte sie in Höchstgeschwindigkeit über den Kiesweg zurück zum Haus, wo die schwere Eingangstür mit einem lauten Knall hinter ihr zuflog.

»Das wird schon«, sagte der Polizist wieder und bot dann an: »Ich helfe Ihnen noch beim Tragen.«

Die Männer luden gemeinsam den Wagen ab, ich nahm die kleine Renate auf den Arm, dann gingen wir zum ersten Mal über den bekiesten Gartenweg und öffneten die schwere hölzerne Eingangstür. Die prächtige Diele war mit unzähligen Teppichen ausgelegt, eine dunkle Treppe mit aufwendig gearbeitetem Geländer führte nach oben. Dieses Haus war auch innen von atemberaubender Schönheit, wenn nur die Stimmung nicht so bedrückend gewesen wäre. Unser Zimmer lag der Treppe direkt gegenüber. Es maß etwa 20 Quadratmeter und war mit den beiden großen Fenstern sehr hell.

»Es gibt sogar eine Zentralheizung!«, rief ich begeistert. »Nun müssen wir nie mehr frieren.«

»Aber sie ist offenbar nicht in Betrieb«, sagte mein Mann fröstelnd. »Ich würde vorschlagen, wir lassen die Mäntel vorerst an.«

»Aber wenn es hier erst mal warm ist, wird es herrlich«, war ich überzeugt. Obwohl ich nun mit der unfreundlichen Alten in direkter Nachbarschaft wohnen musste, fühlte ich mich wie im Paradies.

»Das Bad befindet sich direkt nebenan«, erklärte der Polizist, um dann etwas verlegen hinzuzufügen: »Ich hätte abschließend noch eine Bitte.«

»Jede.« Ich strahlte ihn an. »Sie haben uns so wunderbar geholfen.«

Etwas umständlich zog er ein Stück Papier aus seiner Tasche. Erschrocken erkannte ich den Zeitungsartikel, der über meine Wahl zur Miss Würzburg berichtete. Meine Gebete waren also doch nicht erhört worden.

»Ob Sie mir wohl ein Autogramm geben würden?«, fragte der Polizist schüchtern.

»Aber natürlich«, sagte ich lächelnd und kam seiner Bitte nach, wagte dabei aber nicht, Hannes anzusehen.

»Vielen Dank«, erwiderte der offenbar immer noch sehr verlegene Beamte und deutete eine Verbeugung an. »Empfehle mich.«

Er zog die Zimmertür hinter sich zu, und wir hörten ihn die Treppe hinuntereilen.

»So«, sagte ich betont gut gelaunt und drehte mich einmal um die eigene Achse. »Da wären wir. Wir haben es geschafft. Ist das nicht unglaublich?«

Doch von Hannes war nur ein leises Brummen zu hören.

Ich unterdrückte ein Seufzen. Ich wusste, wenn Hannes in dieser Stimmung war, würde der Rest des Tages nicht gut verlaufen. Und ich wusste auch, er würde abends nach den Proben lange wegbleiben und nach Alkohol stinken, wenn er zurückkäme. All das an unserem ersten gemeinsamen Abend!

»Was ist?«, fragte ich, obwohl ich die Antwort schon kannte, und konnte nicht verhindern, dass ich etwas unwillig klang.

»Ach, mich ärgert es einfach, wie all diese Männer dich anhimmeln, seit du Miss Würzburg bist«, knurrte er.

Ich versuchte, ihn aufzuheitern. Immerhin war es das erste Mal, dass er mir seine Eifersucht so offen gestand, und irgendwie fand ich diesen Umstand auch herrlich. Ich ging zu ihm und schlang meine Arme um ihn und unsere Tochter, die er auf dem Arm hielt.

»Du bist eifersüchtig, wie süß!« Doch er stieß mich mit einer groben Bewegung weg.

»Ach was, ich bin nicht eifersüchtig«, schnaubte er. »Ich finde es nur so affig, wie sie dich alle verehren. Dabei kannst du nichts als gut aussehen. Der wahre Künstler bin ich! Und für mich interessiert sich kein Mensch. Ich bin völlig unbedeutend neben dir.«

Sprachlos starrte ich ihn an. »Du neidest mir meinen Erfolg? Ist das dein Ernst? Und sagst, dass ich nichts kann, als gut auszusehen?«

»Was heißt hier Neid?«, empörte sich Hannes. »Neidisch kann man nur auf jemanden sein, der über einem steht. Das tust du nicht!«

Seine Worte waren wie glühende Dolche und trafen mich mitten ins Herz. Wie konnte er so mit mir sprechen? So herabwürdigend und verletzend? Mit einem Mal musste ich an seinen Onkel denken. Wie hatte er doch am Abend vor der Hochzeit gesagt? Eigentlich sei er gegen unsere Verbindung, aber immerhin habe Hannes jetzt eine Putzfrau und Köchin im Haus. Hannes hatte zwar den Anschein erweckt, über die Worte seines Onkels ebenso empört zu sein wie ich, doch er hatte ihm nicht widersprochen. Was, wenn sein Onkel doch mehr Einfluss auf ihn ausübte als vermutet? Erschrocken bemerkte ich, dass mir die Tränen in die Augen stiegen. »Warum bist du so gemein?«, fragte ich. »Ich habe dir doch überhaupt nichts getan.« Ich streckte die Arme nach meiner kleinen Tochter aus und nahm sie zu mir.

»Ach …!« Er warf die Hände in einer dramatischen Bewegung in die Luft, sah mich dann nochmals an, öffnete den Mund und schloss ihn wieder. Dann stürzte er ohne ein weiteres Wort aus dem Zimmer.

Ich blieb mit Renate zurück.

Verwirrt, einsam in meinem neuen Zuhause, in dem ich nicht willkommen war und in dem die Heizung einfach nicht warm werden wollte.

Es war unendlich still.

In der Nacht konnte ich kaum schlafen. Wer über eine so lange Zeit nie allein gewesen ist, für den hat Stille etwas Bedrohliches, Beängstigendes. Sie breitet sich aus wie ein Dämon, sucht einen heim, schreit einem die tiefsten Ängste entgegen. Da ich Renates Kinderbettchen noch nicht aufgebaut hatte, lag sie neben mir auf der Matratze, und ich presste die Kleine im Schlaf eng an mich. Beide trugen wir noch unsere Mäntel und hatten jede verfügbare Decke über uns gebreitet, um uns gegen die Kälte zu schützen. Morgen stünde mir ein unangenehmer Gang zu meinen Vermietern bevor, bei dem ich sie auf die defekte Heizung ansprechen musste.

Irgendwann merkte ich, dass ich zur Toilette musste. Vorsichtig stand ich auf und suchte in der Dunkelheit nach dem Schalter. Doch das Licht ging nicht an.

Mit wild klopfendem Herzen tastete ich mich zur Tür und riss sie auf. Im Flur flackerte eine einsame Lampe. Mit angehaltenem Atem ging ich nach rechts, wo sich, wie der freundliche Polizist mir gesagt hatte, das Badezimmer befand. Ich drückte die Klinke herunter, doch die Tür war verschlossen.

»Was suchen Sie hier?«, ertönte plötzlich eine männliche Stimme hinter mir. Ich schrie auf und fuhr herum. Auch Renatchen war drinnen im Zimmer aufgewacht und begann panisch zu weinen. Wenn mir die fremde Einsamkeit schon Angst machte, wie musste es dann erst meinem kleinen Mädchen gehen, das noch nie in seinem ganzen Leben allein gewesen war!

Ich wollte zu ihr, doch der trotz der Hungersnot massige Alte ließ mich nicht vorbei.

Renatchen weinte immer lauter und verzweifelter. »Mutti ist da«, rief ich durch die Dunkelheit. »Hab keine Angst, meine Kleine.«

Dann sah ich den Alten an: »Lassen Sie mich zu meinem Kind! Sofort!« Mit Leibeskräften kämpfte ich gegen ihn an, doch er wollte keinen Zentimeter weichen.

»Wenn das Balg weiter so schreit, mache ich ihm den Garaus«, drohte er und machte einen Schritt in Richtung Zimmertür.

Doch ich war schneller. Ich witschte unter seinem Arm durch, raste in unser Zimmer und knallte dem Alten die Tür vor der Nase zu.

Der Mann draußen zeterte weiter: »Nur damit Sie es wissen: Das ist unser Bad und bleibt es auch. Sie können die Toilette im Parterre benutzen, Wasser ist im Keller zu holen und auch auszugießen! Weitere Mitteilungen erhalten Sie schriftlich, ich lege eine Notiz auf den Tisch am Treppenabsatz. Ansonsten gibt es nichts zu sagen.«

Ich lauschte seinem Gezeter nur mit einem Ohr, drückte mein armes kleines, verzweifeltes Würmchen an mich, wiegte es in meinen Armen und wischte ihm die Tränen vom Gesicht. »Ich bin ja da«, sagte ich ein ums andere Mal. »Ich bin doch bei dir.«

Schluchzend und schutzsuchend presste sich die Kleine an mich. Ich kroch mit ihr unter die Bettdecke.

Und dann flossen auch meine Tränen.

14. Kapitel

Hannes war die ganze Nacht nicht nach Hause gekommen, und ich hatte keinen Schlaf gefunden. Ich musste furchtbar dringend auf die Toilette, doch auf keinen Fall würde ich mein Kind in diesem Haus noch mal auch nur eine Sekunde alleinlassen, schon gar nicht, um nach unten auf die Toilette zu gehen und mich damit weit von ihr zu entfernen. Was, wenn sie aufwachte und Angst hatte? Außerdem traute ich meinen Vermietern mittlerweile alles zu, und die Drohung des alten Herrn Rumpel dröhnte noch überlaut in meinen Ohren. Erst als die Kleine sich in den frühen Morgenstunden regte, nahm ich sie auf den Arm und eilte mit ihr nach unten, um mich endlich zu erleichtern. Wieder in unserem Zimmer angekommen, in dem die Möbel noch so standen, wie Hannes und der freundliche Polizist sie am Tag zuvor zurückgelassen hatten, mischte sich lodernde Wut in meine Einsamkeit und Trauer. Hannes hatte mich und seine Tochter einfach in einer neuen Wohnung, deren Vermieterin eine Hexe war, sitzen lassen, weil ein Polizist ein Autogramm von mir erbeten hatte! Das war unentschuldbar! Ohnehin hatte ich mich in den letzten Monaten oft genug über sein Verhalten geärgert, auch wenn ich natürlich verstehen konnte, dass er der drangvollen Enge entfliehen wollte. Um mir vorzustellen, wie er sich fühlte, wo er so eng mit Mutti zusammenwohnen musste, musste ich mir nur ausmalen, ich würde das Zimmer mit Hannes und seinem Vater teilen. Aber trotzdem: Wir hatten so wenig, und er ging hin und versoff alles. Ließ mich in dieser Situation allein. Am meisten aber traf mich sein Neid. Wie konnte man einem

Menschen, den man liebte, solche Empfindungen entgegenbringen und ihm seinen Erfolg missgönnen? Wie konnte er so mit mir sprechen?

Plötzlich musste ich daran denken, was Frau Uhlitz, meine alte Klavierlehrerin, mir einmal über Clara Schumann erzählt hatte. Sie sei die eigentlich Begabte gewesen, die, die die Familie zusammenhielt, die komponierte und wunderbar Klavier spielte. Und statt ihr dankbar zu sein, habe ihr Mann ihr das immer geneidet. Ich hatte mich schon damals furchtbar über diese Geschichte geärgert, und nun ging es mir genauso wie einst der armen Clara Schumann!

Ich musste hier raus! Kurz entschlossen schlüpfte ich in meinen neuen Mantel, zog Renatchen an und trug sie durch das Treppenhaus hinunter. Der Kinderwagen stand rechts neben der Tür, und während ich mich noch darüber wunderte, dass das bisher noch keinen Ärger gegeben hatte, ging schon eine Tür auf, hinter der ich die Küche vermutete, und die Alte streckte keifend ihr Gesicht heraus.

»Wenn Sie den Kinderwagen dort noch einmal abstellen, werfe ich ihn eigenhändig auf den Müll.«

Renatchen fing angesichts der alten Hexe augenblicklich an zu brüllen, und ich hatte alle Mühe, sie zu beruhigen. Ich war in der Hölle gelandet. Hastig stieß ich die schwere Eingangstür auf, die mir schon jetzt vorkam wie eine Gefängnistür, schob mich mit dem weinenden Kind nach draußen und machte mich auf den Weg in Richtung Ringpark. Mir stand der Sinn nach einem Spaziergang auf vertrauten Wegen. Der Ringpark mit seinem alten Baumbestand, der auf den einstigen Festungsanlagen entstanden war, hatte schon immer eine beruhigende Wirkung auf mich gehabt. Und nicht zuletzt wollte ich natürlich meine »Madonna mit der Lampe« besuchen. Wieder einmal musste ich mit einer gewissen Wehmut an Albin denken, mit dem ich die Madonna seinerzeit ausgegraben hatte. Ich hatte nie wieder von ihm gehört, aber oft, so oft an ihn gedacht. Was wohl aus ihm geworden war?

Mit der einen Hand schob ich den Kinderwagen, die andere tastete in meiner Manteltasche nach dem Herz der Madonna – da bemerkte ich plötzlich ein Stück Papier. Verwundert zog ich es heraus. Mia Bindewald, Friedenstraße 5 stand dort. Die nette Modedesignerin, die sich mir nach der Wahl zur Miss Würzburg vorgestellt hatte, hatte ich vollkommen vergessen! Friedenstraße – das war gleich um die Ecke. Ich beschloss spontan, vorbeizugehen. Das war genau die Ablenkung, die ich jetzt gebrauchen konnte.

Das Geschäft sah einladend aus. Es war hübsch dekoriert, und im Schaufenster waren herrliche farbenfrohe Kleider auf Schaufensterpuppen drapiert.

Als ich die Ladentür öffnete, kam mir Mia Bindewald mit ausgebreiteten Armen entgegen.

»Frau Meindorf! Das ist ja schön, dass Sie mich besuchen. Was für eine Ehre!«

»Vielen Dank«, sagte ich lächelnd. »Ich wollte schon viel früher vorbeikommen, aber wir hatten einigen Ärger mit unserer Wohnung, und dann habe ich es, offen gestanden, einfach vergessen.«

»Oh, doch hoffentlich nichts Ernstes?«, fragte Frau Bindewald besorgt, doch ich winkte ab. »Das Übliche in diesen Zeiten.«

Mia Bindewald nickte. »Ich glaube, ich weiß nur allzu gut, wovon Sie reden«, sagte sie. »Wir hatten ein Haus mit einem eigenen Modegeschäft am Kurfürstendamm in Berlin, bevor wir ausgebombt wurden.« Sie seufzte. »Nun fangen wir hier noch mal von vorne an.«

»Ja«, erwiderte ich. »Das hatten Sie mir erzählt. Bewundernswert, dass Sie die Kraft haben, noch mal ganz neu zu beginnen.«

»Es bleibt einem nicht viel übrig in dieser Zeit«, sagte Mia Bindewald, um mich dann erneut mit einem strahlenden Lächeln zu bedenken. »Sie hätten übrigens keinen besseren Zeitpunkt für Ihren Besuch wählen können. Wissen Sie, ich verkaufe nicht nur Mode, ich stelle sie auch selbst her. Mein Geschäft in Berlin war im Bereich der Haute Couture angesiedelt. Nun, danach steht heute kaum jemandem der Sinn. Aber ich möchte gerne dazu beitragen, dass wir Frauen uns wieder schön fühlen dürfen. Dass wir uns etwas gönnen, uns schön anziehen und dieses neue Lebensgefühl des Friedens feiern können.«

Während Mia gesprochen hatte, hatten ihre Augen zu leuchten begonnen.

»Meine neue Kollektion ist gerade fertig, und niemand könnte sie besser präsentieren als Sie«, fuhr sie fort. »Wissen Sie eigentlich, warum Sie damals gewonnen haben und zur Miss Würzburg gewählt wurden?«

Lachend schüttelte ich den Kopf. »Das weiß ich in der Tat nicht, aber ich habe es mich immer wieder gefragt«, gestand ich.

»Nun, zum einen war es natürlich Ihr Aussehen und Ihre bezaubernde Figur.«

»Vielen Dank«, murmelte ich verlegen und schickte mich an, die kleine Renate, die bisher brav in ihrem Kinderwagen gesessen hatte, aus ihrem Gefährt herauszuheben.

»Aber es war nicht nur das«, sagte Mia Bindewald, während sie meinem Töchterlein ganz selbstverständlich über die Wange strich. »Es war vor allem Ihre Ausstrahlung. Sie haben so viel … Haltung gehabt. Sie haben zugleich eine unglaubliche Eleganz ausgestrahlt, ja, waren fast würdevoll, und dennoch waren Sie so fröhlich und strahlend.«

»Ich weiß gar nicht, was ich sagen soll«, murmelte ich, nun vollends verlegen.

»Sie müssen gar nichts sagen«, winkte Mia Bindewald ab. »Kommen Sie in mein Atelier und sehen Sie sich an, woran ich gerade arbeite. Haben Sie Zeit?«

»Es wäre mir eine Ehre«, versicherte ich rasch.

Neben der schmalen Wendeltreppe, die nach oben führte, befand sich die Kasse. Als wir dort angekommen waren, rief Mia Bindewald nach ihrem Mann Heinrich, der im nächsten Moment aus der Tür hinter dem Kassenbereich kam. Er erwies sich als großer, schlanker Herr, dessen dunkles Haar an den Schläfen grau zu werden begann.

»Liebling«, sagte Mia Bindewald, »sieh nur, wer uns die Ehre gibt! Unsere Würzburger Schönheitskönigin!«

»Willkommen!« Herr Bindewald lächelte warmherzig. Ich erwiderte sein Lächeln und dachte mit einem bitteren Gefühl an Hannes. Dieser Mann würde seiner Frau ihren Erfolg gewiss nicht neiden! Herr Bindewald wirkte feinsinnig, gebildet und elegant.

»Darf ich dir den Laden für eine Weile überlassen, mein Lieber?«, fragte Mia Bindewald. »Ich möchte gerne mit Frau Meindorf und ihrem reizenden Töchterchen nach oben gehen.«

»Selbstverständlich«, sagte Herr Bindewald sofort. »Ich lasse die Tür zu meinem Büro einfach offen.«

Als ich hinter Frau Bindewald die enge Wendeltreppe nach oben stieg, fiel mir auf, wie elegant sie sich bewegte. Im ersten Stock angekommen, standen wir in einem riesigen Zimmer, das schon zur Wohnung der Bindewalds gehörte. Es erinnerte mich an einen Besuch, den ich während des Krieges bei Onkel und Tante in Weimar gemacht hatte: Während der Trennungsphase meiner Eltern hatte Vater mich zu seinem Bruder geschickt, der gemeinsam mit seiner Frau ein Schreibwarengeschäft in der Weimarer Innenstadt betrieb, das, wie auch das Geschäft der Bindewalds, durch eine Wendeltreppe mit der Wohnung verbunden war. Wann immer Kundschaft kam, eilte einer aus der Familie nach unten. Das war einerseits sehr praktisch, weil man sich, wenn keine Kundschaft da war, nicht im Geschäft aufhalten musste. Andererseits war es furchtbar ungemütlich, weil man immer irgendwie auf Abruf war.

Zum Abschied hatte mein Onkel mir damals himmelblaues Briefpapier in einer Mappe geschenkt, das am Rand gewellt war, und ich war tagelang im Himmel gewesen – so etwas Schönes hatte ich zuvor noch nie besessen, außer vielleicht den mit Edith heimlich erworbenen Lippenstift.

»Ganz oben befinden sich unsere privaten Wohnräume«, sagte die Hausherrin nun und deutete auf eine weitere Treppe. »Auf diesem Stockwerk sind die Ateliers untergebracht. Meines und das meines Mannes.«

»Ihr Mann ist ebenfalls Modedesigner?«, fragte ich, doch Mia Bindewald schüttelte lachend den Kopf. »Nicht doch. Er ist Maler. Und zwar ein ziemlich guter.«

Mias Atelier nahm das halbe Stockwerk ein. Am Fenster saßen zwei Schneiderinnen, in ihre Arbeit vertieft. Sie sahen nur flüchtig von ihren Maschinen auf, als wir vorüberkamen.

»Und hier ist mein Reich«, sagte die Modedesignerin schließlich und zeigte auf einen riesigen Tisch, auf dem in wildem Durcheinander Schnittmuster und Stoffreste lagen. Schneiderpuppen, an denen Stoffe zu beeindruckenden Roben drapiert waren, standen überall herum.

»Dort sind meine fertigen Kreationen«, sagte Mia Bindewald und deutete auf einen Kleiderständer, auf dem ein prachtvolles Kleid neben dem anderen hing.

»Wunderschön!« Staunend strich ich über die Wunderwerke. »Wo haben Sie denn nur all die Stoffe her?«

»Nun«, sagte Mia Bindewald, geheimnisvoll lächelnd, »einen Teil habe ich getauscht. Zwei Bahnen Stoff gegen ein Kleid, für das ich nur eine Bahn brauche. Die Leute haben mir Vorhänge gebracht und Bettwäsche und solcherlei Dinge mehr.«

»Es gibt aber noch mehr Bezugsquellen«, fuhr sie dann fort. »Und die gab es auch schon vor der Währungsreform. Aus den alten ausrangierten Soldatenhosen kann man zum Beispiel wunderbare Knickerbocker machen.« Sie deutete auf einen Stapel Herrenhosen.

»Die Wolldecken aus den *Care*-Paketen habe ich zu Wintermänteln umfunktioniert, sehen Sie, hier.«

Mia Bindewald ging zu einem Kleiderständer und zog einen eleganten Wintermantel heraus. »Würde doch kein Mensch drauf kommen, oder?«

»In der Tat«, gab ich ihr recht. »Dieser Mantel ist ja todschick! Meiner ist aus einer alten Wehrmachtsdecke. Unsere Hausschneiderin hat ihn mir genäht.«

Ich sorgte mich ein wenig, dass Mia Bindewald eingeschnappt sein könnte, weil ich zu einer anderen gegangen war – was albern war, weil wir uns damals noch gar nicht gekannt hatten –, doch sie lächelte nur großmütig und erklärte neidlos, der Schnitt sei für eine einfache Schneiderin überraschend gut, und wenn die Dame Arbeit suche, sei sie ihr jederzeit willkommen.

»Mit einem guten Schnitt kann man alles erreichen«, fuhr Mia fort. »Der Schnitt ist für mich viel wichtiger als das Material, denn so schön Samt und Seide auch sind, in einem unschönen Schnitt hängen sie an den Menschen herunter wie ein trauriger Sack.«

Ich nickte fasziniert. »Das ist wohl wie bei Edelsteinen und Diamanten«, sagte ich nachdenklich. »Der teuerste Stein kann seinen Glanz erst entfalten, wenn man ihn kunstvoll in die richtige Form bringt.«

»Ganz genau«, bestätigte Mia Bindewald. »Und wenn

es natürlich auch nie mit einem echten Diamanten zu vergleichen ist, so kann man im Grunde auch einfaches Glas so schleifen, dass sich das Sonnenlicht darin bricht und der Stein bunt funkelt. Und jetzt raten Sie mal, woraus ich dieses Dirndl hier gemacht habe.«

Sie deutete auf ein Kleid, das auf einer Puppe hing.

Ich betrachtete das zarte hellblau-weiß gestreifte Gebilde. Irgendwie kamen mir die Stoffe vertraut vor, aber ich wusste nicht, warum. »Vorhänge?«, fragte ich zögernd.

Mia Bindewald schüttelte lachend den Kopf. »Lazarettbettwäsche«, rief sie triumphierend. »Und aus Fallschirmseide kann man ganz wunderbare Blusen machen. Und Gasmaskenbänder arbeite ich zu Hosenträgern oder Strumpfbändern um.«

»Das ist wirklich genial«, sagte ich staunend.

Wir schwiegen einen Moment und sahen der kleinen Renate dabei zu, wie sie auf meinem Arm im Begriff war einzuschlafen. »Das ist ja unsere Aufgabe heute«, sagte Mia leise. »Aus dem, was uns geblieben ist, das Beste zu machen. Die Chancen in den kleinen Dingen zu sehen und ihnen ihre bestmögliche Form zu geben.«

Ich nickte nachdenklich. Da hatte sie recht. Und selbst aus einem eigentlich blöden Tag wie dem heutigen konnte man noch etwas Wunderbares machen.

»Ich plane, alle diese Modelle bald einmal vorzuführen«, fuhr Mia fort. »Die Leute dürsten regelrecht nach etwas Freude und Lebensgefühl, und ich bin überzeugt, eine Modenschau wäre genau das Richtige. Was meinen Sie?«

»Das ist eine hervorragende Idee«, sagte ich.

»Dann würden Sie mir als Modell zur Verfügung stehen?«

»Mit dem allergrößten Vergnügen.«

»Oh, wie wunderbar!«, freute sich Mia Bindewald. »So wird meine erste Modenschau sicherlich ein ganz großer

Erfolg. Dann ist es also abgemacht«, fuhr sie fort. »Sie müssten zweimal in der Woche zur Anprobe kommen. Haben Sie jemanden, zu dem Sie die Kleine in dieser Zeit bringen können?«

Ich nickte. »Meine Mutter nimmt sie bestimmt gerne.«

»Sehr gut«, freute sich Mia Bindewald. »Ich bezahle Ihnen zehn Mark je Anprobe und 20 Mark für die Modenschau. Sind Sie damit einverstanden?«

»Aber ja!«, strahlte ich. Ich würde mein eigenes Geld verdienen, und vor allem: Ich hatte meinen ersten Auftrag als Mannequin! Ich konnte es kaum glauben und hätte meine Freude gerne mit Hannes geteilt, doch beim Gedanken an ihn verschlechterte sich meine Laune augenblicklich wieder. Er wäre von meiner neuen Arbeit sicherlich nicht begeistert.

15. Kapitel

Mit meinem schlafenden Mädchen im Kinderwagen ging ich beschwingt zu meiner Magnolie und lehnte meinen Kopf an den Stamm. Wie schon so oft, spürte ich die beruhigende und stärkende Wirkung dieses Kraftortes. Und wie schon so oft, tastete meine Hand nach dem Herzen der Madonna und umschloss es fest. Alles würde gut werden. An diesem Gedanken hielt ich mich fest, als ich durch die Blasiusgasse ging und der »Madonna mit der Lampe« wie immer ein Lächeln schenkte.

Doch je näher ich meinem neuen Zuhause kam, desto gedrückter wurde meine Stimmung. Ich konnte und wollte nicht in dieses Hexenhaus zurück, und im Moment hatte ich auch überhaupt keine Lust auf eine Begegnung mit Hannes, wobei er vermutlich ohnehin nicht da war.

Kurzentschlossen änderte ich die Richtung, um meine Mutter zu besuchen und ihr die guten Neuigkeiten zu überbringen. Als ich durch das Treppenhaus nach oben gehen wollte, öffnete sich eine Tür im Erdgeschoss, und ein freundliches, rotgeädertes Gesicht lugte heraus.

»Herr Adam!«, erkannte ich den alten Mann.

»Ja, das Fräulein Luise«, freute sich der Alte. »Und das Renatchen ist auch dabei. Was für eine Freude!«

»*Frau* inzwischen«, korrigierte ich ihn wohl zum tausendsten Mal.

Und wohl zum tausendsten Mal schüttelte Herr Adam den Kopf. »Nein«, verkündete er, »nein, daran werde ich mich nie gewöhnen. Ich kenne dich doch schon dein ganzes Leben. Seit du so klein warst wie das hübsche Mädel hier.«

Er strahlte Renate an, und ich war überzeugt: Könnte Renatchen schon lächeln, sie hätte ihn angestrahlt.

»Ja, willst du mal zum Opa Adam?«, freute er sich und nahm sie ganz unkompliziert auf den Arm. Dann sah er mich bittend an. »Machst du dem alten Mann die Freude, dich auf eine Tasse nicht vorhandenen Kaffee einladen zu lassen? Es ist so einsam geworden, seit du ausgezogen bist.«

»Ich bin doch erst seit gestern weg«, lachte ich.

»Eben«, bekräftigte Herr Adam. »Das kann ja noch heiter werden.«

Ich zögerte keine Sekunde. Mutti erwartete uns nicht, und ich wollte Herrn Adam gerne etwas von meiner Zeit schenken.

»Sehr gern«, sagte ich daher. »Zumal die kleine Renate sich bei Ihnen so wohlzufühlen scheint.«

»So habe ich dich auch immer gehalten«, sagte Herr Adam und wiegte mein Töchterlein auf den Armen. »Ein reizendes Mädchen warst du.«

Er ging mir voraus in seine ärmliche Küche und zog umständlich einen Stuhl vom Tisch zurück. »Nun setz dich schon. Nur anbieten können wir der Mutti nichts, nicht wahr, Renatchen?«

Die Kleine sah ihn mit großen Augen an.

»Nun sag, wie geht es dir in deiner neuen Bleibe?«

Ich seufzte. »Nicht gut, um ehrlich zu sein.«

»Aber warum denn nicht?«, rief Herr Adam erschrocken. »Ihr wart doch so froh, etwas gefunden zu haben.«

Und ich erzählte. Von den garstigen Vermietern, der nächtlichen Szene auf dem Flur und dass ich solche Angst um Renatchen gehabt hatte. Empört presste der Alte das kleine Mädchen schützend an sich, als wolle er es im Nachhinein noch vor dem boshaften Herrn Rumpel beschützen.

»Aber wo war denn dein Mann?«, fragte er. »Es wäre doch seine Aufgabe gewesen, dich zu beschützen!«

»Er war fort«, sagte ich bedrückt und konnte nicht verhindern, dass meine Stimme zu zittern begann.

»Schon gut«, sagte er und tätschelte verlegen meine Hand. »Schon gut. Erzähl dem alten Herrn Adam von deinem Kummer.«

So hatte er mich schon früher immer zu trösten vermocht. Dieses Zeichen von Geborgenheit gab mir, die ich mich so sehr nach menschlicher Zuneigung und Wärme sehnte, den letzten Rest. Schluchzend erzählte ich von dem Polizisten und von Hannes' Reaktion und seinem Weggang.

Herr Adam wiegte den Kopf. »Weißt du, mein Kind«, sagte er, »wir Männer sind Frauen wie dich nicht gewohnt.«

Heftig sah ich auf. Wollte er mir nun sagen, dass ich schuld sei? »Wie meinen Sie das?«

»Nun ja«, fuhr der Alte bedächtig fort. »Wir sind dazu erzogen worden, euch Frauen zu beschützen. Seit Jahrhunderten war das so: Der Mann sorgt für seine Frau und sein Kind. Im Großen Krieg musstet ihr Frauen ohne uns zurechtkommen, und das hat euch unabhängiger gemacht. Der Führer wollte dann aber wieder das alte Rollenbild. Die Frau als Mutter mit möglichst vielen Kindern, der Mann der strahlende Held an der Front.«

»Widerwärtig«, stieß ich hervor.

»Ich schätze Adolf Hitler auch nicht«, stellte Herr Adam klar. »Was er der Menschheit und vor allem den armen Juden angetan hat, ist entsetzlich. Und er hat mir meine beiden Söhne genommen. Er ist der leibhaftige Teufel.«

Klein-Renatchen begann, auf Herrn Adams Schoß unruhig zu werden. Vielleicht, weil seine Stimme so emotional geworden war. Eilig wandte er sich ihr zu.

»Habe ich dich erschreckt, kleines Mädchen?«

Sacht strich er ihr über die rosige Babywange, wobei seine Hand ein wenig zitterte, und Renatchen beruhigte sich sofort wieder. Wieder einmal staunte ich darüber, wie viel Liebe und Zärtlichkeit dieser Mann in sich trug.

Er hätte es so sehr verdient, wieder eine Frau an seiner Seite zu haben, aber er hatte mir einmal erzählt, dass er seine Martha so sehr geliebt hatte, dass er ihr über den Tod hinaus treu sein wollte. Das Leben war manchmal furchtbar ungerecht.

Renatchen war auf seinem Arm eingeschlafen, und nun richtete er seine Aufmerksamkeit wieder auf mich.

»Man hat uns Männern beigebracht, dass wir für unsere

Frauen sorgen müssen. Vielleicht hat dein Hannes ein schlechtes Gewissen, dass er es nicht besser kann.«

»Ich weiß nicht«, sagte ich. »Wenn es so wäre, würde ich ihn sogar noch verstehen. Und wenn er nur aus Eifersucht so gehandelt hätte, dann hätte mir das ja sogar noch geschmeichelt.«

»Aber das ist es nicht.«

»Nein«, sagte ich. »Was mich wirklich tief getroffen hat, sind seine Worte, dass ich den Erfolg gar nicht verdient hätte. Und dass ich nichts könne, außer hübsch zu sein. Er hingegen sei Schauspieler. Ihm stehe der Ruhm zu, den ich nun hätte.«

Herr Adam wiegte nachdenklich den Kopf. »Das ist kein feiner Zug«, sagte er. »Nein, das ist ganz und gar kein feiner Zug. Das gefällt mir nicht.«

»Mir auch nicht«, sagte ich.

»Was willst du jetzt tun?«

»Nun ja, nachher wird er heimkommen«, erklärte ich. »Ich werde ihn zur Rede stellen und ihm sagen, wie sehr mich sein Verhalten verletzt hat. Und ich werde meinen Weg gehen. Ich werde selbst für mich und Renatchen sorgen. Ich war vorhin bei einer Dame, die ein Modeatelier eröffnet hat. Sie möchte, dass ich für sie als Mannequin arbeite.«

Herr Adam strahlte. »Das sind wunderbare Neuigkeiten, mein Kind. Ich war so stolz auf dich, als du die Wahl zur Miss Würzburg gewonnen hast. Aber deinem Hannes wird das nicht gefallen. Du wirst noch bekannter werden, und er wird es dir noch mehr neiden.«

»Ja, das habe ich auch schon gedacht. Aber ich kann es nicht ändern. Ich habe gelernt, dass ich mich auf ihn nicht verlassen kann.«

»Du bist eine bewundernswerte Frau geworden«, sagte Herr Adam.

Ich lächelte. »Danke. Gerade aus Ihrem Mund bedeutet mir dieses Kompliment sehr viel.«

»Und wenn die Mutti mal keine Zeit hat, kannst du Renatchen auch jederzeit gerne zu mir bringen.«

Ich nickte und strahlte. »Das mache ich gern, Herr Adam. Ich wüsste nicht, wo sie besser aufgehoben wäre.«

16. Kapitel

Beschwingt eilte ich am späten Nachmittag zurück nach Hause. Mutti hatte sich über unseren Besuch genauso gefreut wie Herr Adam. Der Tag hatte uns gutgetan, und ich hatte das Gefühl, sowohl wichtige Weichen für meine Zukunft gestellt als auch viel gelernt zu haben. Über das Leben, über mich selbst und auch über Hannes.

Als ich auf die düstere Villa zumarschierte, war alle Leichtigkeit aber sofort verflogen und ich hatte einen dicken Kloß im Hals. Abweisend tauchte das Gebäude zwischen den Bäumen auf – und vor dem Haus stand ein sehr finster dreinblickender Hannes und sah mir entgegen.

»Wo warst du?«, schnauzte er mich an. »Ich komme nicht rein. Und auf mein Klingeln reagiert niemand.«

Sprachlos sah ich ihn an. Da stand er und machte mir Vorwürfe, nachdem er eine ganze Nacht fort gewesen war? Keine Entschuldigung, kein Wort der Erklärung.

»Du bist gestern einfach verschwunden und hast mich und die Kleine in diesem schrecklichen Haus mit diesen schrecklichen Leuten allein gelassen. Ich sollte *dich* doch wohl eher fragen, wo *du* warst?«

Hannes sah mit einem Mal schuldbewusst drein, nahm Renatchen aus dem Kinderwagen und drückte sie an sich.

»Es tut mir leid«, sagte er. »Wirklich, es tut mir sehr leid. Es ist nur …«

Ich sah ihn fragend an.

»Gehen wir ein Stück.«

Stumm, den leeren Kinderwagen vor mir herschiebend und auf eine Erklärung wartend, lief ich neben ihm her.

»Weißt du, es ist für mich sehr schwer gewesen in der letzten Zeit. Immer auf engstem Raum mit deiner Mutter zu sein, das war schon ziemlich hart.«

Ich nickte. »Das verstehe ich nur allzu gut«, versicherte ich.

»Das eine war die Nähe, das andere aber auch das Gefühl, als Mann … irgendwie versagt zu haben. Es ist doch meine Aufgabe, meiner Frau ein warmes Heim zu bieten. Stattdessen bist du es ständig, die alles rettet«, brach es aus ihm heraus.

Verständnislos sah ich ihn an. »Was rette ich denn?«

»Na ja«, sagte er. »Erst war es das Haus der Hiltys. Dass wir die Wohnung bekommen haben, war dir zu verdanken. Und als wir rausmussten, sind wir zu deiner Mutter gezogen. Und nun bist du auch noch bekannter als ich.«

Ich setzte an, etwas zu sagen. Dass er nun schon wieder neidisch auf mich zu sein schien, traf mich hart, auch wenn ich alles andere verstehen konnte.

Doch er hob abwehrend die Hand. »Ich weiß, was du sagen willst, und mir ist auch klar, wie mein Ausbruch von gestern Abend bei dir ankommen musste. Aber du liegst falsch.«

Fragend sah ich ihn an. »Ich neide dir deinen Erfolg nicht, im Gegenteil. Welcher Mann wäre nicht stolz darauf, wenn seine Frau die Schönste der Stadt ist. Aber es ist schon wieder etwas, das dir gelungen ist und mir nicht.«

Ich nickte. So langsam begriff ich, was in ihm vorging.

»Hör zu«, sagte ich und nahm seine Hand. »Kaum ein Mann kann seiner Frau heute all das bieten, von dem du gesprochen hast. Die Welt hat sich verändert, wir haben einen Krieg überlebt, und vor allem bei euch Männern kommt es genau darauf an: *Ihr* habt überlebt. Die Welt ist aus den Fugen, immer noch. Und wie willst du mir eine Wohnung bieten, wenn es keine Wohnungen gibt? Wie etwas zu essen, wenn wir alle hungern müssen? Alles, was es in diesen Zeiten gibt, sind Zufälle und winzig kleine Chancen. Die gilt es zu nutzen, und die Chancen fragen nicht danach, ob jemand nun ein Mann oder eine Frau ist.«

Beinahe erstaunt sah er mich an. »Du bist nicht nur wunderschön, sondern auch enorm klug«, sagte er. »Nein, klug ist das falsche Wort. Weise würde es besser treffen.«

Ich wehrte ab. »Nun mach mich nicht verlegen«, bat ich ihn.

»Aber es ist wahr«, sagte er und strich mir zärtlich über das Gesicht.

»Weißt du«, fuhr ich fort, »wir sind doch keine Einzelkämpfer. Wir sind eine Familie und haben beide die Verantwortung für ein kleines Mädchen. Es kommt nicht darauf an, was von dir kommt und was von mir. Es kommt darauf an, dass wir beide unser Bestes geben und den anderen unterstützen.«

Er nickte nachdenklich.

Ich zögerte. Ich wollte, musste ihm von meinem Besuch bei Mia Bindewald erzählen, auch auf die Gefahr hin, dass das sein Ehrgefühl noch mehr kränken würde.

»Ich traue mich kaum, dir das zu erzählen«, sagte ich also zögernd.

Beunruhigt sah er mich an.

»Ist etwas geschehen?«

»Ich habe Arbeit gefunden«, erklärte ich und fuhr rasch fort: »Das ist nichts Ungewöhnliches. Viele Frauen arbeiten zurzeit.«

Er schwieg, sah mich nur fragend an, und das verunsicherte mich.

»Als Mannequin«, fügte ich hinzu.

Er sagte immer noch nichts.

»Nun schweig mich doch nicht so an«, bat ich.

»Du hast recht«, sagte er. »Entschuldige. Es ist nur ... Ich hätte gerne gewusst, dass du nach Arbeit suchst.«

»Tatsächlich hat sich das erst heute Morgen durch Zufall ergeben«, sagte ich wahrheitsgemäß. »Ich bin spazieren gegangen und habe dabei den Zettel in meiner Manteltasche gefunden, auf dem die Adresse einer Modedesignerin stand. Sie hatte ihn mir an dem Abend gegeben, als ich zur Miss Würzburg gewählt worden bin. Und da ich ohnehin in der Nähe war, habe ich sie besucht.«

»Du warst ganz zufällig in der Nähe.«

»Ja«, rief ich. »Und bei dir klingt es nun so, als würdest oder wolltest du mir nicht glauben oder als wäre es etwas Unrechtes. Selbst wenn ich nicht zufällig in der Nähe gewesen, sondern absichtlich dorthin gegangen wäre – was wäre schlimm daran?«

»Nichts«, sagte er. »Du hast ja recht. Entschuldige.«

Ich nickte. »Schon gut.«

»Jedenfalls möchte sie eine Modenschau ausrichten. Mit Kleidern aus ihrer eigenen Kollektion. Ich soll zweimal in der Woche zur Anprobe kommen, und im Herbst wird die Modenschau stattfinden. Für die Modenschau bekomme ich 20 Mark und für die Anproben 10 pro Woche. Das ist zwar nicht viel, aber es hilft uns schon ein wenig.«

Er nickte. »Ja. Ich bin froh darüber«, versicherte er mir.

»Und ich bin froh, dass du wieder da bist.«

»Ich auch!« Er zog mich in seine Arme.

»Eine klassische Funktion des Mannes musst du nämlich durchaus wahrnehmen: uns zu beschützen.« Ich schluckte. »Wir hatten eine schreckliche Nacht.« Dann erzählte ich ihm alles. Dass die Badezimmertür abgeschlossen war, dass Herr Rumpel plötzlich vor mir gestanden hatte und mich nicht durchlassen wollte, dass Renatchen schrie und er drohte, ihr den Garaus zu machen. Und dass ich mich die ganze Nacht über nicht getraut hatte, aufs Klo zu gehen.

»Oh Gott«, sagte Hannes und schloss die Arme enger um mich. »Das tut mir so leid. Ich habe dich im Stich gelassen.«

Dann wandelte sich seine Sorge in Zorn. »Aber diesem Rumpel werde ich was erzählen.«

»Lass«, sagte ich rasch. »Das führt nur wieder zu neuem Ärger und neuen Problemen. Gehen wir ihm und seiner Frau so gut wie möglich aus dem Weg. Und du bist einfach immer bei uns, um uns zu beschützen.«

Er nickte. »Du hast recht«, sagte er. »Ich habe dich gar nicht verdient.«

17. Kapitel

Auf den Tag genau zwei Jahre, nachdem ich mit Mrs Furler in deren Schlafzimmer gestanden und Robe um Robe aussortiert hatte, stand ich nun in Mia Bindewalds Atelier und ließ mir kostbare Roben auf den Leib schneidern.

»Ich sage Ihnen«, erklärte die Schneiderin eifrig, während sie eine Bahn schimmernd türkisfarbener Kunstseide an meinem Körper absteckte, »wenn endlich wieder alles normal ist, dann fahre ich mit Ihnen nach Paris.«

Ich zuckte zusammen, woraufhin sich eine von Mia Bindewalds Stecknadeln in mein Bein bohrte. »Au!«

»Entschuldigung«, sagte die Modedesignerin, ohne ihre Arbeit zu unterbrechen. »Aber was zappeln Sie auch so?«

»Ich bin nur vor Schreck zusammengezuckt«, stellte ich lächelnd richtig.

»Was ist denn so erschreckend daran, mit mir die Stadt des Lichts zu besuchen?«, fragte Mia erstaunt.

»Es war ein freudiger Schreck«, erklärte ich. »Von Paris träume ich schon so lange.«

»Zu Recht«, versicherte Mia Bindewald. »Es ist eine ganz und gar faszinierende Stadt. Ich war vor dem Krieg oft dort. Paris war schon immer das Zentrum der Mode, und auch jetzt orientieren sich die Modeschöpfer aus aller Welt an den Kreationen aus Paris.«

»Sie auch?«

»Ich hatte von jeher meinen eigenen Stil«, sagte Mia. »Aber das hat natürlich jeder Modeschöpfer. Ich muss zugeben, dass ich die Pariser Modekreationen sehr inspirierend finde. Besonders interessant ist aus meiner Sicht

Christian Diors *New Look*, mit dem er große Erfolge feiert.«

»Was ist der *New Look*?«, fragte ich und kam mir ein wenig dumm vor.

»Oh, der *New Look* ist wunderbar, und ich habe vor, bei unserer Modenschau einige Modelle in diesem Stil zu zeigen«, erklärte Mia. »Dior hat ihn in seiner Modenschau vom 12. Februar 1947 präsentiert, und Carmel Snow, die Chefredakteurin von *Harper's Bazaar,* schrieb daraufhin: ›Es ist nahezu eine Revolution, lieber Christian! Ihre Kleider kreieren einen richtigen *New Look*!‹«

»Und wie sieht er aus?«, fragte ich ungeduldig.

»Es ist eine Mode, die die Weiblichkeit sehr betont«, erklärte Mia Bindewald. »Der Look besteht aus einem eng anliegenden Jackett, die Hüfte ist ausgepolstert, die Taille schmal geschnitten – mit Korsett. Dazu ein A-förmiger, fülliger Rock.«

»Das klingt … interessant.«

»Warten Sie ab, bis Sie es sehen«, sagte sie. »Diese Stücke haben wirklich einen ganz eigenen Zauber. Dior will an die Sehnsucht nach Extravaganz und Glamour anknüpfen. Der Charme der Belle Epoque soll wieder aufleben, und mit den weiten, A-förmigen Röcken will er einen Kontrapunkt zum allgegenwärtigen leidigen Stoffmangel setzen. Er verziert seine Modelle auch gerne mit Perlen, Glitzersteinchen und Pailletten.«

»Ich bin gespannt.«

»Ich denke, es wird Ihnen gefallen«, fuhr Mia Bindewald fort. »Aber es gibt durchaus auch Frauen, die seine Mode ganz und gar nicht schätzen, sondern sogar empört sind.«

»Empört?«, fragte ich und wandte überrascht den Kopf.

»Nicht bewegen«, schalt Mia Bindewald und fuhr dann fort:

»Es geht um Korsett und lange Röcke. Frauenrechtlerinnen finden, er nehme ihnen durch die Mode die Unabhängigkeit, die sie gerade erreicht haben.«

Ich musste an mein Gespräch mit Herrn Adam denken und was er über die Rollenverteilung zwischen Mann und Frau gesagt hatte. Aber auch, wenn Frauen in vielem nicht die gleichen Rechte hatten wie die Männer: Es stimmte schon, dass sie viel unabhängiger geworden waren, auch in der Mode. Ich stellte mir meine Großmutter Dinkelmeyer in einem knielangen Rock vor und musste lachen.

»Was ist?«, fragte Mia.

»Ach, ich habe nur über den Wandel in der Welt der Mode nachgedacht und mir meine Großmutter in einem kurzen Rock vorgestellt.«

Mia nickte. »Ja, es hat sich schon viel getan in der Mode, und die Frauen sind stolz auf das, was sie sich erkämpft haben. Coco Chanel hat über Dior gesagt: ›Dior kleidet keine Frauen, er polstert sie aus!‹ Und in Chicago soll es sogar Proteste gegen Dior geben. Der *Little-Below-the-Knee-Club* hat wohl eine Demonstration gegen Dior veranstaltet, auf den Bannern stand: ›Wir hassen bodenlange Röcke! Frauen, kämpft mit eurer Kleidung für die Freiheit!‹ Das hat mir eine Freundin aus Amerika geschrieben.«

»Ich glaube nicht, dass man Freiheit von der Rocklänge abhängig machen sollte«, murmelte ich.

Mia richtete sich auf, um ihr Werk zu betrachten, und nickte zufrieden. »Wunderbar sehen Sie aus. Jetzt kommt das Dekolleté an die Reihe.«

Dann fuhr sie fort: »Ich kann die Frauen in gewisser Weise verstehen. Kein Korsett tragen zu dürfen und kürzere Röcke, das sind schon Errungenschaften, denen unendliche Kämpfe vorausgingen. Die Frauen haben Angst, diese Privilegien wieder zu verlieren, wenn sie sie nun aufgeben.«

»Ja, das verstehe ich schon auch«, gab ich ihr recht. »Ich glaube nur: Die wahre Freiheit beginnt dann, wenn man sie nicht mehr an Äußerlichkeiten festmacht. In diesem Fall, wenn man wagt, wieder Mieder und langen Rock zu tragen in dem vollen Bewusstsein, dass man es nicht muss. Einfach, weil man es schön findet.«

»Sie sind eine kluge Frau, Luise Meindorf.«

»Sie auch, Mia Bindewald.«

Ich hatte unverhofft einen freien Nachmittag. Renatchen war bei Mutti, Hannes probte, und Mia Bindewald hatte mir soeben eröffnet, dass wir für heute fertig seien, und mir empfohlen, doch einmal ins wiedereröffnete *Café Charlott* hinaufzugehen, um mir die Räumlichkeiten anzusehen. Wir hatten uns entschieden, dass unsere Modenschau in diesem geschichtsträchtigen, an einem neuen Ort wiedererstandenen Café stattfinden sollte.

Der Weg durch die Innenstadt war nach wie vor schmerzhaft. Zwar waren die Straßen längst schon passierbar und man musste nicht mehr über Schutt und Geröll stolpern, aber das einst so lebendige Zentrum der Stadt lag nach wie vor tot vor mir, und die Zerstörung schrie mir von jeder Ecke aus entgegen. Wie so oft ging ich durch die Blasiusgasse bei der »Madonna mit der Lampe« vorbei.

Ich blickte hinauf zu meiner steinernen Freundin und trug ihr erneut einen stummen Gruß an Albin auf – wie immer, wenn ich hier stand. Die Stunden, in denen wir zwei Tage nach dem Bombenangriff nebeneinander hier gestanden und nach der Madonna gegraben hatten, hatte ich nie vergessen. Unsere Begegnung hatte sich mir tief eingebrannt, rückblickend kam es mir vor, als hätten wir mit unserer Ausgrabung dafür gesorgt, dass es eine Zukunft geben konnte. Als hätten wir uns gemeinsam aus den Trümmern herausgezogen. Wie schon so oft, spürte ich ein leises Bedauern, dass wir uns nie wiedergesehen hatten. Und wie schon so oft, hielt ich genau das für vollkommen richtig. Diese Begegnung hatte zwischen den Welten stattgefunden. In einer Zeit, als Würzburg in einer Schockstarre verharrte, besinnungslos, verzweifelt, in einer Zeit, bevor wir uns aus den Trümmern erhoben wie ein Phönix aus der Asche und wieder Mut schöpften, in dem unbändigen Willen, dem »Grab am Main«, wie man Würzburg in jener Zeit nannte, wieder Leben einzuhauchen.

Trotzdem fragte ich mich, was aus ihm geworden war. Ob er noch einmal in den Krieg gezogen war? Oder lebte er in diesem Haus? War er verheiratet? Hatte er Kinder?

So gerne ich eine Antwort auf all diese Fragen gefunden hätte, so groß war andererseits meine Scheu davor.

Erneut warf ich der Madonna ein Lächeln zu und machte mich dann auf den Weg zu den Charlott-Terrassen am Nikolausberg, die ich über den Treppenaufgang von der Mergentheimer Straße aus erreichte.

Als ich den Hügel erklomm, dachte ich darüber nach, wie gut sich alles gefügt hatte und wie glücklich ich mit meiner Arbeit war. Die Welt der Mode war so viel mehr als nur schöne Kleidung, vor allem in Zeiten wie diesen. Es ging um Einfallsreichtum, darum, aus nichts viel zu machen, und am langen Ende auch um die Selbstbestimmtheit der Frau und ihre Rolle in der Gesellschaft. Ich freute mich auf jede weitere Stunde mit der inspirierenden Mia Bindewald – und wir hatten noch viel zu tun!

Etwas außer Atem kam ich oben an, drehte mich um und genoss den berauschenden Blick auf die Stadt, die Festung und den Main, als eine Stimme meinen Namen rief.

»Ich freue mich, Sie wiederzusehen, Fräulein Luise.«

Ich wandte mich um und erkannte den Inhaber des Cafés.

»Herr Schmidt!«, rief ich begeistert. »Wir haben uns ja so lange nicht gesehen.«

Er nickte und stellte sich neben mich an das Geländer, um auf die Stadt hinunterzusehen, die wir beide so liebten.

»Ich freue mich sehr, dass es das *Charlott* wieder gibt«, sagte ich. »Es war ein ausgesprochen wichtiger Teil meiner Jugend. Unser aller Jugend. Wir haben das *Charlott* geliebt.«

Wenn ich die Augen schloss, sah ich es noch immer vor mir: Im Parterre war die Garderobe, man gab seinen Mantel bei der Garderobiere ab, und dann ging es die teppichbelegte, harmonisch geschwungene Treppe in den ersten Stock hinauf, wo sich das großzügig ausgestattete Lokal für den Nachmittags- und Abendtanz befand. An kleinen Klubtischchen standen weiche, bequeme Sessel, auf den Böden lagen dicke, echte Teppiche, es gab elegante Vorhänge, Spiegel, gedämpfte, geschmackvolle Beleuchtung, und dann war da natürlich das große Podium für die von uns so bewunderten Musiker.

»Bei Ihnen wurde manchmal Jazz gespielt, obwohl das im Krieg absolut verpönt war. Das war für uns ein völlig neues Klangerlebnis. Wir haben es geliebt«, erinnerte ich mich. »Besonders, wenn die Saxofone und die gestopften Trompeten nasal ertönten, schmolzen wir Backfische förmlich dahin.«

Der Gastronom nickte zufrieden. »Und dann habe ich natürlich immer gerne Filmmusiken spielen lassen«, sagte er und zählte auf: »Theo Mackeben, Franz Grothe, Michael Jary, Peter Igelhoff, Peter Kreuder und so weiter.«

»Und wir konnten nach Herzenslust auf der blanken Parkettfläche tanzen«, rief ich mit leuchtenden Augen. »Und was haben wir Mädchen die jungen Assistenzärzte aus dem Standortlazarett gegenüber der *Missio* in ihren schmissigen Uniformen bewundert!«

»Es waren schöne Zeiten«, sagte Walter Schmidt ein wenig wehmütig. »Zeiten, die nie wiederkehren werden.«

»Aber Sie haben sich hier etwas wunderbares Neues aufgebaut«, versuchte ich, ihn zu trösten.

Schmidt zuckte die Achseln. »Und ich habe all meine Kraft hineingesteckt. Aber noch ist es ein Ort ohne Erinnerungen. Und erst die Erinnerungen machen ein Haus zu einem Zuhause.«

Ich nickte nachdenklich. »Ja, das *Charlott* war immer ein Zuhause auf irgendeine Weise. Aber das wird es wieder werden. Es werden neue Erinnerungen kommen. Und Gäste, die die alten Erinnerungen hier hineintragen und sie mit neuen verweben.«

»Ich danke Ihnen«, sagte Schmidt gerührt.

»Und eine dieser neuen Erinnerungen wird unsere Modenschau sein, auf die ich mich sehr freue.«

»Kein Wunder, dass Sie ein Mannequin geworden sind, Fräulein Luise«, sagte Schmidt lächelnd. »Sie waren schon immer die Schönste von allen.«

»Danke«, sagte ich und korrigierte ihn dann lächelnd: »Aber ich bin gar kein Fräulein mehr, ich habe geheiratet und heiße jetzt Meindorf. Übermorgen ist unser erster Hochzeitstag.«

»Oh«, sagte Schmidt verlegen. »Herzlichen Glückwunsch. Dass ich das nicht mitbekommen habe, ist mir jetzt etwas peinlich.«

»Wir hatten alle andere Sorgen in den letzten Jahren«, winkte ich ab. »Ich erinnere mich noch an die vielen kleinen Freudenmomente, wenn ich nach dem Krieg jemanden wiedersah, von dem ich nicht gewusst hatte, ob er überlebt hatte.«

Der Gastronom nickte. »So ging es mir auch. Und das wollen wir mit dem *Charlott* ja. Die alte Fröhlichkeit wiederaufleben lassen.«

»Ob wir jemals wieder unbeschwert fröhlich sein können?«, fragte ich nachdenklich. »Wahrscheinlich wird es eher eine etwas schwermütigere, aber durchaus tiefere Fröhlichkeit. Im Bewusstsein dessen, wie zerbrechlich Glück sein kann und wie dünn das Seil ist zwischen einem schönen Leben und der absoluten Hölle.«

»Wahrscheinlich haben Sie recht«, sagte Schmidt. »Ich glaube schon, dass wir wieder zu Freude und Lebenslust finden können. Aber sie ist jetzt von neuer Qualität und von Demut geprägt. Das habe ich schon nach dem Ersten Krieg erlebt: Nach der Zeit der Entbehrung ist der Mensch geneigt, sich noch viel ausgelassener zu freuen als sonst. Man weiß es mehr zu schätzen.«

Ich nickte, dann sah ich ihn bittend an. »Zeigen Sie mir das neue *Charlott*? Ich war noch nie hier, seit es im Juli eröffnet hat.« Fast hatte ich ein schlechtes Gewissen, aber Herr Schmidt schien es mir nicht übelzunehmen, im Gegenteil zeigte er sich von meinem Vorschlag regelrecht begeistert.

Er ging mir voran durch die Eingangshalle, von der aus eine

Marmortreppe zu einem prächtigen Hauptraum führte. »Das ist ja atemberaubend!«, rief ich, als ich durch die großen Fenster auf die Stadt hinunterblickte. Dann sah ich mich in dem luxuriös ausgestatteten Saal um. Der Sandsteinkamin, die großen Teppiche, die einladenden Sessel – hier konnte man sicherlich viele gemütliche Herbst- und Wintertage verbringen und, von dieser erhöhten Position, das Wetter über Würzburg beobachten.

»Im Sommer ist es hier draußen besonders schön«, sagte Schmidt und führte mich durch eine hohe Glastür auf die Terrasse, von wo aus man auf die Stadt hinunterblicken konnte. Einen kleinen Pavillon, zu dem man über eine Wendeltreppe gelangte, gab es auch.

»Und?«, fragte Schmidt und klang beinahe schüchtern, »ist das ein würdiger Ort für Ihre Modenschau?«

»Ein mehr als würdiger Ort«, sagte ich feierlich. »Lassen Sie uns gemeinsam neue Erinnerungen schaffen.«

18. Kapitel

Nachdem ich mit Herrn Schmidt die Details besprochen hatte, machte ich mich auf den Weg nach Hause. Ich hatte mit Hannes vereinbart, dass er Klein-Renate von ihrer Oma abholen sollte. Als ich vor dem Anwesen ankam, in dem wir jetzt lebten, war ich überrascht. Da stand Hannes mit einem Leiterwagen, in dem sich ein Kohleofen samt Rohr und ein Sack Kohlen befanden. Neben ihm war Mutti, die kleine Renate auf dem Arm.

»Was macht ihr denn da?«, rief ich und beschleunigte meine Schritte.

»Hallo, Liebling.« Seit unserem Streit gab sich Hannes ganz besondere Mühe. Er küsste mich, und ich nahm Mutti mein Mädchen ab.

»Wozu brauchen wir denn den Ofen?«, wunderte ich mich. »Wir haben doch Zentralheizung.«

Finster schüttelte Hannes den Kopf. »Ich habe mir vorhin endlich ein Herz gefasst und versucht, das zu klären. Die alte Hexe hat mir erklärt, dass sie uns von der Zentralheizung abgekoppelt haben. Wenn wir es warm haben wollten, müssten wir selbst dafür sorgen.«

»Das ist doch nicht wahr!«, rief ich erbost. »Und ich habe gedacht, die Heizung sei nur kaputt.«

»Ist sie nicht«, stellte er klar. »Ich bin dann also zu deiner Mutti gegangen, weil mir eingefallen ist, dass ihr noch einen kleinen Kohleofen im Keller habt.«

Ich nickte. Nach dem Bombenangriff vom 16. März hatte es weder Gas noch Wasser gegeben. Zweimal am Tag war ich losgegangen, um Wasser aus dem Löschteich zu schöpfen, das eigentlich nur gut genug gewesen war, um damit die Toilette zu spülen. Doch anderes Wasser stand nicht zur Verfügung, also musste dieses genügen. Sowohl mir als auch Mutti war klar gewesen, dass wir das Wasser unmöglich trinken konnten, ohne es abzukochen. Also musste ein Kohleofen her. Mit dem Leiterwagen war ich losgezogen, um in den Trümmern nach einem Ofen zu suchen, und ich hatte Glück gehabt: In der Rottendorfer Straße hatte ich unter den Trümmern eines Hauses einen kleinen, noch gut erhaltenen Ofen gefunden. Ich hatte all meine Kraft gebraucht, um ihn aus dem Schutt hervorzuziehen. Doch so sehr ich es auch versucht hatte: Ich war einfach nicht stark genug gewesen, den schweren Ofen auf den Leiterwagen zu hieven. Zwei Soldaten, die in der Nähe Schutt schaufelten, hatten sich meiner schließlich erbarmt und mir geholfen. Zu Hause hatten der nette Herr Adam, Mutti und ich den Ofen mit vereinten Kräften nach drinnen gebracht und angeschlossen – und nun würde er uns also erneut retten. Irgendwie gefiel mir der Gedanke. Er unterstrich das, was ich schon so oft gedacht hatte: dass es auch in schweren Zeiten immer etwas gab, was einem weiterhalf, einem Freude bereitete oder einen sogar rettete.

»Also los«, sagte ich und gab Renatchen wieder Mutti auf den Arm, um das Tor zu öffnen, während Hannes den Leiterwagen über den Kiesweg zur Haustür zog. Mit vereinten Kräften schleppten wir den Ofen, gefolgt von Mutti mit Renatchen, die Stufen hinauf. Ich keuchte. Das schwere Teil zerrte an meinen Armen, und ich hatte Angst, dass es mir auf die Füße fallen würde.

»Geht das nicht etwas leiser?«, keifte die Hexe. »Und räumen Sie Ihren Wagen da weg.«

Oben angekommen, setzten wir den Ofen ab, und ich drehte mich, mein strahlendstes Lächeln auf den Lippen, zu Frau Rumpel um. Ich hatte beschlossen, dieser schlecht gelaunten und missgünstigen Person mit dem größten Maß an Freundlichkeit zu begegnen. Und an diesen Vorsatz wollte ich mich halten, so schwer es auch fiel.

»Guten Tag, Frau Rumpel«, rief ich mit unbestechlichem Charme. »Das sind sehr schöne Teppiche, die Sie hier ausgelegt haben. Das wollte ich Ihnen schon lange mal sagen!«

Was eine faustdicke Lüge war! Ich fand, dass die zahllosen kleinen, alten Teppichreste den eigentlich wunderschönen hölzernen Eingangsbereich regelrecht verunstalteten.

»Ha!«, kommentierte die Alte mein Kompliment und knallte die Tür zu.

Obwohl die Situation eigentlich wirklich nicht zum Lachen war, musste ich grinsen, als ich Hannes half, den Ofen ins Zimmer zu tragen. Dort angekommen, hörte ich es hinter mir tuscheln. Entgegen ihrer sonstigen Angewohnheit hockten die beiden Jungfern, die merkwürdigen, etwa 50-jährigen Töchter des Hauses, nicht in der Wohnküche, sondern in der Nische, die unserem Zimmer gegenüberlag, und starrten mich an. Ich beschloss, sie mit der gleichen unerschütterlichen Freundlichkeit zu bedenken wie ihre Mutter. »Guten Tag, die Damen! Wunderschöner Tag heute, nicht wahr?«, schmetterte ich ihnen entgegen.

Die grauhaarigen Schwestern, die übrigens stets gleich gekleidet und frisiert und nur schwer voneinander zu unterscheiden waren, sandten mir entgeisterte Blicke, was mich erneut zum Lachen reizte. Eigentlich ein guter Weg, dachte ich, mich von der Missgunst dieser Leute nicht beeindrucken zu lassen, sondern ihnen unerschütterliche Fröhlichkeit entgegenzusetzen.

»Ich hole mal noch den Rest hoch«, verkündete Hannes, als wir die Tür hinter uns geschlossen hatten. »Und dann bleibt mir wohl nichts anderes übrig, als für das Ofenrohr ein Loch in die Wand zu hauen.«

»Na, das wird Ärger geben«, prophezeite ich.

»Sie lassen uns ja keine andere Wahl.«

»Auch wieder wahr.«

Hannes verschwand nach unten, Renatchen rieb sich die Augen.

»Sie ist müde«, erklärte ich. »Ist ja auch bald schon Schlafenszeit.«

»Ich werde dann auch mal wieder nach Hause gehen«, sagte Mutti, die etwas verloren mitten im Zimmer stand. Sie küsste mich auf die Wange und gab auch ihrer kleinen Enkeltochter einen Kuss.

»Danke für deine Hilfe«, rief ich ihr noch nach.

In der Tür traf Mutti auf Hannes. »Nimmst du den Leiterwagen wieder mit zu dir?«, bat er meine Mutter. »Ich habe Angst, dass er hier abhandenkommt, wenn wir ihn im Keller abstellen.«

»Sicher«, sagte Mutti und verabschiedete sich.

»Ich habe noch eine Überraschung für dich«, verkündete Hannes stolz und zog zwei Elektro-Spiralplatten unter einer

Decke hervor. »Da die Alten uns ja nicht in ihre Küche lassen, müssen wir das Kochen wohl hier übernehmen.«

»Eine Doppelkochplatte«, freute ich mich. »Wie wunderbar!«

In den letzten Tagen hatten wir uns wahlweise mit einer kalten Brotmahlzeit begnügt oder waren essen gegangen, was wir uns jedoch auf Dauer nicht leisten konnten.

»Ich habe auch ein halbes Pfund Kartoffeln und ein Paar Eier besorgt. Und wenn ich das Ofenrohr nach oben gebracht habe, gehe ich dir Wasser aus dem Keller holen.«

»Ich bin froh, dass wir uns wieder vertragen.« Ich ging zu ihm und schlang die Arme um ihn.

»Ich auch«, sagte er. »Und wie.«

»Ich ertrage es nicht, wenn wir uns streiten«, fügte ich hinzu. »Aber es sind auch ganz praktische Überlegungen: Hier allein mit Renate zu sein, ist fast unmöglich. Allein der Umstand, dass alles Wasser – zum Kochen, zum Waschen – aus dem Keller geholt werden und das verbrauchte Wasser dann wieder nach unten gebracht und in die Toilette geschüttet werden muss, ist eine Zumutung.«

»Da hast du allerdings recht«, sagte er. »Ich hoffe, dass wir so bald wie möglich etwas anderes finden.«

Ich nickte, während ich mich daranmachte, die Kartoffeln zu schälen. Meine Arbeit war gut, auch Hannes stand in Lohn und Brot, wenngleich er nicht viel verdiente, und der Wohnungsaufbau schritt voran. Vielleicht würden wir dieses eigentlich so schöne, aber doch zugleich so schreckliche Haus bald schon wieder verlassen können.

19. Kapitel

»Ich möchte den Menschen einfach wieder Hoffnung geben«, rief Mia Bindewald und wirbelte wie ein aufgezogener Kreisel in ihrem Atelier herum, zog hier ein Kleid hervor und dort eines, kombinierte und verwarf wieder.

Ich sah ihr lächelnd zu. Mia Bindewald war eine faszinierende Persönlichkeit, sie nahm den Raum, in dem sie sich bewegte, vollständig ein, sprudelte vor Kreativität und Ideen und war außerdem ausgesprochen perfektionistisch, weshalb sie die akribische Planung für die Modenschau auch insgesamt dreimal wieder über den Haufen geworfen hatte. Nun jedoch war sie zufrieden, und wir befanden uns im *Café Charlott*, wo heute die Proben begannen.

Erneut zeigte sich, dass Mia Bindewalds Werk sehr von Christian Dior inspiriert wurde. Der *New Look*, den ich gleich an meinem ersten Tag bei der Modedesignerin kennengelernt hatte, bewegte sowohl die Gemüter als auch Mias Geist weiterhin.

»Ich finde Sie mutig«, sagte ich zu Mia, als diese mir in ein zauberhaftes Kleid mit bodenlangem Rock und Mieder half, in dem ich üben sollte, engelsgleich über das Parkett im *Café Charlott* zu schweben.

»Weil ich Mieder wage?«

»Genau.«

Ich griff nach der Zeitschrift, in der ich am Morgen in Mias Atelier geblättert und die ich mitgenommen hatte, um meiner Arbeitgeberin daraus vorzulesen. »In Paris dominiert er, der lange Rock. Weit, graziös, beschwingt. Aber – unpraktisch!

Welche Wienerin hat sich noch nicht mit Grausen vorgestellt, wie sie in diesem voluminösen Etwas der Straßenbahn nachlaufen, zierlich sein Weites raffen und aufspringen wird. Und die bezaubernden Beine versteckt er auch. Das Mieder hat Fischbeine, über die wir noch gestern gelacht haben und über die wir heute weinen. Nie hat die Mode diktatorischer das Gesamtbild verlangt.«

Mia Bindewald hatte während des Vorlesens noch hier und da an mir herumgezupft, nun war sie fertig und betrachtete mich so zufrieden, als sei nicht nur das Kleid, sondern auch ich ihre höchstpersönliche Kreation. »Egal, was diese Journalisten schreiben. Ich finde, Sie sehen genau in dieser diktatorischen Mode zauberhaft aus.«

»Danke«, lächelte ich und deutete einen leichten Knicks an.

Mia schickte mich über den Laufsteg, korrigierte, lobte, regte an und fragte mich schließlich, ob es sich denn in irgendeiner Weise rückschrittlich anfühle, wieder Mieder und lange Röcke zu tragen.

Ich schüttelte den Kopf.

»Wie neulich schon gesagt, als wir das erste Mal darüber sprachen, finde ich immer noch, wenn wir unsere Freiheit an der Rocklänge festmachen, dann ist das keine wirkliche Freiheit. Wirklich frei sind wir erst, wenn wir ganz selbstbewusst alles tragen können, was uns gefällt. Auch und gerade die Mode, die wir früher tragen mussten.«

Mia nickte zufrieden. »Ich freue mich, dass Sie das nach wie vor so sehen. Und Sie scheinen nicht die Einzige zu sein. Trotz aller Unkenrufe legt Dior in Paris einen regelrechten Triumphzug hin. Die Modejournale sind voll von seinen Schnitten. Jede Frau kann sich ihr Traumkleid im Grunde selbst nähen.«

Es klang verärgert.

»Unsinn«, widersprach ich. »Ich könnte ein solches Kleid nie schneidern, und da gibt es außer mir unzählige andere Frauen, denen es ebenso geht.«

»Sie haben recht, ich sollte mir nicht zu viele Gedanken machen«, sagte Mia. »Laufen Sie noch mal los.«

Ich tat, wie mir geheißen.

»Achten Sie bei diesem Rock darauf, dass er den Schwung Ihrer Bewegung mitnimmt«, empfahl Mia. »Besonders gut geht das, wenn Sie am Ende des Laufstegs eine sehr schnelle Kehrtwende machen.«

Offenbar machte ich meine Sache gut, denn Mia Bindewald klatschte anerkennend in die Hände. »Sehr schön«, sagte sie. »Sie sind wirklich ein Naturtalent. Sie werden gut mit den anderen beiden Mannequins harmonieren.«

»Wann kommen sie denn an?«, fragte ich ungeduldig. »Und wie heißen sie? Sie haben mir bisher noch gar nichts über sie erzählt.«

Mia lächelte geheimnisvoll. »Sie werden sie mögen. Babette und Ursula sind beide schon früher für mich gelaufen und haben viel Erfahrung.«

Ich seufzte.

»Was ist?«, fragte Mia Bindewald stirnrunzelnd. »Haben Sie damit ein Problem?«

»Nein, natürlich nicht, im Gegenteil. Ich bin ja froh, dass die beiden Erfahrung haben«, erwiderte ich rasch. »Es ist nur … neben zwei solchen Profis werde ich mich vielleicht ganz schrecklich blamieren. Offen gestanden bin ich inzwischen ziemlich aufgeregt.«

»Unsinn«, widersprach Mia Bindewald energisch. »Sie machen das ganz großartig, wirklich. Und wenn Sie unsicher sind: Da hilft nur üben, üben, üben. Und genau das tun wir jetzt.«

Ich nickte.

»Dann wäre das ja geklärt«, sagte die Modedesignerin und klatschte zufrieden in die Hände. »Und weiter geht's. Angst vor dem Neuen besiegt man am besten, indem man ihr Erfahrung entgegensetzt. Und indem man nicht allzu sehr darüber nachdenkt, was alles schiefgehen könnte.«

Während sie sprach, hatte sie schon das nächste Kleid vom Ständer gezogen. »Als Kontrast schlage ich ein Stück mit einer sehr engen Silhouette vor«, sagte Mia Bindewald. »Dazu ein Bolerojäckchen. Das steht Ihnen besonders gut, bei Ihrer Figur.«

Ich nickte. Da ich groß und schlank war, sah das hautenge helle Kostüm mit dem wadenlangen Rock an mir tatsächlich ausgesprochen gut aus. Besonders gefiel mir an dem Kostüm der sehr breite, runde Kragen, der auch ein Stück über die Schultern fiel. Die Säume waren, ebenso wie die Knöpfe, in kontrastierendem Schwarz gehalten, dazu trug ich schwindelerregend hohe schwarze Pumps.

»Und los«, sagte Mia.

Ich hatte das Gefühl, dass meine Bewegungen sich automatisch den Kleidern anpassten. In diesem Kostüm konnte man nur sehr kleine Schritte machen, und es kam auf einen eleganten Hüftschwung an.

Mia sagte kein Wort, als ich wieder zu ihr zurückkehrte. Etwas verunsichert blieb ich vor ihr stehen.

»So schlimm?«

»So gut«, korrigierte Mia. »Wie ich schon sagte: Sie sind ein Naturtalent. Es gibt nichts, aber absolut gar nichts zu korrigieren.«

20. Kapitel

»Ich bin so froh, dass wir wieder mehr zu essen haben«, sagte ich und schloss genießerisch die Augen.

Wir hatten uns zum sonntäglichen Besuch bei Mutti begeben, und die hatte tatsächlich einen Apfelkuchen gebacken.

»Es schmeckt himmlisch«, stimmte Hannes zu.

Mutti lächelte. »Schön, dass es euch schmeckt, und es ist mir natürlich eine große Freude, euch mal wieder verwöhnen zu dürfen. Ich weiß nicht, wann ich das das letzte Mal getan habe. Vor dem Krieg …«

Liebevoll sah ich sie an. Mutti hatte sich verändert in den letzten Wochen seit unserem Auszug. Es tat ihr offensichtlich gut, mehr Raum für sich zu haben. Ihre Haare glänzten wieder, ihre Haut war nicht mehr so fahl, und selbst ihre Augen hatten wieder ein Leuchten bekommen. Mutti war schon immer schlank gewesen, aber in den Kriegsjahren war sie hager geworden, was sie, gepaart mit dem Kummer und den Strapazen der Kriegsjahre, viel älter gemacht hatte, als sie eigentlich war. Nun hatte sie etwas zugenommen, was die scharfen Linien in ihrem Gesicht weicher werden ließ. Sie sah weiblicher aus und jünger.

»Ich erinnere mich bei diesem Apfelkuchen an zweierlei«, murmelte ich und nahm einen kräftigen Bissen. »Erstens an die Apfelbutzen, die das Töchterlein der Hiltys immer liegenließ und die ich dann aufgegessen habe. Du mochtest Äpfel eben schon in Muttis Bauch, mein Schatz.« Ich beugte mich zu Renatchen und drückte dem kleinen Mädchen, das auf Muttis Bett lag, einen Kuss auf die Wange. Aufmerksam und fragend sah sie mich mit ihren großen Augen an.

»Und was ist deine zweite Erinnerung?«, fragte Mutti und lenkte meine Aufmerksamkeit damit wieder an den Esstisch.

»Ich musste an die *Bäckerei Pfanner* denken, mit dem angrenzenden Café. Da sind wir sonntags manchmal hingegangen.«

»Ja«, Mutti seufzte und blickte verträumt aus dem Fenster, »das waren noch Zeiten.«

Ich biss mir auf die Lippen. Ich Tölpel! Ins *Café Pfanner* waren wir immer mit Vati gegangen, und daran hatte ich sie nun erinnert, wo sie doch gerade dabei war, fröhlicher zu werden und immer mehr zu sich zu finden. Andererseits – das hatte ich im Krieg gelernt: Angst davor, Wunden aufzureißen, brauchte das Gegenüber bei den Dingen, die uns wirklich schmerzten, nicht zu haben. Man dachte ohnehin ständig daran, musste nicht erst daran erinnert werden. Und wenn man irgendwann nicht mehr ständig daran dachte, hatte man es so weit überwunden, dass man gelassener darüber nachdenken konnte. Irgendwann verwandelte sich die Trauer, wurde Teil des Alltags. Zum ersten Mal seit langer Zeit musste ich wieder an das kleine Mädchen mit den dunklen Haaren denken, wie es in seinem weißen Kleid nach dem Angriff dagelegen hatte. Obwohl ich das Mädchen nicht gekannt hatte, war es für mich zur personifizierten Trauer geworden, in all seiner Reinheit zum Bild des Schreckens – gerade weil es so rein und so unversehrt gewesen war. Doch mein Gedenken an das Mädchen, überhaupt an jene Schreckensnacht, hatte sich verändert, war ruhiger geworden, ein Lebensfaden, der sich mit den anderen verwoben hatte, der zu mir gehörte, der mich aber nicht mehr vollkommen beherrschte. So musste es auch mit Mutti sein und ihrem Schmerz darüber, Vati verloren zu haben. Das hoffte ich zumindest.

Tief in meinen Gedanken versunken, hatte ich gar nicht bemerkt, dass sich am Tisch Schweigen ausgebreitet hatte. Hannes räusperte sich schließlich und riss damit sowohl Mutti als auch mich aus unserer Tagträumerei.

»Möchtest du noch ein Stück?«, fragte sie mich.

»Ich weiß nicht«, zierte ich mich, »am Ende passe ich nicht mehr in die Kleider für die Modenschau.«

»So ein Stück Apfelkuchen wird dir nicht schaden«, entschied Mutti resolut. »Und nach Jahren des Hungerns beim ersten Kuchen gleich an die Linie zu denken, ist schlichtweg albern.«

»Überredet«, ließ ich meine Bedenken nur allzu willig sofort fallen.

»Ich würde ja gerne mal wieder ein richtig schön gewürztes Essen zubereiten«, erklärte Mutti. »Aber Gewürze sind immer noch kaum zu bekommen – und wenn, dann sind sie unglaublich teuer.«

Ich nickte. »Ja, das stimmt. Aber irgendwann werden wir auch wieder Gewürze haben. Ich finde, es ging in den letzten beiden Jahren sehr stark aufwärts. Wenn ich mir überlege, wie wir vor zwei Jahren noch gehungert haben …«

»Da hast du allerdings recht«, bestätigte Mutti. »Es liegt wirklich so etwas wie Hoffnung in der Luft. In der *Main-Post* habe ich neulich gelesen, dass es sogar wieder Bananen gibt.«

»Hier?«, fragte Hannes und seine Augen leuchteten sehnsüchtig. »Ich liebe Bananen.«

»Ach«, sagte ich verblüfft. »Das wusste ich ja noch gar nicht.«

»Kein Wunder, schließlich gibt es ja, seit wir uns näher kennen, keine Bananen«, erwiderte er grinsend und gab mir einen Kuss.

»Ich habe nur gelesen, dass ein paar Kisten Bananen aus

Kolumbien in Westdeutschland angekommen sind«, sagte Mutti entschuldigend. »Ich bezweifle, dass sie es bis nach Würzburg schaffen.«

Hannes seufzte. »Das wäre ja auch zu schön gewesen.«

»Wie geht es eigentlich Herrn Adam?«, fragte ich. »Ich habe ihn vor lauter Arbeit schrecklich vernachlässigt.«

»Er würde sich sicherlich freuen, wenn du ihm ein Stück Apfelkuchen bringst – mit Renatchen«, sagte Mutti lächelnd.

»Dann machen wir das, wenn wir gehen«, beschloss ich. »Herr Adam ist wirklich ein Mensch, der mein Leben seit jeher ungemein bereichert hat.«

»Wie geht es euch denn eigentlich in eurem Hexenhaus?«, fragte Mutti.

Hannes und ich stießen gleichzeitig ein tiefes Seufzen aus.

»Diese Satansfamilie denkt sich wirklich immer neue Unverschämtheiten aus, um uns das Leben sauer zu machen«, sagte ich.

Mutti nickte. Sie war selbst schon zweimal von Frau Rumpel an der Haustür mit den Worten abgewiesen worden: »Meindorfs können keinen Besuch empfangen!«

»Neulich wollte mich Leo Albert Klotzsche besuchen. Das musst du dir mal vorstellen«, sagte Hannes, der soeben sein drittes Stückchen Apfelkuchen verspeiste. »Der Klotzsche. Mich.«

»Auf die Gefahr hin, dass ich mich jetzt gleich blamiere«, sagte Mutti, »aber wer ist das?«

»Ein sehr bekannter Schauspieler«, erklärte ich ihr. »Es ist wirklich eine Ehre, wenn er Hannes besuchen kommt.«

»Es *wäre* eine Ehre *gewesen*, wenn er denn bis zu mir durchgekommen wäre«, knurrte Hannes.

»Die Hexe hat ihn abgewiesen?«, mutmaßte Mutti.

»Hat sie«, bestätigte er, grimmig nickend. »Ich kann dir gar nicht sagen, wie peinlich mir das war.«

»Und was machen die alten Jungfern?«, wollte Mutti wissen.

»Die haben mitbekommen, dass ich als Mannequin arbeite, und seitdem beleidigen sie mich, wo es nur geht.«

»Wie kann man einen damit beleidigen?«, fragte Mutti überrascht.

»Ach, sie sagen solche Dinge: ›Oh, da kommt die Schönheit.‹ Oder: ›Sieh an, die Miss Würzburg. Welch Glanz in unserer Hütte.‹ Aber sie sagen es als Beleidigung, nicht als Kompliment.«

»Sie sind wahrscheinlich furchtbar neidisch und eifersüchtig«, vermutete Mutti. »Man kann es ihnen ja nicht mal verdenken. Leben da in diesem dunklen Haus mit ihren schlecht gelaunten Eltern, haben keinen Mann und werden vermutlich auch nie einen bekommen. Du hast alles, was sie nicht haben.«

»Ja, das wird es vermutlich sein«, gab ich Mutti recht. »Damit versuche ich mich auch immer wieder zu trösten. Es sind zwei arme, einsame Frauen, die einem leidtun können. Nichtsdestotrotz: Ich träume von dem Moment, wenn wir diesem schrecklichen Haus endlich den Rücken kehren dürfen.«

»Da müssen wir wohl noch lange warten«, unkte Hannes. »Es gibt ja immer noch viel zu viele Wohnungssuchende in Würzburg.«

21. Kapitel

Mit Renate auf dem Arm überquerte ich die vielbefahrene Straße und betrat den *Roten Bau*, in dem sich die Mütterberatung befand. Ich ging mit meiner Kleinen regelmäßig dorthin, und bisher war die Ärztin immer recht zufrieden gewesen, aber dieses Mal hatte ich ein komisches Gefühl. Renatelein machte mir in letzter Zeit ohnehin Sorgen, sie war so blass und hatte kaum Appetit. Die Ärztin, eine große, sehr schlanke Frau mit braunem Haar und wachem Gesichtsausdruck, hörte sich meine Beschreibungen mit ernster Miene an und nahm dem weinenden Kindchen dann Blut ab. Ich hätte beinahe mitgeweint, als ich sah, wie sich die dicke Nadel in das winzige Händchen bohrte. Das war jedoch nichts im Vergleich zu meinem Entsetzen, als die Ärztin, nachdem das Blut untersucht worden war, meinte: »Tja – da kommen wir wohl nicht drum herum, das Kind zur Beobachtung und Behandlung ins Krankenhaus in Ihrer Nähe, die Rotkreuz-Kinderklinik, zu überweisen!«

»Nein!«, rief ich entsetzt. »Das können Sie nicht machen. Sie braucht ihre Mutter! Sie ist doch noch so klein!«

»Sie braucht vor allem medizinische Versorgung«, hielt die Ärztin dagegen.

»Aber was hat sie denn?«

»Blutarmut. Machen Sie sich keine Sorgen: Wir bekommen das in den Griff, aber wir müssen uns jetzt darum kümmern.«

»Darf ich denn bei ihr bleiben?«, fragte ich, während sich meine Gedanken überschlugen. Ich würde die Modenschau absagen müssen. Mia Bindewald würde furchtbar enttäuscht sein. Und dann: Nichts ist wichtiger als mein kleines Mädchen.

Doch die Ärztin schüttelte den Kopf.

»Die Eltern dürfen nicht dabei sein«, nahm sie mir sogleich alle Hoffnungen.

»Aber …«, rief ich, den Tränen nah, »wie lange?«

»Vier Wochen«, sagte die Ärztin, und ich konnte in ihren Augen Bedauern lesen.

»Vier Wochen?«, rief ich entsetzt. »Aber das geht nicht. Das ist völlig unmöglich. Sie können doch ein so kleines Kind nicht vier Wochen von seiner Mutter trennen.«

»Stillen Sie noch?«

Ich schüttelte den Kopf. Zu meinem großen Kummer hatte ich nicht genug Milch gehabt, um der Kleinen länger als vier Wochen die Brust zu geben.

»Na also«, sagte die Ärztin zufrieden. »Dann besteht dieses Problem ja schon mal nicht. Glauben Sie mir, Frau Meindorf, ich kann Ihre Sorgen verstehen, aber ich versichere Ihnen: Es geht nicht anders, und es ist zum Besten Ihrer Tochter.«

Weinend verließ ich den *Roten Bau* und eilte zu Mutti, um ihr mein Leid zu klagen. Die war ebenso entsetzt wie ich, sprach mir aber Mut zu: »Die Ärzte wissen am besten, was gut für sie ist«, sagte sie.

Noch am gleichen Nachmittag mussten wir unser kleines Mädchen in die Klinik bringen. Ich versuchte, stark zu sein, doch es zerriss mir beinah das Herz, als ich Abschied nehmen musste.

»Mutti kommt bald wieder«, sagte eine resolut wirkende Krankenschwester und entriss mir mein Kind. Renatchen fing an zu weinen, doch die Schwester wandte uns einfach den Rücken zu und ging mit ihr davon.

Ich rannte ihr nach, doch Hannes hielt mich fest. »Lass sie gehen«, sagte er. »Es ist zu ihrem Besten.«

»Es kann nicht zum Besten eines Kindes sein, wenn man es seiner Mutter entreißt«, widersprach ich.

»Die Ärztin hat gesagt, dass sie medizinische Unterstützung braucht«, machte er mir klar. »Und sie hat recht. Es ist uns ja ebenfalls schon aufgefallen, wie dünn und blass sie geworden ist.«

»Ihr Mann hat recht in dem, was er sagt, Frau Meindorf«, sagte eine ruhige Stimme hinter mir.

Ich drehte mich um und sah mich einem Arzt in weißem Kittel gegenüber. Er mochte etwa 50 Jahre alt sein und wirkte distinguiert und sehr erfahren.

»Vertrauen Sie uns. Wir wollen das Beste für Ihr Kind. Sie können sie jederzeit durch eine Scheibe sehen, und sonntags dürfen Sie sie besuchen.«

Ich nickte stumm. Der Schmerz in meiner Brust war beinahe übermächtig und schien mich zu betäuben.

»Versuchen Sie, Ihr Leben so normal wie möglich zu leben«, empfahl der Arzt, der sich passenderweise als Doktor Ohnesorg vorstellte. »Ihre Tochter ist bei uns wirklich in den allerbesten Händen.«

»Vielen Dank, Herr Doktor«, sagte ich.

»Komm, Liebes.« Hannes führte mich aus dem Krankenhaus, und ich taumelte mehr, als dass ich ging, in den eisigen Würzburger Mittag hinaus.

»Lass uns ins *Valentin-Becker* oder ins *Alhambra* gehen«, schlug mein Mann vor. »Etwas Ablenkung tut uns gut.«

»Ich will keine Ablenkung. Und ich will auch nichts essen«, beharrte ich.

»Liebling.« Er drehte mich zu sich um und sah mir ernst in die Augen. »Es hilft unserer Kleinen nichts, wenn ihre Mama zusammenbricht. Sie braucht eine Mama, die stark ist und für sie da ist.«

»Das wäre ich ja gern!«, schrie ich ihm meine Wut und meine Verzweiflung entgegen. »Aber sie lassen mich nicht.«

»Aber irgendwann werden sie es wieder tun«, sagte er. »Und sonntags besuchen wir sie.«

»Also gut«, gab ich nach. Vielleicht hatte er ja recht, und es wäre allemal besser, als nach Hause zu gehen, wo mich alles an sie erinnerte und wo alles nach ihr roch.

Wir entschieden uns fürs *Alhambra*.

»Wie geht es dir denn?«, fragte Edith, als wir uns drei Tage später zum ersten Mal seit langer Zeit zum Spaziergang trafen.

Sofort stiegen mir Tränen in die Augen.

»Ach, Edith, es ist so furchtbar. Jeden Tag gehe ich hin und darf sie durch das Fenster sehen. Sie sieht mich auch, und ich darf nicht zu ihr.«

»Das ist ja ganz und gar entsetzlich.« Edith zog mich in ihre Arme. Auch sie hatte Tränen in den Augen.

»Ich überlege wirklich, ob ich sie da raushole«, gestand ich meiner treuen Freundin. »Es kann doch nicht gut für ein Kind sein, wenn es nicht zu seiner Mutti darf.«

»Nein«, gab Edith mir recht, »das kann nicht gut sein. Aber wenn ihr doch keine andere Wahl habt, weil sie medizinische Hilfe braucht …«

»Ja«, murmelte ich. »Es ist verzwickt.«

Langsam gingen wir nebeneinander her, die Straße hinunter. Es tat mir gut, die altvertrauten Wege zu nehmen, die ich seit meiner Kindheit kannte.

»Eine Schwester hat zu mir gesagt: ›Ja – die Mütter wollen die Kinder besuchen, und wenn sie dann fortgehen, haben wir die Schreierei und können gerade sehen, wie wir die Kinder wieder beruhigen!‹ Das zeigt doch, dass das nicht gut sein kann.«

»Du hast ja so recht«, murmelte Edith bedrückt. »Ich weiß gar nicht, was ich sagen soll.«

»Na ja, wenigstens kann sie auf diese Weise der Stimmung im Geisterhaus entfliehen«, versuchte ich, der Situation etwas Positives abzugewinnen.

»Ach, das wollte ich dir ja noch erzählen«, fiel Edith ein. »Neulich wollte ich dich besuchen, aber du warst nicht da. Und da sah ich, dass die beiden Jungfern Irmgard und Lieselotte aus eurem Zimmerfenster geschaut haben.«

»Was?«, rief ich empört. »Aber das bedeutet ja …«

»Dass sie munter bei euch schnüffeln, sobald ihr unterwegs seid«, bestätigte Edith.

»Das ist wirklich eine bodenlose Frechheit«, empörte ich mich, dankbar, durch dieses neue Gefühl ein wenig von meinem Schmerz abgelenkt zu sein.

»Hast du denn gar nichts bemerkt?«

Ich runzelte die Stirn. »Jetzt, wo ich darüber nachdenke«, sagte ich langsam, »fällt mir doch so einiges ein.«

»Zum Beispiel?«

»Ach, nur Kleinigkeiten. Briefe, die nicht ganz in ihrem Umschlag steckten, ein Topf, der an einer anderen Stelle stand als vorher …, aber ich habe mir nichts dabei gedacht beziehungsweise vermutet, dass es Hannes war.«

»Was willst du nun tun?«, fragte Edith.

»Abschließen«, erklärte ich grimmig. »Ich werde Hannes gleich heute Abend bitten, ein Schloss zu besorgen.«

22. Kapitel

Das dritte Mannequin war in letzter Sekunde ausgefallen, und deshalb war Frau Bindewald das reinste Nervenbündel. Wie aufgezogen flatterte sie durch die Gegend, machte immer wieder neue Pläne und verwarf sie wieder.

Und diese Tatsache half mir, nicht zusammenzubrechen. Wenn Mia schwach war, musste ich stark sein. Und das Starksein fiel mir schwer. So lang war unsere Kleine nun schon in der Klinik, und auch wenn die Ärzte uns versicherten, dass ihr Zustand sich langsam bessere und man ihre Blutarmut langsam in den Griff bekäme, war sie uns bei unserem Besuch vor zwei Tagen stiller und blasser erschienen denn je. Zu allem Überfluss hatten uns die Ärzte gestern offenbart, dass Renatchen statt der angenommenen vier ganze sechs Wochen im Krankenhaus bleiben müsse.

Diese Ankündigung hatte mir die letzte Kraft genommen, und ich hatte stundenlang in Hannes' Armen geweint, bis er mich ermahnte, mich zusammenzunehmen, denn sonst, so hatte er argumentiert, würde ich bei meiner Modenschau mit verquollenen Augen dastehen. »Du hast so darauf hingearbeitet«, sagte er. »Du wirst morgen brillant sein und ausgeruht und strahlend aussehen, so, dass unser Töchterlein stolz auf dich wäre.«

Ich hatte genickt und gedacht: Das mache ich. Ich laufe für sie. Für ihre Zukunft. Denn ich wusste, dass im Publikum etliche Vertreter großer Modehäuser saßen, die selbst Modeschauen ausrichteten. Vielleicht würden sie mich ja engagieren, wenn ich sie überzeugte. Und dann könnte ich meinem Renatchen irgendwann mehr bieten als dieses schreckliche Zimmer in diesem grauenvollen Haus.

»Man kann sich wirklich auf niemanden verlassen«, wetterte Mia Bindewald weiter und riss mich aus meinen Gedanken. »So viele Jahre lang habe ich ihr Lohn und Brot gegeben, und zum Dank lässt sie mich nun hängen.«

»Na ja«, unternahm ich einen zaghaften Versuch, meine Chefin zu beruhigen, »sie hat sich nun mal das Bein gebrochen.«

»Hätte sie das nicht nach unserer Modenschau tun können?«, rief Mia herzlos und warf in einer dramatischen Geste die Hände in die Luft.

Ich wechselte einen amüsierten Blick mit Ursula, dem zweiten Mannequin. Sie war das Gegenteil von mir: blonde Haare, blaue Augen und etwas kleiner. Wir waren uns auf Anhieb sympathisch gewesen. »Ich bin Ursula«, hatte sie sich bei unserer ersten Probe lächelnd vorgestellt. »Ich freue mich, dass wir zusammenarbeiten.«

Ursula hatte eine derart unkomplizierte und natürliche Art, dass all meine Bedenken, ob ich mit ihr mithalten könne, sofort verflogen waren und ich mich in ihrer Gegenwart einfach nur ausgesprochen wohl fühlte.

»Wenn ich einen Vorschlag machen dürfte«, wagte Ursula nun einen Vorstoß.

»Jeden!«, rief Mia Bindewald. »Mir ist jede Idee recht, wie wir uns aus dieser furchtbaren Situation retten können.«

»Luise und ich gehen einfach dreimal statt zweimal über den Steg und verharren etwas länger in den jeweiligen Posen. Dann hat die andere mehr Zeit, sich umzuziehen.«

»Aber eine Modenschau mit nur zwei Mannequins! Das geht doch nicht«, jammerte Frau Bindewald.

»Sie wollen die Leute sicher nicht nach Hause schicken«, redete Ursula auf sie ein. »Außerdem: Die meisten sind ohnehin wegen Ihrer Modelle gekommen. Und wegen Luise als Miss Würzburg. Aber bestimmt nicht wegen einem Mannequin aus Berlin, das hier keiner kennt.«

»Vermutlich haben Sie recht«, sagte Mia Bindewald.

»Aber was machen wir mit den Kleidern, die sie präsentieren sollte? Sie sind alle auf sie angepasst. Ach, es ist und bleibt eine Katastrophe.«

»Wir haben alle in etwa die gleiche Figur und Größe«, ließ sich Ursula nicht aus der Ruhe bringen. »Das wird schon gehen. Außerdem sind die Kleider ständig in Bewegung. Da fallen kleine Ungenauigkeiten gar nicht auf.«

»Aber die Modenschau ist doch genau in der Reihenfolge abgestimmt.«

»Die kann auch so bleiben. Luise und ich sortieren die Kleider entsprechend um. Sie müssten nur noch mit dem Moderator sprechen.«

»Ja, dann mache ich das wohl«, sagte Mia und schwebte von dannen. Sekunden später war sie allerdings wieder zurück.

»Hier ist das Papier mit der Reihenfolge. Sortieren Sie die Kleider entsprechend um und lassen Sie mich dann wissen, wer welches Kleid trägt. Aber eigentlich geht das nicht«, fing sie dann wieder an. »Man müsste das noch ändern. Und anpassen. Es kann unmöglich perfekt sitzen.«

»Frau Bindewald«, sagte Ursula streng. »Ein Profi wie Sie wird doch mit einer solchen Herausforderung fertig. Lassen Sie uns nun keine Zeit mehr verlieren. Wir machen das hier schon.«

Mia Bindewald nickte noch einmal hastig und stürzte nach draußen.

»Bewundernswert, wie ruhig du bleibst«, sagte ich.

»Alles andere hat ja keinen Sinn«, erwiderte Ursula und begann routiniert, die Kleider des dritten Models der Reihe nach abwechselnd in meinen und ihren Ständer zu hängen.

»Und es ist ja wirklich so, dass wir alle die gleiche Figur haben. Man muss improvisieren. Im Krieg sind wir doch mit ganz anderen Situationen fertig geworden.«

»Allerdings«

»Bist du aufgeregt?«, fragte Ursula anteilnehmend.

»Ein bisschen«, gestand ich. »Die letzten Tage hatte ich irgendwie gar keine Gedanken an die Schau verschwendet.«

Sie nickte. »Das tut mir so leid, mit deiner Tochter«, sagte sie.

»Danke. Wenigstens lenkt mich die Arbeit ein bisschen von meinem Kummer um die Kleine ab.«

»Ich glaube, du wirst das gut machen«, sprach sie mir Mut zu. »Die beiden Male, die ich dir beim Laufen zugesehen habe, haben mich sehr beeindruckt. Du hast eine enorme natürliche Grazie. Ich glaube, du hast noch einen wunderbaren Weg vor dir.«

»Danke«, sagte ich lächelnd.

Wir befanden uns in einem kleinen Nebenraum des Cafés, auf dem die kostbarsten Kleider auf zwei Ständern hingen. Jeder von uns war einer der beiden Ständer zugeteilt, und die Kleider waren in der Reihenfolge angeordnet, in der wir sie tragen sollten.

»Es ist schon wie ein Wunder«, sagte ich, während meine Finger über die kostbaren Stoffe glitten. »Noch vor zwei Jahren haben wir furchtbar hungern müssen, und nun sieh dir mal an, was für eine Pracht das hier ist.«

Ursula nickte. »Ja, wir haben wirklich eine schwere Zeit hinter uns«, murmelte sie.

Aufmerksam sah ich sie an. »Möchtest du erzählen?«, fragte ich.

Ursula zuckte die Achseln. »Die Kurzversion. Ich war als Lazarettschwester im Krieg, habe einen Soldaten kennengelernt und mich in ihn verliebt. Er hielt um meine

Hand an, wir wollten heiraten, doch er ist im Krieg geblieben. Mein Vater und mein Bruder sind ebenfalls gefallen, und meine Mutter ist beim Angriff auf Berlin ums Leben gekommen.«

»Oh Gott«, sagte ich tonlos. »Das ist ja furchtbar. Wie … wie kannst du … wie kannst du einfach weiterleben?«

Ursula zuckte die Achseln. »Man schafft, was man schaffen muss, oder nicht?«

»Ja, natürlich hast du recht, aber was du erlebt hast, ist ganz und gar entsetzlich.«

»Das ist es«, bestätigte Ursula. »Und das weiß ich. Und glaub mir, es gab Zeiten, in denen ich nicht mehr leben wollte. Aber dann habe ich für sie weitergelebt. Für meinen Verlobten, für meinen Vater, meinen Bruder und meine Mutter. Ich wusste, sie hätten es von mir erwartet.«

Nachdenklich strich sie über die blaue Seide des Kleides, das sie gerade auf ihren Ständer gehängt hatte. »Nun gibt es nur noch mich. Ich muss ihnen Ehre machen.«

»Das tust du«, versicherte ich, legte spontan einen Arm um sie und gab ihr einen Kuss, obgleich wir uns noch verhältnismäßig wenig kannten. »Du machst ihnen Ehre. Ganz bestimmt.«

Im nächsten Moment wurde die Tür aufgerissen, und Mia Bindewald wirbelte herein. »Mädchen!«, rief sie entsetzt. »Was steht ihr da und plaudert! Das *Charlott* ist bis auf den letzten Platz besetzt. Es geht gleich los. Habt ihr alles so einsortiert wie besprochen?«

»Ja, und auf der Liste markiert, wer was trägt«, sagte Ursula gelassen und drückte der aufgeregten Modedesignerin das Papier in die Hand.

»Gut.« Mia warf nur einen flüchtigen Blick darauf. »Ich gebe das gleich Herrn Herling, dem Moderator. Wenn ich zurück bin, geht es los.«

Als sie die Tür erneut öffnete, hörte ich das erwartungsvolle Murmeln der Gäste, und mein Herz klopfte mir bis zum Hals. Wie aufregend das war! Hoffentlich würde ich mich nicht blamieren. Die Musik der Kapelle Fischer setzte mit dezenten, einschmeichelnden Melodien ein, Herr Herling, unser Conférencier, rückte das Mikrofon zurecht, und dann ging es los. Als Miss Würzburg sollte ich den Anfang machen.

»Viel Glück«, flüsterte Ursula mir zu.

»Danke.«

Hoch erhobenen Hauptes und mit kaltem Angstschweiß auf der Stirn trat ich auf den Laufsteg. Blitzlichtgewitter brach los. Ich blinzelte, ging dann aber unbeirrt weiter. Und während Herr Herling den Zuschauern erklärte, was sie da gerade zu sehen bekamen, bewegte ich mich im Rhythmus der von der Kapelle gespielten Klänge, als würde ich tanzen. Die Besucher applaudierten begeistert, Frau Bindewald nickte mir strahlend zu, und dann entdeckte ich auch Hannes und Mutti im Publikum, die voller Stolz zu mir aufblickten.

Mit jedem Schritt wurde ich selbstsicherer. Und mit jedem Schritt wurde ich *sicherer*: Wir hatten so viel überstanden. Wir würden auch diese Herausforderung meistern, die das Leben hinsichtlich unserer kleinen Renate gerade an uns stellte.

23. Kapitel

»Du warst einfach wundervoll«, sagte Hannes, der nach der Vorführung zu mir in die Garderobe kam und mich stolz in seine Arme schloss.

Ich genoss seine Bewunderung. Wir hatten uns gut geschlagen in den letzten Wochen, und die Zeit, in der er auf meine Erfolge neidisch gewesen war, schien in tiefster Vergangenheit zu liegen.

»Darf ich vorstellen«, sagte ich, als ich mich aus seiner Umarmung gelöst hatte. »Ursula aus Berlin – Hannes, mein Mann.«

»Angenehm«, sagten die einander Vorgestellten und schüttelten sich die Hände.

In diesem Moment klopfte es erneut an der Tür der Garderobe, und Herr Herling schob sich herein.

»Meine Damen, das war wirklich großartig!«, rief er und sah dann mich an. »Ob ich Sie wohl einen Moment sprechen dürfte, Frau Meindorf?«

»Sicher.«

Verwundert und auch etwas besorgt folgte ich ihm nach draußen. Hatte ich etwas falsch gemacht?

»Ich möchte Ihnen zu Ihrem großen Erfolg gratulieren«, sagte er. »Sie haben ein außerordentliches Talent.«

»Vielen Dank«, erwiderte ich errötend.

»Ich moderiere ja zahlreiche Modenschauen, und es wäre mir eine Ehre, wenn ich Sie dafür gewinnen könnte, bei der einen oder anderen mitzuwirken.«

»Das … das wäre ja fantastisch«, brachte ich mühevoll hervor.

»Aber nehmen Sie sie mir nicht weg«, sagte in diesem Moment eine Stimme hinter mir. Ich drehte mich um und blickte einer begeisterten Mia Bindewald ins Gesicht. »Luise, Sie waren großartig«, rief sie. »Wir sind gleich zur nächsten Modenschau eingeladen worden. Im Frühling soll es eine Veranstaltung im Bad Kissinger Kurhaus geben. Es wird viel Arbeit auf Sie zukommen.«

Ich strahlte.

Der Abend war wie ein Rausch. Alle wollten mit mir sprechen, meine Hand schütteln, mir gratulieren. Als ich gerade mit einem älteren Ehepaar im Gespräch war, das vor lauter Begeisterung gar nicht von mir lassen konnte und erklärte, mich schon von Kindesbeinen an zu kennen, fiel mein Blick auf einen jungen Mann, der etwas abseits stand und scheu zu mir herübersah. Er war groß, schlank, sein braunes Haar fiel ihm in die Stirn. Unsere Blicke verfingen sich, ließen sich nicht mehr los. Ich hatte das eigenartige Gefühl, diesen Mann gut, sehr gut zu kennen, aber ich wusste nicht, woher.

Doch dann, mit einem Mal, war es, als fiele ich durch die Zeit. Ich verließ diesen Ort und reiste drei, fast vier Jahre zurück. Gerade war Würzburg zerstört worden und mit ihm all meine Träume und meine Hoffnungen. Ich war zum Kaisergärtchen gewankt, um nach der Magnolie zu sehen, unter der ich zwei Tage zuvor noch gestanden und in den blauen Himmel geblickt hatte. Dann war ich durch die Stadt gegangen und hatte inmitten eines Trümmerhaufens einen Mann gesehen, mit einer Kinderschaufel in der Hand. Er trug Soldatenkleidung und stoppelkurze Haare. Aber es war ohne Zweifel dieser Mann, der jetzt hier im *Charlott* stand und befangen zu mir herüberblickte. Albin!

»Entschuldigen Sie mich«, sagte ich zu dem Ehepaar, dessen Huldigungen ich schon länger nicht mehr gelauscht hatte.

Ich wusste, dass ich unhöflich war, aber ich konnte nicht anders.

Albin!

Wie in Trance durchquerte ich den Raum und mit ihm all die Jahre, die zwischen uns lagen.

Dann stand ich vor ihm. Stumm sahen wir uns an.

»Albin«, sagte ich.

»Luise«, sagte er.

Dann standen wir wieder und schwiegen.

Um schließlich, gleichzeitig, weiterzureden.

»Wie ist es dir ergangen?«, fragte ich, und: »Glückwunsch zu deinem Erfolg«, sagte er.

Dann lachten wir gleichzeitig verlegen.

»Luise«, ertönte Mia Bindewalds Stimme hinter mir. »Luise, ich muss dich entführen.«

Ich machte eine entschuldigende Handbewegung. »Tut mir leid.«

»Schon gut«, erwiderte er und fügte dann, sehr leise, hinzu: »Ich bin jeden Mittag um 12 Uhr bei der ›Madonna mit der Lampe‹.«

Nachdenklich ging ich eine Stunde später, Seite an Seite mit Hannes, nach Hause. Albin hatte ich, so sehr ich auch nach ihm Ausschau gehalten hatte, nicht mehr gesehen. Der Winterwind wehte mir ins Gesicht, und ich genoss die frische Brise, ja, ich hatte das Gefühl, als wehe er allen Kummer und alle Sorgen der letzten Wochen fort, und selbst an meine kleine Renate konnte ich wieder ohne Schmerzen denken. Es würde noch drei Wochen dauern. Aber dann würden wir sie heimholen und nichts und niemand würde uns mehr trennen. Doch ohne dass ich es verhindern konnte, schweiften meine Gedanken wieder und wieder und wieder zu Albin und seinen letzten Worten. Mittags um 12 Uhr bei der Madonna.

Alles in mir drängte danach, dort hinzugehen und ihn zu treffen, doch wenn ich das tun würde, wäre das dann ein Betrug an Hannes? Wobei ich ja keinerlei Gefühle für Albin hegte, wie ich mir sogleich versicherte. Ich wollte einfach nur wissen, wie es ihm ergangen war in all den Jahren. Wenn ich aber keine Gefühle hatte, sagte ich mir, dann könnte ich Hannes doch von ihm erzählen und davon, dass ich ihn gern treffen würde. Oder?

Aber irgendetwas sagte mir, dass ihm das ganz und gar nicht gefallen würde. Und dann wäre es doch auch nicht richtig?

Als wir zu Hause ankamen, war ich vollkommen verwirrt. Verlässlicherweise ging sofort die Küchentür auf, als wir das Haus betraten.

»Guten Abend, Frau Rumpel«, rief Hannes, und ich musste über seinen Übermut grinsen. Doch dieses Mal überraschte uns die alte Hexe. Statt die Tür geräuschvoll wieder zu schließen und in der Küche lautstark vor sich hinzuschimpfen, schoss sie wie ein wildgewordener Dackel aus ihrer Hexenküche geradewegs auf uns zu. »Sie!«, rief sie und bohrte Hannes ihren spitzen Finger in die Brust. »Sie haben meine Kohle geklaut.«

»Wie bitte?«, fragte mein Gatte verblüfft. »Wieso sollte ich denn Ihre Kohlen klauen?«

»Nun tun Sie doch nicht so!«, zeterte die Alte weiter.

»Unsere Kohlenvorräte sind geschrumpft. Und wer außer Ihnen sollte sie klauen? Mein Mann oder meine Töchter? Lächerlich!«

»Wahrscheinlich haben Sie sie einfach verheizt«, knurrte Hannes und wollte die Hexe zur Seite schieben, doch das zarte Weiblein erwies sich als außerordentlich zäh und rührte sich nicht vom Fleck. Sie versperrte uns nach wie vor den Weg.

»Ich habe Beweise«, fauchte sie.

»So?«, mischte ich mich ins Gespräch. »Welche denn?«

»Ich habe Mehl über die Kohlen gestreut«, triumphierte die Alte. »Daran kann man deutlich erkennen, dass etwas weggenommen wurde. Die Mehlschicht ist unterbrochen.«

»Das identifiziert *uns* noch lange nicht als Kohlediebe«, stellte Hannes klar. »Denn die Mehlschicht wäre auch bei jedem anderen, einschließlich Ihnen, unterbrochen. Aber wissen Sie was?« Finster sah er sie an und trat einen Schritt auf sie zu. Ich erwartete, dass Frau Rumpel zurückwiche, denn das wäre eine natürliche menschliche Reaktion gewesen, doch sie tat nichts dergleichen, sondern stand stur und starr immer noch am gleichen Fleck.

»Ich glaube, *Sie* klauen *unsere* Kohlen«, erklärte mein Mann und stieß seinerseits seinen Zeigefinger in ihre Richtung, achtete allerdings peinlich darauf, sie nicht zu berühren. »Und davon habe ich jetzt die Nase voll. Ich habe oben eine verschließbare Holzkiste, da kommen unsere Kohlen rein. Ich habe Ihre Faxen nämlich endgültig satt. Und nun lassen Sie uns endlich durch.«

Grob schob er sie zur Seite, und dieses Mal bewegte sich Frau Hexe tatsächlich – ob aus Überraschung, weil Hannes ihr zum ersten Mal Paroli geboten hatte, oder weil er diesmal mehr Kraft anwendete, kann ich nicht sagen.

Während ich meinem Mann nach oben folgte, schrie und tobte sie mit schriller Stimme im Treppenhaus weiter.

»Hoffentlich platzt sie nicht vor lauter Ärger«, sagte Hannes, als er unsere Zimmertür aufschloss. Nachdem ich ihm von Ediths Beobachtung erzählt hatte, hatte er sogleich ein Schloss anbringen lassen, was natürlich ebenfalls zu Krach mit unseren Vermietern geführt hatte.

Drinnen schnappte er sich die Kiste, in der er bisher Erinnerungsstücke an das Theater aufbewahrt hatte – auch die

Kiste selbst war ein altes Requisit – und ging nach unten. »Bin gleich wieder da.«

Ich wollte seinen Schritten auf der Treppe lauschen, aber ich hörte nichts. Die dicke Decke, die wir als Schutz vor Lauschangriffen schon lange von innen gegen die Tür genagelt hatten, tat gute Dienste.

Mit einem breiten Grinsen stand Hannes zehn Minuten später wieder vor mir. »So«, sagte er. »Erledigt.«

Verwundert sah ich ihn an. »Was ist los mit dir? Du bist heute so anders.«

Er zog mich in die Arme. »Ich habe eine wunderschöne Frau, die von allen bewundert wird, und darf meine kleine Tochter bald wieder aus dem Krankenhaus holen. Das ist los mit mir.«

»Aber früher hat dich mein Erfolg doch gestört, und du warst neidisch«, wandte ich ein. »Um ehrlich zu sein, war ich etwas besorgt, dass wir deshalb heute erneut in Streit geraten würden.«

»Ich war so dumm«, sagte er. »Ich war einfach überfordert mit der Situation. Dabei kann uns beiden doch gar nichts Besseres passieren. Wenn du wirklich Karriere machst, dann kommen wir vielleicht bald hier raus und können mit unserer Maus irgendwo neu beginnen.«

»Ja«, sagte ich. »Ja, das wäre schön. Im Übrigen habe ich vorhin genau das empfunden, was du jetzt beschreibst.«

»Na, wenn wir es beide so empfinden, wird es bestimmt wahr«, sagte er. Dann beugte er sich vor, um mich zu küssen.

Und ich beschloss, Albin – was auch immer ich für ihn empfinden mochte – sofort wieder aus meinem Leben zu verbannen.

24. Kapitel

»Ich bin so aufgeregt!«

Wie ein kleines Mädchen hüpfte ich an Hannes' Hand auf und ab. Es war ein Tag vor Weihnachten, und wir durften heute endlich unsere kleine Renate abholen. Als wir in der Klinik ankamen, bat uns zunächst Doktor Ohnesorg zu sich. »Es hat zwar zweieinhalb Wochen länger gedauert, als wir dachten«, sagte er einleitend, »aber die haben sich gelohnt. Renate geht es ganz ausgezeichnet, und Sie können sie völlig unbesorgt mit nach Hause nehmen.«

»Ich bin ja so froh, Herr Doktor!«, rief ich. »Müssen wir noch irgendetwas beachten?«

»Sorgen Sie dafür, dass die Kleine sich viel an der frischen Luft aufhält«, sagte er. »Vor allem bei Sonnenschein. Sie braucht Licht und Luft. Und achten Sie darauf, dass sie genug Nahrung zu sich nimmt.«

Ich nickte. »Das machen wir, Herr Doktor. Dürfen wir jetzt zu ihr?«

»Sie dürfen.«

Und dann schloss ich mein Mädchen endlich wieder in die Arme. Ich lachte und weinte gleichzeitig, als ich sie endlich wieder an mich drücken durfte.

Dann war Hannes an der Reihe, der mindestens ebenso gerührt war wie ich und offenbar mit aller Macht die Tränen herunterschluckte.

Mit unserer Kleinen auf dem Arm verließen wir das Zimmer und gingen durch den langen Flur, wobei wir noch etlichen Krankenschwestern begegneten.

Die meisten nickten nur abweisend, und der Gedanke, dass meine Kleine sechs Wochen lang diesen empathielosen Frauen ausgeliefert gewesen war, schnitt mir nachträglich noch einmal ins Herz. Da kam eine junge blonde Krankenschwester auf uns zugeeilt.

»Ich bin Schwester Anne und habe mich in den letzten Wochen viel um die süße Maus gekümmert. Ich möchte die Kleine so gerne noch einmal sehen, bevor sie entlassen wird«, sagte sie. »Sie ist einfach hinreißend. Darf ich ihr noch einen Abschiedskuss geben?«

»Aber sicher«, sagte ich, froh, dass es in dieser steifen Sterilität doch noch jemanden mit Herz zu geben schien.

»Wer wollte sich denn da davonschleichen, ohne mir auf Wiedersehen zu sagen?«, flüsterte Anne zärtlich.

Ich strahlte sie an. War mein Mäuschen also doch nicht so verloren gewesen!

»Ich werde dich vermissen, kleine Renate«, fuhr Anne fort und strich ihr liebevoll über die Haare. »Kommst du mich mal besuchen?«

Ich unterdrückte den Impuls, die nette Krankenschwester zu uns einzuladen. Nicht auszudenken, wenn die alte Hexe sie in die Finger bekäme. »Wir kommen gerne vorbei«, sagte ich stattdessen herzlich. »Ich hoffe sehr, dass wir uns wiedersehen werden.«

»Das hoffe ich auch«, sagte Anne. »Frohe Weihnachten.«

»Frohe Weihnachten«, erwiderten Hannes und ich wie aus einem Munde und machten uns dann auf den Weg zu meiner Mutter, die ebenfalls schon sehnsüchtig auf uns wartete.

Als wir vor die Tür traten, hatte es zu schneien begonnen. Dicke weiße Flocken fielen vom Himmel und hüllten alles ein. Wie verzaubert sah ich hinauf, spürte, wie die Flocken auf meiner Haut landeten und darauf schmolzen.

Ich wandte mich wieder der kleinen Renate zu, die, ein rotes Mützchen auf dem Kopf, in ihrem warmen Kinderwagen saß und staunend in die Welt blickte.

Eine Welt, die unendlich viel Leid erfahren hatte in den letzten Jahren, die sich aber nun langsam wieder erhob, erholte, aufrichtete und neu erstand. Eine Welt voller Hoffnung und Zukunft.

Unsere Welt.

Teil 2
1950 – 1951

25. Kapitel

Andachtsvoll überquerte ich die Alte Mainbrücke, setzte einen Schritt vor den anderen, ganz vorsichtig, als sei die Brücke aus dünnem, feinem Glas und ich ein schweres, grobes Geschöpf, das eine Bedrohung für dieses Wunder darstellte. Dass die Alte Mainbrücke wieder intakt war, erzeugte in mir ein unbeschreibliches Gefühl: Das Bauwerk aus dem 15. Jahrhundert war die älteste Mainüberquerung überhaupt und bis ins späte 19. Jahrhundert hinein der einzige Flussübergang der Stadt gewesen. Schon etwa um 1120 hatte hier der Vorgängerbau gestanden, wie ich in der Schule einst gelernt hatte, davor hatten die Menschen mit der Fähre übersetzen müssen. Und so war es auch mir gegangen, im Mai 1945, als ich zurückgekehrt war, um zu sehen, ob unser Haus noch stand. Nachdem wir Würzburg nach dem schweren Angriff verlassen hatten, waren wir zunächst im Exil geblieben, schließlich tobten in Würzburg schwere Kämpfe. Anfang April war die Alte Mainbrücke von deutschen Truppen gesprengt und von den Amerikanern behelfsmäßig wiederhergestellt worden. Und ich hatte mir bei meiner Rückkehr einiges überlegen müssen, um sie zu überqueren. Die Erinnerungen stiegen empor, breiteten sich in mir aus, ergriffen von mir Besitz und schleuderten mich in die Vergangenheit. Ich war wieder im Jahr 1945, und der Angriff auf Würzburg einige Wochen her. Nach mehreren Stationen war ich mit Mutti in Üngershausen gelandet, wo wir bang auf die Nachrichten aus Würzburg warteten, froh, nicht dort zu sein, mitten in dieser Hölle aus Straßenschlachten. Vom 2. bis 6. April wurde Würzburg schließlich in verlustreichen Kämpfen auf beiden Seiten eingenommen. Fast 1.000 Soldaten mussten kurz vor Kriegsende ihr Leben lassen für eine sinnlose, aussichtslose Sache. Außerdem, so hörten wir in unserem Exil, war durch die Straßenkämpfe in unserer ohnehin schon in Trümmern liegenden Stadt noch mehr zerstört worden. Dennoch war die Sehnsucht nach einer Rückkehr in »unsere« Stadt riesig. Und mit dieser Sehnsucht waren wir nicht allein: Trotz katastrophaler Zustände, Hunger und Not begannen die Menschen langsam, in ihr »Grab am Main« zurückzukehren. Sie hausten, wie wir hörten, in Kellern, Garagen, Ruinen. Unmögliches wurde möglich gemacht. Es wurden Wege freigeschaufelt, Trümmer ohne richtiges Werkzeug mit den Händen beseitigt und provisorische Dächer aus Altholz gezimmert. Die Menschen waren voller Tatkraft und Aufbauwille, sie hatten sich entschieden, dass Würzburg nicht das »Grab am Main« bleiben sollte.

Als die Waffen am 8. Mai endlich schwiegen, wagte Mutti es, mich mit einem etwas jüngeren Flüchtlingsmädchen namens Anni, die mit ihrer Mutter im gleichen Haus untergekommen war wie wir, zwecks Auskundschaftung in die Stadt zu schicken. Wir sollten nachsehen, ob unser Haus noch stand und ob die Wasser- und Stromversorgung gewährleistet sei.

Zu Fuß gingen wir in Richtung unserer geliebten Stadt. Kaum hatten wir sie erreicht, brausten riesige Konvois an uns vorbei, beladen mit Soldaten, die kreischten und gestikulierten, als sie uns junge Mädchen sahen. Wir erschraken zu Tode, zumal unsere Mütter uns noch vor den Soldaten gewarnt hatten. Doch zum Glück beließen sie es bei Rufen und Johlen und hielten nicht an.

An der Löwenbrücke, wo wir den Main hatten überqueren wollen, erlebten wir eine böse Überraschung. Die Brücke war noch vor den Kämpfen von deutschen Soldaten gesprengt worden. Anni und ich wechselten einen betretenen Blick.

»Also weiter, zur Alten Mainbrücke«, entschied ich und Anni nickte, dankbar, dass ich ihr sagte, was zu tun sei. Und mir gab die Tatsache, dass da jemand anderes, schwächeres war als ich, wie so oft schon in meinen Leben den Mut und die Kraft, weiterzumachen. Dabei fühlte ich mich furchtbar.

Sie war beklemmend, diese Heimkehr. Zwar hatten wir die zerstörte Stadt direkt nach dem Angriff ja gesehen, wussten um das Ausmaß des Schreckens, aber in unseren Herzen und unseren Erinnerungen war sie noch die schöne, strahlende und stolze Stadt geblieben, die sie immer gewesen war. Nun lag sie hier, zu Tode getroffen, sterbenskrank, ihres Wesens, ihrer Lebendigkeit beraubt. Links und rechts empfingen uns gähnende Ruinen, Stille, Leere, hin und wieder mal ein Mensch. Endlich hatten wir uns, über Trümmer und Schuttberge kletternd, bis zur Alten Mainbrücke vorgearbeitet, die behelfsmäßig einspurig wieder hergestellt war.

Aber was war das? Entsetzt starrte ich auf den schwerbewaffneten amerikanischen Soldaten, der am Brückenkopf stand und furchtbar grimmig dreinblickte.

Neben ihm war ein Schild befestigt: »Brücke nur stundenweise geöffnet – ansonsten ist eine Spezialgenehmigung erforderlich«, stand da.

Ratlos sahen wir uns an. »Was machen wir denn jetzt?«, fragte Anni und war offensichtlich den Tränen nah. Ich konnte sie verstehen. Da waren wir so weit gegangen, hatten uns über Trümmer und Schutt gekämpft, nur, um jetzt nicht über den Main zu kommen? »Warten?«

Ich schüttelte den Kopf. »Wir wissen ja nicht, was die mit ›stundenweise‹ meinen, und müssen heute Abend unbedingt wieder zurück sein. Das ist ohnehin alles schon sehr knapp.«

»Aber wir bekommen doch nie eine Sondergenehmigung«, befürchtete Anni.

»Komm«, sagte ich und zog sie hinter eine Ruine. »Wir geben jetzt nicht auf.«

»Was hast du vor?«, fragte Anni bang.

»Wir beobachten, wie sie sich verhalten. Vielleicht finden wir einen unbeobachteten Moment, in dem wir über die Brücke rennen können.«

»Aber wenn sie auf uns schießen?«

»Das werden sie nicht«, versprach ich ihr, obgleich ich mir dessen keineswegs sicher war. »Wir sind zwei junge Mädchen, von uns geht keine Gefahr aus.«

Sie nickte und verharrte schweigend an meiner Seite, während ich angespannt den Posten beobachtete. Ich stellte fest, dass er seiner Bewachungspflicht durchaus etwas nachlässig und gelangweilt nachkam. Nach einer Weile hatte ich sein System heraus: Der Soldat ging immer ein Stück um die Ruinenecke herum, ehe er wieder 20 Schritte in Richtung Brückenkopf lief.

»Halt dich bereit«, zischte ich Anni zu. »Gleich geht es los. Renn einfach.«

»Aber …«

Ernst sah ich sie an. »Entscheide dich, Anni. Du kannst hier auch auf mich warten. Aber wenn du mitmachen willst, musst du tun, was ich dir sage.«

Sie erwiderte meinen Blick aus großen, dunklen Kinderaugen und nickte dann entschlossen, dass ihre beiden braunen Zöpfe wippten. »Gut. Ich bin dabei.«

Ich warf einen Blick auf den Soldaten, der soeben wieder hinter dem Ruineneck verschwunden war.

»Und los«, flüsterte ich.

Und dann rannten wir. Rannten wie die Hasen, nur schneller, über die Brücke. Mein Herz klopfte bis zum Hals, denn auch wenn ich Anni etwas anderes hatte weismachen wollen: Ich konnte nicht wissen, ob der Soldat doch auf uns schießen würde. Doch wir hatten Glück, wir blieben unbemerkt – und auf der anderen Seite schaute der Wachsoldat zwar etwas verdutzt, unternahm aber nichts. Er musste ja davon ausgehen, dass uns sein Kamerad hatte passieren lassen!

»Geschafft«, freute ich mich, als wir beim Grafeneckart angekommen waren. »Nichts wie hinauf ins Frauenland.«

Anni und ich verabredeten, uns in vier Stunden wieder hier zu treffen, jede wollte nach ihrem Haus schauen.

Der Weg hinauf weckte schlimme Erinnerungen, ich passierte auch die Stelle, an der ich das kleine Mädchen mit den schwarzen Haaren gesehen hatte, das mich seither immer begleitete. Oben angekommen, sah ich den *Letzten Hieb*, der uns in der Bombennacht Schutz geboten hatte, in Trümmern, völlig zerstört. Nur das historische Eingangshäuschen zu unserem Felsen-Luftschutzkeller war noch intakt. Und auch unser Haus stand noch, wie ich zu meiner riesigen Erleichterung feststellte, wenn es auch einige Einschusslöcher hatte. Ich öffnete die Haustür und lag gleich darauf einem überglücklichen Herrn Adam in den Armen. Viel Zeit hatte ich nicht mehr, ich musste mich beeilen, wenn ich pünktlich bei unserem Treffpunkt erscheinen wollte, also machte ich mich schnell wieder auf den Rückweg. Anni wartete schon wie besprochen am Grafeneckart, auch sie hatte gute Nachrichten: Ihr Haus hatte keinerlei Schäden abbekommen. Zu gern wären wir nun nach Üngershausen zurückgekehrt, um unseren Müttern die frohe Kunde zu überbringen, doch zunächst mussten wir nun erneut die Alte Mainbrücke überwinden, und leider wich der Wachposten auf dieser Seite, so lange ich ihn auch beobachtete, nicht vom Fleck.

»Was machen wir denn jetzt?«, fragte Anni wieder.

»Ich rede mit ihm«, sagte ich und setzte mich kurzentschlossen in Bewegung.

Panisch packte Anni mich am Arm. »Nein!«, rief sie. »Er ist bewaffnet.«

»Anni.« Ich zwang mich zur Geduld. »Du glaubst doch nicht, dass ein Mitglied der amerikanischen Besatzungsmacht mich erschießt, weil ich mit ihm reden will.«

»Sicher?«

Ich warf einen Blick auf den Soldaten. Mit seiner grimmigen Miene, obendrein im Kampfanzug und mit geschultertem Gewehr, sah er wirklich nicht zum Scherzen aus. Aber er würde mich nicht erschießen, nur weil ich ihn fragte, ob er uns passieren ließe.

»Sicher.«

Kurz entschlossen stapfte ich auf den Mann zu – Anni blieb in einigen Metern Entfernung stehen –, um ihn in meinem besten Englisch zu bitten, uns über die Brücke zu lassen. Ich sagte ihm, dass wir noch zwölf Kilometer nach Hause zu laufen hätten und dass wir das ja noch vor der abendlichen Sperrzeit schaffen müssten.

Doch der Mann erwies sich als äußerst unfreundlich, kein Betteln und kein Flehen konnten ihn erweichen.

Und nun? In meinem Magen machte sich ein Gefühl des Unbehagens und der Angst breit. Wie so oft sorgte ich mich aber nicht um mich selbst, sondern um Anni, die ihre Tränen nicht mehr zurückhalten konnte. Und auch um Mutti und Annis Mutter machte ich mir Gedanken. Würden wir heute Abend nicht zurückkehren, wären sie außer sich vor Angst.

»Komm.« Da der Soldat uns immer noch beobachtete, zog ich Anni aus seinem Blickfeld zum Mainufer hinunter.

»Was machen wir denn nun?«, fragte Anni verzweifelt. »Der lässt uns nie über den Main. Wir müssen doch nach Hause.«

»Entschuldigung«, sagte da eine Stimme hinter uns.

Wir drehten uns um und blickten in das freundliche Gesicht einer Frau mittleren Alters.

»Ich habe das eben mitgekriegt«, sagte sie leise. »Manchmal kommt ein Boot auf dem Main vorbei und setzt heimlich Leute über.«

»Wie freundlich von Ihnen«, bedankte ich mich herzlich. »Wo fährt dieses Boot?«

»Bei der Riedinsel«, flüsterte die Frau und deutete flussaufwärts. »Viel Glück.«

Schon war sie wieder verschwunden, und wir machten uns auf den Weg. Bald darauf waren wir bei der Riedinsel angekommen, doch zu unserer großen Enttäuschung war weit und breit kein Boot zu sehen.

»Da!«, rief Anni plötzlich aufgeregt und deutete auf den Main. Und da sah ich es auch: Ein kleiner Fischerkahn, auf dem drei amerikanische Soldaten saßen, fuhr in unsere Richtung.

»Das kann es doch nicht sein«, murmelte ich. »Die Amerikaner würden doch nicht gegen ihre eigenen Regeln verstoßen und heimlich Leute ans andere Ufer bringen.«

Anni gab mir recht.

»Wahrscheinlich machen sie nur zum Spaß eine Bootsfahrt.«

Inzwischen hatten die Männer uns erspäht und steuerten augenscheinlich direkt auf uns zu.

Anni nahm angstvoll meine Hand. »Vielleicht kontrollieren sie das Ufer?«

Ich schüttelte den Kopf. »Es ist nicht verboten, hier zu stehen«, sagte ich. Beim Näherkommen bemerkte ich, dass die Soldaten offenbar ihre Freizeit genossen. Sie waren ausgesprochen gut gelaunt und versuchten, mit uns zu flirten. Nein, das war bestimmt keine Kontrolle.

Ich beschloss, die Gelegenheit beim Schopf zu packen und die gute Laune der Soldaten auszunutzen. Sie mussten uns ja nur ans andere Ufer bringen, was war schon groß dabei! In meinem besten Englisch erklärte ich ihnen unsere fatale Lage und dass wir unbedingt nach Hause müssten – denn es werde ja schon bald Abend! Dabei brachte ich auch Anni ins Spiel, die unbedingt zu ihrer Mutti wolle, und appellierte an ihren Beschützerinstinkt.

Es funktionierte: Die Amerikaner schien unsere Geschichte zu erheitern, und offenbar gefielen sie sich in der Rolle der Retter auch ausgesprochen gut. Sie willigten belustigt ein, und wir durften in den alten Kahn zusteigen.

Besorgt bemerkte ich, dass wir nun offenbar zu schwer waren: Das Wasser stieg fast bis an den Rand hoch.

Anni war das auch nicht entgangen, sie sandte mir einen ängstlichen Blick, doch ich lächelte ihr nur beruhigend zu. Es würde – es musste – gutgehen.

Aber es sollte eben nicht gutgehen! Kurz vor Erreichen des anderen Ufers schaukelte der Kahn plötzlich verdächtig und kippte um – wir fielen alle ins Wasser! Keuchend schwammen wir ans Ufer und schleppten uns fluchend und schimpfend den Hang hinauf. Von der guten Laune der Soldaten war nichts mehr zu spüren.

Tropfnass standen wir da, die Kleider hingen schwer an uns, und aus den Schuhen quatschte das Wasser.

Plötzlich stand, wie aus dem Erdboden gestampft, ein etwas älterer amerikanischer Offizier vor uns.

Anni und ich erschraken zu Tode, doch der Zorn des Mannes richtete sich in erster Linie gegen die Soldaten, denen er eine Standpauke hielt, die sich gewaschen hatte. Wie die begossenen Pudel standen die drei vor ihm und taten mir schrecklich leid. Schließlich trollten sie sich mit einem gemurmelten Abschiedsgruß in unsere Richtung. Dann waren wir dran!

»What do you think you are doing, it is against the law to cross the river, why do you think we close the bridge?«, schimpfte er und ich übersetzte für Anni: »Er fragt uns, warum wir das getan haben und ob uns klar ist, dass es gegen das Gesetz ist, den Fluss zu überqueren. Und was wir denken, warum sie die Brücke wohl geschlossen haben.«

Anni wagte weder etwas zu erwidern noch den Offizier anzusehen.

Ich versuchte, uns zu verteidigen, erklärte dem Mann unsere Notsituation und sagte, dass wir dringend nach Hause müssten, weil sich unsere Angehörigen furchtbare Sorgen machen würden. Nun kam die nächste Hiobsbotschaft: »You will not reach Üngershausen in time before you have to be off the street. If you get caught you will be taken in prison!«

Wieder übersetzte ich für Anni: »Es gibt keine Chance für uns, vor der Ausgangssperre nach Hause zu kommen. Wenn wir erwischt werden, müssen wir ins Gefängnis.«

Anni begann zu weinen, was den Offizier etwas milder stimmte. Er sagte uns, dass er uns auf die Riedinsel bringen wolle, dort könnten wir in der Wirtsstube der Badeanstalt übernachten, und morgen früh würde er uns abholen und uns laufen lassen. Nach einer Weile fügte er hinzu, er habe selbst zwei Töchter in unserem Alter, deshalb warne er uns vor den jungen Soldaten, die sich noch vereinzelt auf der Insel aufhielten. Er wolle dafür sorgen, dass unser Versteck nicht entdeckt werde.

Als wir auf der Insel angekommen waren, brachte er uns je ein Handtuch und eine Decke, außerdem ein heißes Getränk. Nachdem wir uns notdürftig abgetrocknet und unseren Tee getrunken hatten, legten wir uns auf eine Bank neben dem Wirtshaus und versuchten, etwas zur Ruhe zu kommen. Anni gelang das auch. Mir nicht. Obwohl die Nacht mild war, fröstelte ich in meinen nassen Kleidern, da halfen weder die Decke noch das Handtuch. Außerdem sorgte ich mich furchtbar um Mutti, weil ich wusste, dass sie außer sich war vor Angst um mich. Und ein wenig Angst hatte ich auch vor den amerikanischen Soldaten, vor denen der freundliche Offizier uns gewarnt hatte. So tat ich kein Auge zu, sondern starrte in den dunklen Nachthimmel hinauf und fühlte mich, wieder mal, unendlich einsam.

In aller Frühe war der Offizier wieder da und erlöste uns aus unserer Not. Wir bekamen jede ein kleines Sandwich, und er begleitete uns noch bis ans Wasserwerk. Wir dankten ihm, und er ließ uns laufen. Mit nassen Kleidern liefen wir stumm und frierend die immer länger werdenden zwölf Kilometer bis Üngershausen. Wo unsere Mütter in Todesangst auf uns warteten.

Fünf Jahre war das her. Und nun war ich inzwischen selbst Mutter eines kleinen Mädchens, und es zu beschützen, war die wichtigste Aufgabe meines Lebens geworden. Derart in meinen Erinnerungen versunken, war ich vor der Patrona Franconiae stehen geblieben, die die steinerne Fraktion der Brückenheiligen verstärkte und deren Körper, wie ich erfahren hatte, aus den Fluten des Mains geborgen worden war. Den Kopf hatte der Bildhauer nachgebildet und sich dazu das Konterfei der Sekretärin im Mainfränkischen Museum als Vorbild genommen. Ich lächelte ihr zu. So, wie ich auch meiner »Madonna mit der Lampe« wieder und wieder ein Lächeln schenkte. Die Madonna, deren Herz ich in einem kleinen Stoffbeutel immer bei mir trug. Als Glücksbringer.

Und nun war ich selbst Mutter und hatte soeben die wiederhergestellte Alte Mainbrücke überquert. Dankbar warf ich den wiederauferstandenen Heiligenfiguren ein Lächeln zu.

26. Kapitel

20. Juli 1950

Als ich nach dem Herz der Madonna in meiner Manteltasche tastete, durchfuhr mich auf einmal ein seltsamer Schmerz. Wie so oft musste ich an Albin denken und daran, dass er damals, vor nunmehr fünf Jahren, mit mir in den Trümmern gekniet hatte. Wie oft er wohl, nach unserem Wiedersehen im Charlott, um 12 Uhr unter der »Madonna mit der Lampe« gestanden und auf mich gewartet hatte? Vergeblich?

Ich redete mir nach wie vor ein, das Richtige getan zu haben. Schließlich war ich eine verheiratete Frau und als solche stand es mir nicht zu, mich mit anderen Männern zu treffen. Aber wenn die Stimmung zwischen Hannes und mir wieder einmal schlecht war, machten sich Zweifel in mir breit. Und die Stimmung war oft schlecht in letzter Zeit. Seit Hannes arbeitslos war, legte er ein gewisses Selbstmitleid an den Tag und blieb abends immer öfter weg. Doch wie hieß es so schön: in guten wie in schlechten Zeiten. Und wenn unsere Ehe momentan auch eher schlechte Zeiten durchlebte, so ging es doch wenigstens in Würzburg aufwärts, dieser Stadt am Main, die schon lange kein Grab mehr war. Ein erstes Mozartfest fand statt, und die Mainfrankenmesse eröffnete auf dem Platz der Talavera wieder ihre Pforten.

Sogar ein zaghaft angegangener Aufklärungsfilm war im Kino zu sehen. Weil man aber diese neue Freizügigkeit so ungeheuerlich fand, trennte man Männlein und Weiblein durch ein Absperrseil in zwei Zuschauergruppen, was einm Kinoabend von Hannes und mir die erhoffte Romantik genommen hatte. Wenigstens mussten wir trotz Hannes' Arbeitslosigkeit nicht Hunger leiden, ich war als Mannequin gefragter denn je: Für die Firma Otto Staehle sollte ich im August für drei Wochen im neu eröffneten *Café Falkenhof* hinter der Marienkapelle laufen, und mit einem anderen Mannequin namens Melitta und der Kapelle *Fredsdflag* bestritt ich jeweils eineinhalb Stunden einen exquisiten »Modecocktail«. Es gab Pressefotos, gute Kritiken und für die sechs Vorführungen 120 Mark.

Entschlossen schob ich jegliche Erinnerung an Albin weit von mir fort – zumal ich mit meiner kleinen Familie gleich ein ganz besonderes Abenteuer vorhatte: Hannes und ich wollten mit Renatchen zu dem Milchhäuschen am Eingang von Klein-Nizza gehen und Eis essen. Wir hatten besprochen, uns dort zu treffen, Hannes wollte mit Renate direkt dorthin kommen. Ich sah sie schon von weitem. Renate saß in ihrem Sportwägelchen und streckte mir jubelnd die Ärmchen entgegen.

»Hallo, meine kleine Süße«, sagte ich und gab ihr einen Kuss.

»Mutti!« Sie umschlang meinen Hals, und ich genoss das Gefühl ihrer kleinen Ärmchen um mich.

Auch Hannes bekam zur Begrüßung einen Kuss, dann kaufte ich das Eis. Mit großen neugierigen Augen schaute Renatchen es an. Das war noch etwas ganz Unbekanntes für sie, und sie sah mir hochinteressiert dabei zu, wie ich an dem Eis schleckte. »Auch haben!«, verkündete sie dann, und ich reichte ihr das Eis. Begierig streckte sie ihre kleine Zunge der bunten Kugel entgegen. Sie schleckte einmal – sie schleckte zweimal und nahm dann die Tüte zufrieden lächelnd in ihren Besitz.

»Ich muss gerade an das Eis *meiner* Kindheit denken«, sagte ich wehmütig. »Auf meinem Schulweg befand sich eine Bäckerei, die für uns Schüler von großer Wichtigkeit war. Im ersten Kriegsjahr gab es dort noch gutes Eis in einer schönen Waffeltüte«, fuhr ich fort. »Dieses Eis versüßte uns oft den langen Heimweg bergauf von 20 Minuten. In den folgenden Jahren war das aber nicht mehr so. Plötzlich gab es dann nur noch gefärbtes Wassereis, mit Süßstoff gesüßt, auf einem Stück abgeschnittenen Karton.«

Ich verzog den Mund. »Das war für mich der Geschmack vom Beginn des Krieges.«

»Ich kann mich auch noch daran erinnern«, sagte Hannes, der sein Eis genüsslich verspeiste und zu meinem leisen Ärger nicht auf die Idee kam, mir etwas davon anzubieten. Schließlich war meine Portion ja von unserer Tochter in Besitz genommen worden. Doch ich war fest entschlossen, keinen Streit zu riskieren, und sprach ihn nicht darauf an. Stattdessen schwelgte ich weiter in Erinnerungen.

»Wir Kinder schleckten es trotzdem, auch wenn es nicht gut war, aber wir hatten ja dann nichts Besseres mehr. Nur wenn wir von zu Hause ein paar Zuckermarken erbetteln konnten, gab es ein besseres Eis, mit echtem Zucker gemacht, aber das gelang nur selten. Auch in unserem Kolonialwarenladen sollte es bald nichts mehr für uns Kinder geben.«

Hannes nickte. »Aber jetzt gibt es zum Glück wieder jede Menge Leckereien für die Kleinen. Hoffen wir, dass das so bleibt. Und dass unser Renatchen nie erfahren muss, was echte Not bedeutet.«

27. Kapitel

Als ich am folgenden Sonntag zusammen mit dem inzwischen fast zweijährigen Renatchen meine Mutter, die sich ihre Wohnung immer noch mit vier anderen Menschen teilen musste, besuchte, erwartete sie mich schon ganz aufgeregt.

»Schau mal!«, rief sie und hielt mir noch in ihrer Zimmertür die *Main-Post* unter die Nase. »Das hat mir der Herr Adam vorhin gegeben. Das ist doch was für dich.«

Ich nahm ihr die Zeitung aus der Hand.

»Mannequin für Modenschau-Tournee gesucht. Vorzustellen in den *Huttensälen.*«

Sofort begann mein Herz schneller zu schlagen. »Das wäre wundervoll«, sagte ich leise. »Aber eine Tournee … Was sollte ich so lange mit Renate machen?«

»Sie kann jederzeit bei mir sein«, sagte meine Mutter eifrig. »Das weißt du doch. Wir verstehen uns gut, nicht wahr, meine Kleine?« Sie beugte sich zu meinem Töchterlein, das mittlerweile auf dem Boden saß und bereits mit einem Kochlöffel und einem Topf spielte, herunter.

»Omi«, sagte Renatchen liebevoll und kletterte ihr auf den Schoß.

»Möchtest du mal für eine längere Zeit bei Omi sein? Auch über Nacht?«, fragte meine Mutter behutsam.

Renatchen sah von einem zum anderen, und ich merkte, wie es hinter ihrer kleinen Stirn arbeitete.

»Kommt die Mutti dann auch wieder?«

»Aber natürlich, meine kleine Maus«, sagte ich zärtlich. »Ich komme immer wieder.«

»Ja«, willigte Renate, sichtlich zufrieden mit der Antwort, ein. »Bei der Omi ist es schön. Und es gibt keine Hexe.«

»Na dann«, sagte meine Mutter und sah mich auffordernd an. »Dann schlage ich vor, du versuchst es?«

Ich holte tief Luft und nickte. »Ja.«

Gleich am nächsten Morgen machte ich mich auf den Weg in die *Huttensäle*. Als ich die Virchowstraße überquerte, schien mein Herz vor Aufregung fast zu zerspringen. Ob diese Aufregung irgendwann aufhörte? Denn so viele Schauen ich inzwischen auch schon gelaufen war – ich hatte jedes Mal schreckliches Lampenfieber! Aber heute war es noch schlimmer als sonst. Viel schlimmer. Und das hatte einen guten Grund:

Hier hatte alles begonnen, damals, als ich die Wahl zur Miss Würzburg gewann. Würde der erneute Besuch wieder richtungsweisend für meine Zukunft sein?

Wie am Tag der Miss-Würzburg-Wahl meldete ich mich im Büro an. Und wie am Tag der Miss-Würzburg-Wahl wurde ich von einer begeisterten Marion Wolz empfangen.

»Ich hatte gehofft, dass du kommst«, sagte sie und küsste mich zur Begrüßung auf beide Wangen. »Ich war sogar bei dir, um dir von dem Termin zu berichten, doch dann ging ein kleines wildes Weiblein auf mich los.«

Sie verzog das Gesicht.

Ich musste lachen. »Ja, unsere Vermieterin ist schlimmer als jeder Wachhund.« Dann setzte ich gespielt-besorgt hinzu: »Ich hoffe, sie hat nicht gebissen?«

»Doch!«, ging Marion auf mein Spiel ein. »In die Wade. Jetzt kann ich keine kurzen Röcke mehr tragen.«

»Ach, Marion«, seufzte ich und umarmte sie noch einmal. »Habe ich dir eigentlich schon mal gesagt, wie dankbar ich dir bin? Wenn du damals nicht gewesen wärst, wäre ich niemals zur Miss Würzburg gekrönt worden.«

»Gern geschehen«, sagte sie herzlich. »Ich freue mich wirklich sehr über deinen Erfolg. Und ich prophezeie dir: Du wirst das auch heute wieder schaffen. Geh nur in den kleinen Saal. Du kennst ja den Weg.«

»Danke«, sagte ich und fügte noch hinzu: »Ich bin mindestens genauso aufgeregt wie letztes Mal.«

In dem kleinen Saal warteten bereits rund 15 Mädchen, eine schöner als die andere und allesamt schrecklich nervös. Die Stimmung erinnerte mich an jene, die ich auch am Abend der Miss-Würzburg-Wahl erlebt hatte.

Die anderen Bewerberinnen musterten mich mit ausgesprochener Ablehnung. »Das ist die Miss Würzburg«, flüsterte eine verärgert. »Da haben wir keine Chance.«

Ich tat, als hätte ich sie nicht gehört.

»Seid ihr auch alle so nervös?«, fragte ich stattdessen und bemühte mich um ein Lächeln.

15 Augenpaare starrten mich an, keine befand mich einer Antwort für würdig.

Dann nicht, dachte ich und wartete etwas abseits neben der Tür. Ich fühlte mich ausgesprochen unwohl in meiner Haut. Die anderen Bewerberinnen tuschelten und warfen mir finstere Blicke zu.

Als die Tür aufging, war es wie eine Erlösung.

Ein Mann und eine Frau kamen herein. Sie stellten sich als Karl und Gerti Waldeck vor. Beide waren etwa Mitte 30, wirkten auf mich sehr sympathisch und unbedingt seriös.

»Schön, dass Sie alle da sind«, ergriff Gerti Waldeck das Wort. »Bevor wir anfangen, wollen wir Ihnen schildern, worum es genau geht. Wir haben Verträge mit vielen großen Modehäusern in Süddeutschland, für die wir sechs oder sieben Wochen lang Modeschauen veranstalten werden.«

Sie lächelte in die Runde und wurde mir immer sympathischer. Dann fuhr sie fort: »Vier Damen haben wir bereits unter Vertrag, aber eine Position ist eben noch offen.«

»Sie erhalten von uns 15 Mark Gage pro Spieltag plus Übernachtung im Hotel.«

Atemlos überschlug ich die Summe in meinem Kopf. Das wären 420 Mark im Monat! Unfassbar viel Geld! Aber sechs bis sieben Wochen, in denen ich meine kleine Renate nicht sehen würde! Das war unendlich lang.

Na ja, dachte ich, vielleicht mussten wir ja nicht jeden Tag auftreten und ich hätte die Möglichkeit, Renate zwischendurch zu besuchen? Aber noch hatte ich die Stelle ja nicht, rief ich mich zur Ordnung.

»Wenn Sie uns nun in den großen Saal folgen würden«, sagte Frau Waldeck und ging voraus. »Dann können Sie probelaufen.«

Im Gänsemarsch trotteten wir hinter ihr her, und als ich

den großen Saal betrat, musste ich lächeln. Diese Räumlichkeiten hatten mir schon einmal Glück gebracht.

Geübt und selbstbewusst setzte ich, als ich an der Reihe war, einen Fuß vor den anderen.

Als ich fertig war, sah ich meinen Auftraggebern ins Gesicht und konnte es bereits in ihren Mienen lesen: Die Würfel waren gefallen.

Im Anschluss an meine erfolgreiche Schau besuchte ich Edith. Sie hatte Mike, ihren amerikanischen Schwarm, vor einem Jahr geheiratet – ich war ihre Trauzeugin gewesen, so, wie sie einst die meine – und eines Tages würde sie, so fürchtete ich, mit ihm nach Amerika gehen. Es war ohnehin ein großes Glück, dass ihr Mann noch nicht wieder hatte in die USA zurückkehren müssen. Ich gönnte Edith ihr junges Glück von Herzen. Sie hatte nie etwas anderes gewollt als einen Mann zu finden, für den sie sorgen und mit ihm den Traum einer glücklichen Familie leben konnte. Und das hatte sie nun. Die Johnsons bewohnten eine schmucke Villa im Frauenland, Edith widmete sich Haus und Garten, pflegte einen herzlichen Umgang mit der Nachbarschaft, war stets adrett gekleidet und frisiert und obendrein eine hingebungsvolle Mutter: Sie vergötterte Lucas, ihren kleinen Sohn, manchmal war sie sogar etwas überfürsorglich. Insofern war mir durchaus etwas mulmig zumute, als ich ihr nun, eingehüllt in ihr amerikanisches Glück und versorgt mit Kaffee, Limonade und Gebäck, gestehen sollte, dass ich mich wochenlang auf Tournee begeben und Renatchen bei Mutti lassen wollte. Edith, da war ich überzeugt, würde so etwas nie tun, und ich fühlte mich mit einem Mal wie eine ganz schlechte Mutter.

Doch so liebevoll Edith ihrem Mann und ihrem Sohn gegenüber war, so war sie auch zu mir.

»Ach, Süße«, sagte sie und goss mir mit perfekt manikürten Händen eine zweite Tasse Kaffee ein. »Du warst schon immer zu Höherem berufen. Ich gönne dir deinen Erfolg von ganzem Herzen.«

»Aber ich lasse die Kleine im Stich. So lange.«

Edith nickte. »Ja, das ist hart. Mir würde es auch das Herz zerreißen. Aber du hast ja keine andere Wahl. Hannes ist arbeitslos, ihr lebt immer noch in diesem winzigen Zimmer, und das ist eine einmalige Gelegenheit, so viel Geld zu verdienen.«

»Du würdest Lucas niemals allein bei deiner Mutter zurücklassen«, sprach ich aus, was mir auf der Seele lag.

Mit ernster Miene setzte Edith ihre Kaffeetasse ab. »Das weiß ich nicht«, sagte sie. »Vielleicht würde ich es doch tun, wenn ich keine andere Wahl hätte. Und du hast keine andere Wahl. Also hör auf, dir Vorwürfe zu machen.«

Sie streckte ihre Hand über den Tisch, und ich schmiegte meine Wange hinein.

»Ich bin froh, dass du mir deinen Segen gibst«, sagte ich. »Vor allem deshalb, weil ich weiß, dass du mir ehrlich sagen würdest, wenn du etwas kritisch siehst.«

»Worauf du dich verlassen kannst«, sagte Edith und gab mir einen Kuss.

28. Kapitel

Der Abschied von meiner kleinen Renate zerriss mir beinah das Herz. So oft hatte ich in den letzten Wochen vor meiner Abreise an das Gespräch denken müssen, das ich zwei Tage vor meiner Hochzeit mit Stella Furler geführt hatte. Wenn ich einmal Kinder hätte, hatte ich erklärt, würde ich nicht einen Tag von ihnen getrennt sein wollen. Und Stella hatte damals erwidert, dass man manchmal einfach nicht die Wahl hatte. Wie recht sie gehabt hatte. Wobei ich mir nicht sicher war: Hatte ich vielleicht doch die Wahl?

Nach wie vor quälte mich die Frage, ob ich eine schlechte Mutter war, weil ich mein Töchterlein verließ, oder gerade deshalb sogar eine gute, weil ich unserer Familie dadurch ja ein Einkommen sicherte, auch wenn es mir wehtat, sie allein zu lassen.

All das ging mir durch den Kopf, als ich in den Zug nach Aalen stieg, wo die Firma Waldeck ihren Sitz hatte. Renatchen stand mit Mutti und Hannes am Bahnhof und winkte mir nach, und ich war überzeugt davon, dass mein Herz an diesem Abschied zerbrechen würde. Entsprechend lang zog sich die Zugfahrt. Ich war allein mit meiner Sehnsucht, mit meinen Gedanken und meinem Abschiedsschmerz, und da war keiner, der mich hätte trösten können. Als ich in Aalen ankam, hatte ich mich einigermaßen gefangen – und erlebte eine große Überraschung: Ich kannte die Frau, die dort am Bahnhof stand und auf mich wartete: Es war keine Geringere als die amtierende deutsche Schönheitskönigin Susanne Erichsen! Gehörte sie etwa zur Truppe? Das konnte doch nicht sein! Und wenn ja, war es doch ausgesprochen unwahrscheinlich, dass sie, ausgerechnet sie mich vom Bahnhof abholte?

Doch als ich meinen Koffer aus dem Abteil hievte, kam sie lächelnd auf mich zu. Ich sah, dass sie den Zeitungsartikel in der Hand hatte, der über meine Wahl zur Miss Würzburg berichtete. Nun stand es außer Frage, dass sie eigens herbeigeeilt war, um mich abzuholen.

»Willkommen«, sagte sie und küsste mich rechts und links auf die Wange.

»Ich … bin etwas sprachlos«, sagte ich. »Ich wusste nicht, dass Sie …«

»Sagen wir doch du«, unterbrach mich Susanne. »Ich fand es passend, dass eine Schönheitskönigin die andere vom Bahnhof abholt.«

»In Ordnung«, freute ich mich. »Ich bin Luise. Wie du ja weißt.« Ich deutete auf den Zeitungsartikel.

»Ja«, sagte sie und lachte. »Das weiß ich.«

»Dass du offenbar bei der Tour dabei bist, ist einfach unglaublich«, platzte ich heraus, als wir Seite an Seite den Bahnhof verließen.

»Gerti ist eine alte Freundin von mir. Ich war ihr das schuldig«, erklärte Susanne.

Dann fragte sie neugierig: »Du warst doch auch verheiratet, als du die Wahl gewonnen hast, oder?«

»Ja«, bestätigte ich. »Warum?«

»Gab es bei dir auch so viel Aufregung, weil du ja streng genommen keine Miss mehr warst?«

Ich schüttelte den Kopf. »Überhaupt nicht. Dabei war ich sogar schon Mutter.«

»Bei mir hätte es fast dazu geführt, dass sie mir den Titel wieder wegnehmen. Aber da meine Ehe ja annulliert wurde, galt es dann am Ende doch.«

Neugierig sah ich sie an. »Warum wurde deine Ehe annulliert – wenn diese Frage nicht zu persönlich ist?«

»Gar nicht«, versicherte sie, während wir Seite an Seite durch die schmucke schwäbische Stadt gingen. »Es tut mir sogar gut, darüber zu sprechen. Mein Mann war Norweger, 14 Jahre älter als ich, ein Überlebenskünstler. Wir haben uns nach dem Krieg kennengelernt und heirateten dann sehr schnell, am 15. Juni 1945. Am Tag unserer Hochzeit bekamen wir Besuch von russischen Soldaten. Sie verhörten Sven, und der sagte, er sei Norweger und wolle zurück in seine Heimat. Die Russen erklärten, wir sollten schnell packen. In wenigen Stunden könne man uns mit auf einen Transport nehmen, der uns über die norwegische Botschaft in Moskau nach Norwegen bringen sollte. Wir sagten freudig zu, und los ging's. Es dauerte eine ganze Weile und wir waren schon lange unterwegs, bis wir merkten, dass etwas nicht stimmte. Man hatte aber immer wieder Erklärungen für alle Merkwürdigkeiten, die sich ereigneten, und wir glaubten alles, wir hatten ja auch keine andere Wahl. Und dann waren wir am Ziel. Dachten wir. Doch statt des Moskauer Bahnhofs standen wir auf einem Stoppelacker und wurden von bewaffneten Männern zum Aussteigen gezwungen.«

»Was?« Fassungslos sah ich sie an. »Aber der Krieg war doch vorbei.«

»In den Köpfen war der Krieg noch lange nicht vorbei«, erwiderte sie traurig und fuhr dann fort: »Man stieß uns in einen Lastwagen und fuhr uns in ein Lager, in dem wir deutsche Soldaten sahen. Uns war klar, dass es sich um Kriegsgefangene handelte. Angeblich sollten wir hier nur in Quarantäne, aber in Wirklichkeit waren wir Gefangene. Wie sich herausstellen sollte, waren wir im berühmtesten Lager der Sowjetunion gelandet. Krasnogorsk, Lager 27, Zone 1.

Hier saß die Militärelite Deutschlands in Gefangenschaft. Da waren wir nun.«

»Das ist ja furchtbar«, sagte ich betroffen.

Susanne nickte. »Ja, es war eine schwere Zeit, und es wurde noch schwerer.«

»Wurdest du von Sven getrennt?«, fragte ich mitfühlend.

»Ach, Sven.« Sie seufzte. »Er hat sich im Lager verändert, immer nur mit den anderen geredet und mich ignoriert. Wie sehr hätte ich ihn gebraucht. Seine Nähe, seine Umarmung, gemeinsame Träume von den norwegischen Fjorden. Doch je mehr Halt ich bei ihm suchte, desto weniger gab er mir, je mehr ich klammerte, desto mehr stieß er mich zurück.«

Ich schluckte. Was für eine unfassbar traurige Geschichte. Wie einsam musste die heutige Miss Germany gewesen sein. Wieder einmal dachte ich darüber nach, dass man Menschen nicht nur auf ihr Äußeres reduzieren konnte. Dass wir Mannequins gerade in diesen Nachkriegszeiten so viel Hoffnung gaben. Und dass wir das umso besser konnten, je mehr Schlimmes wir erlitten hatten. Vermochten wir es nicht, das Grauen in etwas Schönes zu verwandeln?

»Deshalb auch die Annullierung?«

»Ja«, sagte Susanne. »Meine Eltern haben mir später geholfen und nachträglich ihre Zustimmung versagt, weil ich noch nicht 21 war. Doch so weit war es noch nicht.« Sie sah mich bedauernd an und deutete dann auf das Hotel. »Wir sind da.«

»Oh«, machte ich. »Wie schade. Ich hätte dir noch stundenlang zuhören können.«

»Ich hätte gern auch noch viel erzählt«, versicherte sie. »Aber du wirst sehen, auf den langen Fahrten zwischen den einzelnen Auftrittsorten werden wir dazu ausreichend Gelegenheit haben. Lass uns zusehen, dass wir nebeneinander sitzen, ja?«

Ich nickte begeistert. So groß meine Sehnsucht nach Renatchen auch war: Einen besseren Empfang hätte ich mir nicht wünschen können!

Im Hotel wurde ich von den Waldecks und meinen anderen vier Kolleginnen herzlich begrüßt. Erst jetzt fand ich Muße, mir Herrn Waldeck genauer anzusehen. Er verkörperte den Typ des gut gekleideten, modischen Mannes mit leicht südländischem Aussehen mit gepflegtem Schnauzbart, selbstsicherem Auftreten und einem Blick für Frauen. Seine Frau Gerti sah aus wie eine ältere Version meiner selbst, war aber seltsam abweisend zu mir, was ich mir nicht erklären konnte. Sie hatte mich doch selbst engagiert, und ich hatte mir nun wirklich nichts zuschulden kommen lassen!

Die anderen Vorführdamen waren alle sehr nett und bewusst vom Typ her sehr unterschiedlich ausgewählt worden. Da gab es die zierliche, unbekümmert fröhliche Ines aus München, die mit einem Freiherrn liiert war. Sie gefiel mir gleich, und wir freundeten uns bald an. Dann waren da noch die blonde Inge mit Größe 38 und die dunkelhaarige Renate, Größe 44, die etwas herb-fraulich wirkte. Unser Unikum wurde von allen nur »Mutti« genannt, trug Größe 46 und war beinahe 60 Jahre alt. Sie stammte aus Stuttgart und erwies sich als allzeit heitere, erstaunlich belastbare Frau. Und sie aß, wie ich noch feststellen sollte, wie ein Scheunendrescher, um ihre Größe 46 zu »halten«.

Zu unserem Team gehörten noch ein Sänger aus Norddeutschland namens Fiete und ein Pianist, der passenderweise auf den Namen Karl-Heinz Diehr hörte, was natürlich eine wunderbare Vorlage für Herrn Waldecks Moderation war, der ihn allabendlich vorstellte: »Und am Klavier Karl–Heinz Diehr!« Letztlich gab es noch den Chauffeur des Reisebusses, der auch den Kartenverkauf sowie den anderen bürokratischen Kram erledigte, ein Mann für alle Fälle sozusagen.

29. Kapitel

Nach dem Abendessen gingen wir gleich zu Bett, denn es sollte zeitig am nächsten Morgen nach Stuttgart gehen, wo wir am frühen Nachmittag unsere erste Vorstellung haben würden. Zu meiner Freude hatte Susanne dafür gesorgt, dass wir im Bus tatsächlich nebeneinandersitzen konnten.

»Wie ging es denn nun mit Sven weiter?«, fragte ich, kaum dass sich das Fahrzeug in Bewegung gesetzt hatte. Gleich darauf sah ich sie erschrocken an. »Ich hoffe, ich bin dir nicht zu neugierig.«

Sie schüttelte den Kopf. »Überhaupt nicht«, versicherte sie. »Ich lernte Oswald kennen. Doktor Oswald Kaufmann. Er war Lagerarzt, und ich suchte etwas, womit ich mich ablenken konnte. Ich fragte ihn, ob es nicht etwas für mich zu tun gäbe, und er war dankbar für meine Hilfe. Ich wickelte Verbände, putzte Böden, solche Dinge eben. Und irgendwann habe ich ihm mein Herz ausgeschüttet. Er war da, hörte zu, gab mir Wärme, Liebe und Nähe. Wir haben uns ineinander verliebt.«

»Wie schön«, sagte ich gerührt.

»Ja«, erwiderte sie. »Er gab mir so viel Halt. Das tat mir unendlich gut.«

»Und Sven?«

»Sven bekam das bald mit. Er war traurig, aber verständnisvoll. Wir trennten uns im Guten.«

Ich nickte. Was für eine Geschichte! Da war sie dem Norweger in die Fremde gefolgt, von der Weite der norwegischen Fjorde und der endlosen Liebe träumend, und war in der Enge eines russischen Lagers gelandet, ungeliebt, zumindest von Sven, und einsam.

»Irgendwann gelang es Sven, das Lager zu verlassen. Und mich wollten sie zurück nach Berlin bringen. Ich habe gebettelt und mich gewehrt. Oswald wieder zu verlieren, das wäre über meine Kraft gegangen. Aber ich hatte keine Chance. Sie ließen mich nicht bleiben. Ich habe Oswald nie wiedergesehen. Und irgendwie war das vielleicht auch richtig so. Wer weiß, wie unsere Liebe in Freiheit oder in einem anderen Leben funktioniert hätte. Sie gehörte in diese Zeit und an diesen Ort. So wie meine Verliebtheit in Sven nur einen wunderbaren Nachkriegssommer dauerte. Sven, den ich gar nicht richtig kannte.«

Ich schluckte und musste an Albin denken. An Albin und meine Gedanken, als ich ihn wiedergesehen hatte. Eigentlich hatte ich damals genau das gedacht, was Susanne nun sagte. Unsere Begegnung hatte in einer anderen Welt stattgefunden. Zwischen den Zeiten. Mir kamen aber auch die Worte Stella Furlers wieder in den Sinn, die mir zwei Abende vor meiner Hochzeit gesagt hatte, in jeder Person wohnten mehrere Menschen. Die tiefe Wahrheit dieser Aussage, die mich damals durchaus mit Sorgen erfüllt hatte, erkannte ich erst jetzt. Die Persönlichkeit des Menschen war wohl tatsächlich ein Mosaik aus Ererbtem, Erträumtem, Erlittenem. Ein Lebensteppich, gewebt aus Ängsten, Hoffnungen, Prägungen. Wo kamen wir her, wo wollten wir hin und hatten wir Einfluss darauf, dieses Mosaik, diesen Lebensteppich, zu verändern? In uns selbst sicher, wenn wir unermüdlich an uns arbeiteten. Aber im anderen?

»Und bist du dann wirklich nach Berlin gekommen?«, fragte ich Susanne, doch die schüttelte nur bitter den Kopf. »Noch lange nicht«, sagte sie. »Oswald hatte mir zum Abschied gesagt, schlimmer als hier könne es nicht werden – er hat sich so getäuscht!«

Erschrocken sah ich sie an.

Susanne öffnete den Mund, um weiterzuerzählen, doch da drehte sich Herr Waldeck bereits zu uns um, um mit uns den Ablauf zu besprechen.

»Später«, flüsterte Susanne, und ich nickte.

In Stuttgart wurden wir von einer ausgesprochen resoluten Schwäbin empfangen.

»Do sen Se ja!«, rief sie, als unser Bus vor ihrem Modehaus vorfuhr. »I hon dengt, Sui kommed gar nemme!«

»Aber liebe Frau Seidenschneck«, ließ sich Herr Waldeck vernehmen, und ich unterdrückte angesichts des Namens ein Kichern. »Wir sind doch pünktlich auf die Minute.«

»Heißt sie wirklich so?«, fragte ich die blonde Inge, die neben mir stand.

Inge nickte. »Die heißt wirklich so«, bestätigte sie. »Und auch diese dramatische Begrüßung ist ganz typisch. Selbst wenn wir viel zu früh kommen, sind unsere Auftraggeber oft der Meinung, die Zeit würde niemals reichen. Aber sie reicht immer.«

»Ich verstehe sie aber«, erklärte ich. »Und ich habe noch nie einen Auftraggeber erlebt, der findet, die Zeit sei großzügig bemessen. Was sie ja auch wirklich nie ist.«

Und dann ging es auch schon los, das kreative Chaos hinter der Bühne. Kleiderständer wurden aufgestellt, es wurde gebügelt, sortiert, nummeriert, Accessoires wie Hüte, Tücher, Schuhe und Modeschmuck bereitgelegt. Ein richtiger Bienenschwarm konzentriert arbeitender Beteiligter war das, jeder hatte seine bestimmte Aufgabe. Wir Mannequins suchten uns jeweils eine Ecke, in der wir unsere benötigten Utensilien ausbreiten und uns schminken konnten. Der Friseur verlieh unseren Haaren mit ein paar geschickten Griffen den perfekten Sitz, woraufhin die Hutdame uns zur Empörung des Friseurs mit Nachdruck ihre passenden Kreationen auf den Kopf drückte.

Mir knurrte der Magen. Ich hatte entsetzlichen Hunger, denn wir waren so früh losgefahren, dass zum Frühstücken keine Zeit geblieben war, und ans Mittagessen schien hier auch keiner zu denken.

»Hier, Ihre Schuhe. Die tragen Sie zu Kleid Nummer 3«, sagte die Frau des beteiligten Schuhladens und knallte mir zwar wunderschöne, aber viel zu kleine Pumps in Petrolblau vor die Nase.

»Welche Größe ist das?«, wagte ich zu fragen.

»Das tut doch nichts zur Sache«, krähte die Frau, die zu meiner großen Freude wenigstens Hochdeutsch und nicht Schwäbisch sprach, übellaunig.

Ich öffnete den Mund, um ihr zu widersprechen, fing aber einen resignierten Blick von Inge auf, die mir mit Handzeichen klarzumachen versuchte, dass Diskussionen keinen Zweck hatten.

»Sie wählen ihre Modelle rein nach der Harmonie zum Kleid aus, und oft haben sie die Schuhe nicht in der passenden Größe«, erklärte sie, als die unfreundliche Dame weitergeeilt war, um ihr nächstes Opfer heimzusuchen.

»Aber das geht doch nicht«, sagte ich. »Wie sollen wir da denn elegant laufen?«

»Es hat wirklich keinen Zweck zu diskutieren, glaub mir«, sagte sie. »Sie argumentieren dann, das sei ja ohnehin nur von kurzer Dauer.«

Plötzlich musste ich lachen.

»Was ist?«, fragte Inge.

»Ach, mir ist nur grade eingefallen, dass ich auch meine erste Schau auf zu kleinem Fuß gelaufen bin«, sagte ich. »Es war kurz nach dem Krieg, und ich hatte nur die Stöckelschuhe, die die Amerikanerin mir überlassen hatte, bei der ich eine ganze Zeit lang gearbeitet habe. Diese Schau hat mir damals Glück gebracht, und ich wurde immerhin zur Miss Würzburg gewählt.«

»Na also«, sagte Inge und zwinkerte mir noch mal ermutigend zu. »Du schaffst das.«

Wieder knurrte mein Magen laut und vernehmlich. Ich, die ich eigentlich nie mehr hatte hungern wollen, war nun dazu gezwungen, obwohl es mehr als genug zu essen gab. Weder zum Frühstück noch zum Mittagessen war genug Zeit gewesen.

»Ich habe Hunger«, sagte ich zu Susanne, die in einem roten Taftkleid neben mir stand und auf den Schneider wartete. »Ich hatte mir geschworen, nie wieder Hunger leiden zu müssen.«

Über ihr Gesicht flog ein Schatten. »Das hatte ich auch, vor allem nach den Erfahrungen im zweiten Lager«, sagte sie finster. »Und als Mutti mich dann nach langer Zeit endlich wieder hochgepäppelt hatte, wurde ich Mannequin und musste wieder abnehmen.«

»Wie kam es eigentlich dazu?«, fragte ich und griff hungrig nach dem Wurstbrötchen, das mir in diesem Moment wundersamerweise von einem Mädchen auf einer silbernen Platte angeboten wurde. Offenbar war sie für unsere Verpflegung zuständig.

Auch Susanne wurde die Platte angeboten, doch sie winkte ab. Ich bewunderte sie für ihre Disziplin.

»Ich war in München bummeln«, erklärte sie. »Das erste Mal nach der Gefangenschaft. Ich hatte mir aus einem alten Anzug ein Kostüm genäht und machte mich wohl gar nicht so schlecht. Die Männer sahen mir nach. Es ist das Selbstbewusstsein, das schön macht. Das jedenfalls redete ich mir damals immer ein. Ich war ganz fasziniert von Diors *New Look*. Wadenlange, weite Röcke, Wespentaille, darüber enge

Oberteile mit schmalen Schultern, all dies vermittelte einen Eindruck von Weichheit und Zartheit, in den ich mich sofort verliebte.«

»Interessant, dass wir das teilen«, sagte ich. »Meine Anfänge als Mannequin waren ebenfalls vom *New Look* bestimmt.« Ich erzählte ihr von meinen Diskussionen mit Mia Bindewald, und sie berichtete mir, dass sie, vor dem Schaufenster stehend, überlegt hatte, ob sie für diese Art der Mode zu mollig sei.

»Du? Zu mollig?«, fragte ich verblüfft.

»Oh ja«, lachte Susanne. »Man sollte es nicht glauben, aber Mutti hatte mich wieder ziemlich hochgepäppelt. Tatsächlich aber war das der Anfang meiner Karriere als Mannequin.«

»Hat dich der Ladenbesitzer hineingebeten?«

»Nein«, sagte Susanne. »Eine Dame hat mich angesprochen. Sie war furchtbar elegant. Große goldene Ohrclips, ihre blonden Haare hatte sie am Hinterkopf zu einer Rolle eingedreht. Sie starrte mich an und dann sagte sie mir, dass man mich fotografieren müsse und dass sie der Ansicht sei, ich wäre als Fotomodell ganz brauchbar.«

»Und wer war die Dame?«

»Lore Wolff, Moderedakteurin bei der Zeitschrift *Heute*. Sie war auf der Suche nach Gesichtern für Hutfotos. Ich war misstrauisch und dachte zunächst, sie wolle sich einen Spaß mit mir erlauben – aber sie meinte es ernst. Sie haben mich geschminkt und ich sollte ganz natürlich wirken. Aber Lore musste sich in der Redaktion ziemlich für die Fotos einsetzen, sie fanden mich nämlich auch zu dick.«

»Das kann ich mir immer noch nicht vorstellen«, sagte ich kopfschüttelnd und musterte einmal mehr Susannes schlanke Gestalt. »Letztendlich landete ich sogar auf dem Titelblatt der *Heute*, und Lore nahm mich unter ihre Fittiche. Und dann schlug sie mir eines Tages vor, Kleider für das Modehaus Flacker vorzuführen. Ich fiel aus allen Wolken.«

Ich musste lachen. »Ja, das Gefühl kenne ich. So ging es mir bei meiner Wahl zur Miss Würzburg auch. Nur hatte ich gar keine Zeit mehr, mich vorzubereiten, sondern musste sofort auf die Bühne. Ich kam eigentlich nur zum Zuschauen, wurde dann aber auf den Laufsteg geschickt.«

Susanne lächelte. »Ein Glück. Sonst wären wir uns nicht begegnet. Es ist schön mit dir.«

»Mit dir auch«, erwiderte ich. »Wie war denn dann deine erste Modenschau?«

»Na ja«, sagte Susanne. »Die Frage ist eher: Wie waren die drei Wochen bis dahin? Die waren sehr entbehrungsreich, ich musste strenge Diät halten.« Sie deutete auf mein Wurstbrötchen. »So was wäre gar nicht gegangen. Aber ich habe durchgehalten und in den drei Wochen begriffen: Für unseren Beruf braucht es vor allem eins: Disziplin, einen eisernen Willen, Ausdauer und ein gutes Körpergefühl.«

Ich nickte. »Da hast du recht.«

»Diese Tourneen sind anstrengend«, sagte Susanne. »Das wirst du noch feststellen. Nicht zu vergleichen mit Tagesvorführungen. Und von den Städten, in die wir reisen, bekommen wir meistens nicht viel mit.«

Ich nickte. Das hatte ich mir schon gedacht.

30. Kapitel

Die Schau lief wie geschmiert. Herr Waldeck gab Herrn Diehr am Klavier das Zeichen zum Auftakt seiner einführenden Weisen – und er selbst schritt selbstsicher im blauen Nachmittagsanzug ans Mikrofon. Die Lichter über dem Laufsteg erstrahlten – die Zuschauer klatschten und lauschten interessiert den launigen Worten des Conférenciers. Auf sein Stichwort hin begann der erste Durchgang im sportlichen Vormittagsanzug. Bis zur Pause präsentierten wir Tageskleidung, danach folgte mit der Gesangseinlage des eleganten Herrn Holbein der anspruchsvollere Teil.

Während die Besucher unserer Modenschau sich draußen bei Sekt und Häppchen vergnügten, brach hinter der Bühne erneut die Hektik los. Die Stylisten gaben ihr Bestes, um aus unseren Frisuren, die aufgrund unserer Kopfbedeckungen restlos im Eimer waren, kunstvolle Abendgestecke zu zaubern.

»Ich freue mich auf den zweiten Teil«, sagte ich zu Susanne. Cocktail- und Abendkleider hatten mich schon immer besonders fasziniert. Ich genoss es förmlich, diese fantasievollen, anspruchsvollen Kreationen einfühlsam zu präsentieren, und ich wusste, dass ich meine Sache sehr gut machte. Ich drehte und wendete mich im Licht der Scheinwerfer, bewegte mich zum Takt der Musik und genoss es, gut zu sein. Zum Schluss gingen wir noch einmal alle zusammen über die Bühne und nahmen zu den populären Klängen des Liedes von Rudi Schuricke »Auf Wiedersehen!« den Applaus entgegen.

Das Hochgefühl hielt an, bis wir hinter der Bühne ankamen, dann sanken wir buchstäblich in uns zusammen. Nach etwa 40-mal umziehen, ohne Einbeziehung der Anproben, waren wir alle regelrecht geschafft.

»Kinder, das habt ihr wunderbar gemacht«, rief Herr Waldeck, als er applaudierend hinter die Bühne kam, und ich musste ob der Tatsache, dass er unsere »Mutti«, die dem Alter nach auch die seine hätte sein können, »Kind« nannte, lachen.

»Die Veranstalter laden uns noch zum Essen ein.«

Ich warf Susanne einen entsetzten Blick zu. Ich hatte noch nie zu jenen gehört, die abends gerne weggingen, und nun war ich einfach nur erschöpft und hatte mich auf mein Bett gefreut, zumal wir noch packen und waschen mussten, schließlich sollte es morgen in aller Frühe weitergehen.

»Meinst du, ich kann mich verdrücken?«, flüsterte ich Susanne zu.

»Heute Abend vielleicht noch nicht«, raunte sie zurück. »Aber wenn du eine Weile dabei bist, ist es in Ordnung.«

»Das ist jeden Abend so?«

»Ja«, erwiderte Susanne. »Oder zumindest meistens. Das ist so eine Art ungeschriebenes Gesetz.«

»In Ordnung«, seufzte ich und schob den Gedanken an mein weiches Hotelbett weit von mir fort. Wenigstens würde ich etwas zu essen bekommen.

Müde saß ich am nächsten Morgen neben Susanne. Wir hatten eine längere Fahrt vor uns, diesmal sollte es nach München gehen, und ich nutzte die Gelegenheit, um noch ein bisschen zu schlafen. Wirklich gut gelang mir das aber nicht. Ich hatte in der Nacht von meinem Renatchen geträumt, das mir entsetzlich fehlte.

»Du siehst traurig aus«, stellte Susanne fest.

»Ich vermisse meine Tochter.«

Sie legte ihren Arm um mich und gab mir einen Kuss auf die Wange. Wissend, dass das mehr half als jedes tröstende Wort.

»Erzählst du mir, wie es mit dir weiterging?«, bat ich sie. Ich konnte Ablenkung gut gebrauchen, aber es interessierte mich auch wirklich, wohin man Susanne gebracht hatte, als sie aus dem Gefangenenlager Abschied nehmen musste.

»Ja«, sagte sie. »Das habe ich dir ja versprochen.« Dann fuhr sie fort: »Zunächst wusste ich selbst nicht, wo es hinging. Lange, lange Zeit hatte ich keine Ahnung. Als wir das Lager verließen, schmiss man uns buchstäblich auf einen Viehwagen und fuhr uns durch eine eiskalte Winterlandschaft, bis wir irgendwann in Stalinogorsk ankamen, einem riesigen Sammellager etwa 200 Kilometer südlich von Moskau. Es war fruchtbar kalt, und ich schlief auf einer Koika, einer Strohmatratze. Neben mir lagen Frauen, die die Russen 1945 verschleppt hatten. Man hatte sie vergewaltigt, gedemütigt und unter den härtesten Bedingungen schuften lassen. Als ich sie sah, wurde mir klar, wie gut es mir im Vergleich noch ging.«

Ich schlug die Augen nieder. Susannes Worte trafen einen wunden Punkt in mir. Denn je mehr Zeit verging, desto klarer wurde mir, wie viel Glück ich in dieser für mich so schweren Zeit des Kriegs gehabt hatte. Auch mir war es gutgegangen im Vergleich zu diesen Frauen, ebenso im Vergleich zu Susanne und vor allem natürlich im Vergleich zu den unzähligen Juden, denen ein derart entsetzliches Leid widerfahren war, dass ich meine Gedanken jedes Mal in eine andere Richtung lenken musste, wenn ich über ihre Schicksale nachdachte. Um mich dann sofort furchtbar feige zu fühlen. Ich schaffte es nicht einmal, an das Leid dieser Menschen zu denken! Sie aber hatten es am eigenen Leib erfahren müssen!

»Ich hatte Angst«, sagte Susanne in diesem Moment ganz leise. »Ich werde niemals diese Angst vergessen. Sie legte sich wie eine Klammer um meinen Hals und wollte mich ersticken, und ich konnte nicht begreifen, wie ich hier gelandet war. Der Krieg war doch schon vorbei gewesen, und ich hatte überhaupt nichts damit zu tun gehabt. Aber so ging es wohl den meisten, die Opfer wurden. Es trifft immer die Unschuldigen.«

»Ja«, sagte ich leise, und das Bild des kleinen Mädchens in seinem weißen Kleid stieg wieder vor mir auf. Das Kind, das wie ein Engel vom Himmel gefallen war. So rein und unschuldig. Nur sein Näschen blutete. »Ja, es trifft wohl immer die Unschuldigen.«

»Weißt du«, sagte Susanne, »manchmal fragen mich Leute, die meine Geschichte kennen, wie ich nach all dem so leicht sein kann und mich mit so … oberflächlichen Dingen wie Mode befasse. Wo ich doch das Leben von seiner ganz dunklen Seite kennengelernt habe. Als müsste ich deshalb immer dort bleiben. Aber ich glaube, gerade weil ich diese Seite kennengelernt habe, weiß ich um den tieferen Sinn von all dem hier.«

Sie machte eine weit ausholende Geste.

»Ja«, sagte ich. »Auch wenn das, was ich erlebt habe, nicht im mindesten so schlimm war wie deine Geschichte: Wir alle haben Hunger und Entbehrungen kennengelernt. Wir wissen, wie viel Würde es einem Menschen geben kann, wenn er sich wieder waschen oder ein schönes Kleid tragen darf.«

»Ganz genau.« Susannes Zustimmung kam aus tiefstem Herzen. Sie sprach mir aus der Seele und sie wusste es und das tat ihr gut. »Wobei ich im Lager Menschen kennengelernt habe, die ihre Würde selbst unter den widrigsten Umständen nicht verloren haben. Sie konnten ihnen alles nehmen, aber nicht ihre Würde.«

Ich nickte beeindruckt. »Das haben aber längst nicht alle geschafft.«

»Oh ja«, sagte Susanne. »Ich habe meine Würde fast verloren. Aber weißt du, es gibt so einen Moment, in dem man sich entscheiden muss, wenn man nicht untergehen will. Wobei, nein, es ist eigentlich nicht ein einziger Moment, nicht eine einzige Entscheidung. Sondern es sind Tausende kleine Entscheidungen, die diesen Weg säumen. Meine erste im Lager war: Ich musste mich mit der Wirklichkeit abfinden. Gegen sie anzukämpfen, hätte nur unnötig viel Kraft gekostet, über die ich ja gar nicht verfügte. Ich durchlebte eine Veränderung, die meine Psyche in ihren Tiefen und Verästelungen dauerhaft prägte. Ich habe mein Schicksal als eine Herausforderung angenommen und mein Denken und Handeln aufs Überleben ausgerichtet. Alles Hadern führt nur zur Selbstaufgabe. Viele um mich herum ergaben sich der Verzweiflung und überlebten dennoch irgendwie. Die Schrecken der russischen Lager haben sie ein Leben lang nicht losgelassen.«

»Wie alt warst du damals?«, fragte ich, ganz im Bann ihrer Geschichte.

»Ganz jung. Erst 19. Und deshalb wurde ich auch zur Schwerstarbeit eingeteilt. Ich sollte beim Aufbau der Stadt Stalinogorsk mithelfen. Jeden Morgen um 4.30 Uhr mussten wir bei eisiger Kälte in tiefster Dunkelheit zum Appell antreten. Wir hatten viel zu wenig zu essen und waren zu Tode erschöpft.«

Ich schluckte. Wieder einmal stieg das Gefühl der Scham in mir auf. Auch ich hatte gefroren und auch ich hatte gehungert, aber was war das schon im Vergleich zu dieser Geschichte!

»Der Wind war so scharf, dass er die Haut buchstäblich in Scheiben aus den Gesichtern schnitt.«

Ich starrte auf Susannes reine, zarte Haut. Unvorstellbar, dass sie derartige Strapazen durchlitten hatte!

»Der Appell dauerte oft ewig, weil der Lagernatschalnik sich wieder und wieder verzählte. Er war dick und gut gekleidet und deshalb machte ihm die Kälte nichts aus, aber wir froren entsetzlich. Ich erinnere mich noch gut an das Gefühl, wenn die Kälte in einen hineinkriecht, einen von innen auffrisst. Ich habe in diesen Stunden gelernt, dass man dem Gefühl des entsetzlichen Frierens tatsächlich Willenskraft entgegensetzen kann. Ich habe die Kälte, es waren etwa minus 42 Grad, mit meinem puren Willen bezwungen.«

Müde, als strenge sie das Gespräch unglaublich an, strich sich Susanne über die Stirn.

»Und nach dem Stehen in der Kälte ging es ja erst los. Wir mussten unfassbar schwere Steine schleppen und schleppen und schleppen. Einmal wurde ich krank und kam eine Zeit lang auf die Krankenstation. Ich durfte einfach nur im Bett liegen und fühlte mich, obwohl ich so schrecklich krank war, wie im Paradies. Ich hatte Diphterie.«

»Und danach musstest du wieder Steine schleppen?«, fragte ich, weil ich, ungemein berührt von der Geschichte, nicht so recht wusste, was ich sonst sagen sollte.

»Nein, nun musste ich Kohle fördern. Unter härtesten Bedingungen. Es war schrecklich. Unterernährung, Staub, Dreck, unfassbare Müdigkeit. Damals hatte ich nur noch ein Ziel: zu überleben. Egal wie. Ich weiß nicht, wie viel Würde ich noch hatte in dieser Zeit. Ich glaube, es war nicht mehr viel. Aber dann kam das Jahr 1947, und eines Tages, als ich wieder einmal vollkommen erschöpft und voller Kohlenstaub zum Lager zurückkam, stand ein uralter Mann im Eingang unserer Baracke. Er hatte einen Eimer mit lauwarmem Wasser in der Hand und reichte ihn mir wortlos. Ich habe nie ein kostbareres Geschenk bekommen, aber in Zeiten wie diesen lernt man, dass es nie etwas umsonst gibt. Deshalb war ich misstrauisch, und mit diesem Misstrauen habe ich ihm so Unrecht getan. Das werfe ich mir heute noch vor.«

Ich legte meine Hand auf die ihre. Tröstend, wie ich hoffte.

»Vielleicht ist das das Gefährlichste in diesen Zeiten«, fuhr Susanne fort, und wieder einmal stellte ich fest, dass es meine Gedanken waren, die sie da aussprach. »Dass jeder nur noch um das eigene Überleben kämpft und damit das Misstrauen Einzug hält. Dabei sehnen wir uns doch mehr denn je nach einer menschlichen Geste, nach Halt, nach Liebe. Und das hat der alte Mann mir gegeben. Mit einem Eimer warmem Wasser. Und damit hat er mir auch meine Würde zurückgegeben.« Sie lächelte bei der Erinnerung.

»Von da an kam Heinrich Tychow, nie werde ich seinen Namen vergessen, jeden Tag. Immer wenn ich von der Arbeit zurückkam, stand er da mit seinem Eimer Wasser. Er wurde mein Halt und mein Lichtblick. Er hat mir meine Würde zurückgegeben. Später erfuhr ich, dass er mich schon eine Weile beobachtet und gemerkt hatte, dass ich kurz davor war, mich aufzugeben. Er wusste so gut, wie ich mich fühlte.«

Sie lächelte, zärtlich nun. »Er wurde mein väterlicher Freund und mein Beschützer. So oft es ging, saßen wir zusammen, rauchten und träumten uns in eine Zukunft in Freiheit. Und er war es auch, der mir dann letztendlich zur Freiheit verhalf. Er hatte einen Freund auf der Krankenstation, einen Hilfsarzt. Ich sollte stürzen und mir ein Bein brechen, das war der Plan. Der Hilfsarzt würde den Bruch bestätigen. Wir wussten beide: Nur wer so schwer krank war, dass er nicht mehr arbeiten konnte, durfte hoffen, in die Heimat entlassen zu werden.«

»Und das hast du wirklich gemacht?«, fragte ich staunend. »Dir absichtlich was gebrochen?«

»Es war etwas komplizierter. Ich ließ mich tatsächlich mit voller Wucht auf eine Eisfläche fallen, und der Arzt diagnostizierte einen Rippenbruch. Das reichte aber nicht, um nach Hause zu kommen. Aber er sorgte dafür, dass ich fortan auf der Krankenstation arbeiten konnte, und das war das Paradies.«

»Was ist aus Heinrich Tychow geworden?«

»Er kam, es muss im Februar 47 gewesen sein, auf einen Heimtransport«, erzählte Susanne weiter. »Ich bat ihn, meinen Eltern von mir Nachricht zu geben, was er auch treu erledigte. Und im Frühsommer hieß es dann: Dawai, dawai, Susanne, du gehst auf Transport.«

»Einfach so?«, fragte ich.

»Einfach so«, bestätigte Susanne. »Im Juli 47 kehrte ich heim. Meine Eltern wohnten immer noch in Tegel, und meine Mutter hätte mich fast nicht wiedererkannt. Es dauerte lange, bis sie mich aufgepäppelt hatte. Der Arzt hatte festgestellt, dass sich wegen der permanenten Unterernährung überall in meinem Körper und vor allem in den Gelenken Wasser angesammelt hatte. Er sagte mir, dass ich in Zukunft nicht viel würde leisten können und dass es lange dauern könnte, bis ich ins normale Leben zurückfinden würde. Verstehst du, warum es für mich umso unglaublicher ist, dass ausgerechnet ich, das dreckige Mädchen aus Stalins Lagern, heute die Haute Couture auf den Laufstegen präsentiere?«

Meine Antwort kam aus tiefstem Herzen: »Und ob ich das verstehe!«

31. Kapitel

Wenn man aus der Ferne kommt, verändert sich der Blick auf das Vertraute: Als ich nach siebenwöchiger Tour nach Würzburg zurückgekehrt war, hatte mich zweierlei erwartet: Eine kleine Renate, die seltsam distanziert war und deren Vertrauen ich mir erst wieder verdienen musste. Und eine Stadt, in der der Wiederaufbau unaufhaltsam voranschritt. Ich hatte festgestellt, wie wichtig mir beides war, wie sehr ich beides liebte. Renatchen und diese Stadt. Und dass es keinen Ort auf der Welt gab, an dem ich lieber wäre als in dem zauberhaften Würzburg, das vor Lebensfreude nur so sprühte. Aber nichts war so kostbar wie die unendliche Liebe zu meiner Tochter, die sich mir jeden Tag ein Stückchen weiter öffnete, wie die Knospen an meiner geliebten Magnolie das in aller Zuverlässigkeit jedes Frühjahr taten. Ich hätte es nicht ertragen können, wenn sie sich mir wieder verschlösse – und deshalb hatte ich auch weitere Touren abgesagt. Kein Geld der Welt war es wert, von meinem Mädchen getrennt zu sein! Die Waldecks waren zwar enttäuscht und vielleicht auch ein wenig verärgert gewesen, hatten mir letztendlich aber Verständnis entgegengebracht.

Und deshalb konnte ich den Zauber der Vorweihnachtszeit, der sich überall ausbreitete, mit meiner Kleinen nun genießen. Es duftete nach Tannenzweigen, Kerzen und Weihnachtsplätzchen, und unser Ofen strahlte behagliche Wärme aus. Renatchen kam mit roten Bäckchen vom Kindergarten heim, zeigte mir stolz ihre selbstgebastelten Kostbarkeiten, und die Paketpost brachte wie jedes Jahr Oma Meindorfs selbstgebackene sächsische Christstolle. Meine

Beziehung zu Hannes war jedoch schlechter denn je, sein Verhalten war an Unfreundlichkeit und Respektlosigkeit nicht zu überbieten. Er kommunizierte quasi gar nicht mit mir, bis er an Nikolaus strahlend mit einem Radiogerät in unser Zimmer polterte. »Hab ich mir selbst vorträglich zu Weihnachten geschenkt«, trompetete er.

Fassungslos sah ich ihn an. »Hannes«, flüsterte ich. »Weißt du, was das kostet?«

»Klar«, sagte er. »Hab es ja bezahlt. Du verdienst, kannst jederzeit mehr Touren machen. Waldeck hat mir gesagt, dass er dich lieber mehr als weniger hätte.«

Darüber also hatten sich die beiden neulich abends, als die Truppe mich in Würzburg abgeliefert hatte, so ausführlich unterhalten!

»Du weißt aber, dass ich das nicht will«, widersprach ich. »Es ist für mich eine Qual, von Renatchen getrennt zu sein.«

»Ach, der geht es bei deiner Mutter doch gut«, winkte Hannes ab. »Wenn man die Möglichkeit hat, Geld zu verdienen, soll man die nutzen.«

»Damit du dir Radiogeräte kaufen kannst.«

Renate begann zu weinen und streckte die Ärmchen nach mir aus. Sie war ein sensibles Kind und spürte sofort, wenn die Stimmung schlecht war.

Ich nahm sie hoch. »Ach, Liebster, lass uns doch nicht streiten«, sagte ich friedfertig. »Wir haben schon so viel geschafft, das wird uns auch noch gelingen. Ich gönne dir deinen Radioapparat ja.«

Wieder einmal musste ich an Susanne denken, die deutsche Schönheitskönigin, die es aus den russischen Gefangenenlagern zum gefragtesten Mannequin von ganz Deutschland gebracht hatte. Sie hatte sich auch nie unterkriegen lassen. Und sie hatte es weiß Gott schwerer gehabt als ich.

»Ja«, sagte Hannes nur ärgerlich und stürmte zur Tür. Dort drehte er sich noch einmal um. »Das Radiogerät steht mir zu. Ein wenig Freude muss ich ja auch haben. Und übrigens werde ich im Januar mit Werner in den Skiurlaub fahren. Du bist ja auch ständig weg.«

Du bist ja auch ständig weg! Fassungslos sah ich ihm nach. Ich war nur einmal weg, um Geld für unseren Lebensunterhalt zu verdienen, das er dann wiederum verprasste. Mit einem lauten Knall schloss er die Tür hinter sich, und ich hörte, trotz des Teppichs, den wir von innen gegen die Tür genagelt hatten, seine polternden Schritte auf der Treppe. Vermutlich würde gleich die alte Hexe den Kopf aus der Küchentür strecken und sich über den Lärm beschweren. Und dieses Mal hätte sie sogar recht!

Die Einsamkeit traf mich wie eine Keule, die Stille dröhnte in meinen Ohren. Die Zeit kroch dahin. Hannes kam nicht zurück. Plötzlich fielen mir Muttis Unkenrufe wieder ein: Was, wenn doch eine andere Frau im Spiel war? Der Gedanke wollte mir nicht mehr aus dem Kopf gehen. Als Renatchen endlich schlief, machte ich mich daran, zu suchen, auch wenn ich nicht wusste, wonach. Systematisch durchforstete ich die Taschen der wenigen Hosen, die mein Mann besaß, ich suchte in Schränken und den hintersten Winkeln von Schubladen. Und dann wurde ich tatsächlich fündig. Unter dem Besteckkasten entdeckte ich ein Bündel Briefe, die allesamt an Hannes gerichtet waren. Sein Name, geschrieben in einer kantigen, großen Schrift. Ich wusste sofort, dass es Liebesbriefe waren. Mit zitternden Fingern zog ich einen der Bögen, der nach einem Parfüm duftete, das mir sofort Übelkeit verursachte, heraus. Die Absenderin schrieb von Liebe, Gefühlen und Wiedersehensfreude am Wochenende in Marktbreit. »Verdammt!« Mit einer heftigen Bewegung wischte ich die Briefe vom Tisch und vergrub mein Gesicht in den Händen. Ich verspürte Trauer, Eifersucht und Wut. Und gleich darauf machte sich in mir ein lähmendes Gefühl der Ausweglosigkeit breit.

Er traf sich mit einer anderen Frau! Wahrscheinlich lag er jetzt gerade wieder in ihren Armen, während ich allein mit der kleinen Renate in diesem Hexenhaus saß!

Derart in meinen Gedanken versunken, schrak ich zusammen, als sich die Tür öffnete und Hannes strahlend vor mir stand. »Liebling, wie schön, dass du noch wach bist«, sagte er und versuchte, mich in seine Arme zu ziehen. »Unser Streit von vorhin tut mir ehrlich leid.«

Ich blieb stocksteif, und meine übersensible Nase meinte den Geruch dieses Parfüms wahrzunehmen, der den Briefen angehaftet hatte.

Er bemerkte meine Apathie erst nach einer ganzen Weile, ließ mich los und sah mich fragend an. »Was ist?«

Ich deutete auf die Briefe, die verstreut auf dem Boden lagen und die er bisher noch nicht bemerkt hatte.

Fassungslos starrte er erst die Briefe und dann mich an. »Das habe ich nicht gewollt«, stotterte er.

Obwohl es mir beinah das Herz zerriss und ich das Gefühl hatte, innerlich zu verbluten, blieb ich nach außen hin gefasst und stark und platzte fast vor Stolz, dass mir das gelang.

»Dass ich die Briefe finde, meinst du?«, fragte ich kühl, um dann fortzufahren: »Ja, das kann ich mir vorstellen, dass du das nicht gewollt hast. Ist ja auch ziemlich blöd, dabei erwischt zu werden, dass man seine Frau betrügt.«

»Es ist nicht so, wie du denkst!«, stotterte er weiter.

»Ach nein?«, fragte ich eisig. »Was denke ich denn und wie ist es denn?«

Das Selbstbewusstsein, das ich bei meinen Auftritten auf dem Laufsteg gewonnen hatte, kam mir jetzt zugute.

»Ich werde sie aufgeben!«, rief Hannes. »Das verspreche ich dir.«

Dass ich immer noch keine Miene verzog, irritierte ihn offensichtlich zusehends.

Mit hängenden Armen stand er vor mir.

»Was willst du jetzt tun?«

»Das ist doch wohl klar«, sagte ich und bemerkte erstaunt, dass ich immer ruhiger wurde, je verzweifelter er sich gebärdete.

Da fiel er zu meinem Erstaunen vor mir auf die Knie.

»Bitte verlass mich nicht!«

Er umklammerte meine Beine.

Ich starrte auf ihn hinunter. Diese Situation war absurd. Wenn er mich doch so sehr liebte, dass er nun sogar vor mir auf die Knie fiel, warum ging er dann zu einer anderen Frau?

»Steh auf«, sagte ich.

Er tat, wie ihm geheißen, rappelte sich hoch, und so stand er vor mir, das gestaltgewordene schlechte Gewissen.

»Was wird denn nun?«, fragte er.

Ich zuckte die Achseln. »Das kann ich so schnell nicht entscheiden. Ich muss nachdenken.«

»Aber …«

»Bitte akzeptiere das«, unterbrach ich ihn.

»Darf ich denn neben dir im Bett schlafen?« Er klang ganz kleinlaut, beinahe unterwürfig.

Ich schluckte. Die Vorstellung, dass er neben mir liegen würde, wo er doch sehr wahrscheinlich gerade bei dieser Frau gewesen war, behagte mir gar nicht. Es kam mir vor, als würde er unsere Liebe damit entweihen. Aber war es denn überhaupt noch Liebe? Und wenn ja: War sie nicht schon längst entweiht?

»Warst du gerade bei ihr?«, fragte ich und fügte ein »und

lüg mich nicht an« hinzu. Er konnte meinem forschenden Blick nicht standhalten, schluckte und nickte.

»Dann nicht«, sagte ich entschlossen. »Dann ist es völlig unmöglich. Nimm dir deine Matratze aus dem Bett und leg dich ans andere Ende des Zimmers.«

Stumm kam er meiner Forderung nach, flehte auch nicht mehr, sondern legte sich auf seine Matratze und rollte sich darauf zusammen wie ein Kind, wobei er mir den Rücken zudrehte. »Gute Nacht«, sagte er weinerlich, und ich starrte seinen so vertrauten Rücken fassungslos an, während ich spürte, dass eine lodernde Wut in mir hochstieg. Er hatte mich betrogen und nun spielte er den Leidenden und den Verletzten?

»Ich muss noch mal fort«, sagte ich.

Erschrocken drehte er sich um. »Es ist mitten in der Nacht.«

»Das tut nichts zur Sache«, beschied ich ihn. »Kümmere dich um die Kleine. Seit wir sie in der Klinik abgeben mussten, wacht sie nachts oft panisch auf und beruhigt sich erst wieder, wenn sie sich vergewissert hat, dass sie nicht allein ist.«

»Denkst du, das weiß ich nicht?«, fragte Hannes empört. »Ich bin schließlich ihr Vater. Aber sagst du mir jetzt bitte, was du mitten in der Nacht noch draußen willst?«

»Allein sein«, erklärte ich und schlüpfte in Mantel und Schuhe. »Einfach nur allein sein.«

Doch das war eine Lüge. Ich wollte nicht allein sein. Ich wollte die Frau sehen, in deren Armen mein Mann gerade eben noch gelegen hatte.

32. Kapitel

Die Adresse hatte sie praktischerweise auf dem Absender ihrer Briefe jedes Mal fein säuberlich vermerkt, und ich wusste, dass ich nach zehn Minuten Fußweg bei ihr sein würde. Schlafen würde sie sicherlich noch nicht, wo mein Mann doch gerade eben erst bei ihr gewesen war. Und wenn, würde ich sie eben aufwecken.

Es war ein merkwürdiges, surreales Gefühl, als ich mir klarmachte, dass ich vermutlich denselben Weg ging, den mein Mann eine halbe Stunde zuvor in umgekehrter Richtung genommen hatte, nicht ahnend, dass ich hinter sein Geheimnis gekommen war.

Endlich war ich vor dem hohen grauen Mietshaus angekommen und drückte zögernd die Klingel. Es dauerte eine ganze Weile, bis im ersten Stock ein Fenster aufging und eine blonde Frau heraussah. Da das Zimmer hell erleuchtet war, konnte ich sie gut erkennen, umgekehrt hatte sie aber eine ausgesprochen schlechte Sicht auf mich, die ich im Dunkeln stand. »Wer sind Sie?«, fragte sie misstrauisch. »Was wollen Sie?«

»Sind Sie Lieselotte?«, stellte ich, mit hämmerndem Herzen, eine Gegenfrage.

»Wer will das wissen?«

»Ich bin Hannes' Frau. Ich möchte gern mit Ihnen reden.«

Ich glaubte, erkennen zu können, dass die Frau am Fenster erstarrte.

»Warten Sie«, sagte sie schließlich.

Kurz darauf öffnete sich die Haustür, und sie stand vor mir. Groß, hager, mit blondem langem Haar.

Erstaunt sah ich sie an. Das also war sie? Diese Frau zog Hannes mir vor? Sie hatte so gar nichts Liebliches und auch nichts Liebenswertes an sich, strahlte keine Wärme oder Herzlichkeit aus. Oder lag das nur an mir? Mein Blick auf sie war sicherlich nicht ganz objektiv!

Ich musterte sie unauffällig.

Sie trug einen etwas zerschlissenen Bademantel, ihre Haare hingen ihr in Strähnen auf die Schultern.

»Kommen Sie.« Sie stieg vor mir eine graue Steintreppe hinauf, die ebenso schmuddelig wirkte wie die ganze Frau. Fast empfand ich das als Beleidigung! Wenn, dann hätte Hannes mich doch bitteschön mit einer Frau betrügen können, die etwas mehr Niveau hatte! Gleich darauf schalt ich mich selbst für diesen absurden Gedanken.

Es roch nach Kohl, was mir Übelkeit verursachte. Ich hielt die Luft an und betete stumm, dass der Geruch nicht aus ihrer Wohnung kommen möge. Mein Gebet wurde erhört.

»Bitte«, sagte die Blonde und wies auf eine zerschlissene rosa geblümte Sitzgruppe. Dann sah sie mich stirnrunzelnd an. »Sie sehen nicht gut aus.«

»Sie würden auch nicht gut aussehen, wenn Sie gerade erfahren hätten, dass Ihr Mann Sie mit einer anderen betrügt.«

»Seine Ehe ist nicht gut«, teilte sie mir mit. »Er will sich ohnehin scheiden lassen.«

Das verschlug mir für einen Moment die Sprache.

»Interessant«, sagte ich. »Weiß er das auch?«

»Weiß er was?« Verwirrt sah meine Rivalin mich an.

Ich stöhnte innerlich. Sie war nicht nur ungepflegt, sondern offenbar auch nicht sonderlich klug.

»Dass er sich scheiden lassen will?«

»Nun«, erklärte sie kühl, »das sagt er mir jedenfalls immer.«

»Nun«, wiederholte ich ebenso kühl, »mich hat er jedenfalls soeben auf Knien angefleht, ihn nicht zu verlassen, und mir versichert, dass er die Beziehung mit Ihnen beenden will.«

Die Blonde, die, wie ich jetzt im hellen Schein der Wohnzimmerlampe erkennen konnte, deutlich älter war als er, wurde blass.

»Das glaube ich Ihnen nicht.«

Ich zuckte die Achseln. »Ob Sie es glauben oder nicht, ist mir eigentlich egal. Ich bin mir ohnehin nicht sicher, ob ich die Beziehung mit ihm nach all dem noch aufrechterhalten werde. Ich will dem Kind allerdings auch nicht seinen Vater nehmen.«

»Dem Kind?«, keuchte die blonde Lieselotte.

»Ach, er hat Ihnen seine Vaterrolle verschwiegen?«

»Allerdings. Sonst hätte ich doch nicht …«

»Unsere Renate ist drei Jahre alt«, ließ ich sie wissen.

Sie sah mir ins Gesicht, und ich wunderte mich noch einmal, was Hannes an dieser nicht sehr weiblichen und etwas verlebt wirkenden Frau finden mochte.

»Gut«, sagte sie schließlich. »Ich glaube Ihnen. Ich habe tatsächlich nicht gewusst, dass Hannes Vater ist. Ich möchte einem Kind ebenfalls nicht seinen Vater nehmen.«

Ich nickte. Fast hätte ich mich bedankt, doch im letzten Moment bremste ich mich. So weit würde es noch kommen, dass ich mich bei der Frau bedankte, mit der Hannes mich betrogen hatte!

»Gut«, sagte ich und erhob mich.

»Auf Wiedersehen.«

»Auf Wiedersehen.«

Sie brachte mich nicht nach draußen, schlug nur die Tür hinter mir zu, und ich taumelte nach unten und nach Hause. All das kam mir vor wie ein ferner, unwirklicher Traum.

Zurückkehren? Es schien mir beinah unmöglich, in das bedrückende Schweigen unserer finsteren Villa zu gehen, zurück zu Hannes, der mich betrogen hatte, zumal ich nicht wusste, wie ich ihm begegnen und was ich ihm sagen sollte. Doch da war Renatchen, mein kleines Mädchen, das mich brauchte. Und außerdem – wo sollte ich denn hin? Edith würde mir Zuflucht geben, aber ich würde dann auch mit ihrem Mann und ihrem Personal konfrontiert sein, und das könnte ich momentan nicht ertragen.

Mutti? Sie hätte uns sofort bei sich aufgenommen, allerdings lebte sie immer noch in ihrem winzigen Zimmer, und ich erinnerte mich derart ungern an die damalige Zeit zurück, dass es mir unmöglich schien, diesen Weg zu wählen. Außerdem wusste ich, dass Mutti mit Sicherheit ununterbrochen über Hannes schimpfen würde – und das würde ich nur schwer aushalten können.

Also kehrte ich zurück, und Hannes sprang sofort auf und eilte mir mit fragendem Blick entgegen. »Wie gut, dass du wieder da bist«, sagte er, als sei ich endlos lang fort gewesen.

»Ja«, sagte ich müde. »Und nun muss ich schlafen.«

»Sicher«, erwiderte er verunsichert. »Darf ich … darf ich fragen, wo du warst?«

»Ich war bei ihr.«

»Bei ihr?«, keuchte er entsetzt, »aber woher wusstest du …?«

»Sie hat ihren Absender netterweise auf die Briefe geschrieben.«

Hannes starrte mich sprachlos an.

»Und was hat sie gesagt?«

»Sich etwas darüber gewundert, dass du ein Kind hast. Und mir mitgeteilt, dass deine Ehe am Ende sei und du vorhättest, dich bald scheiden zu lassen.«

»Das stimmt nicht, das ist einfach nicht wahr«, stammelte er.

»Hannes.« Ich sah ihn ruhig an. »Lass das doch. Du hast mich betrogen. Meinst du, ich glaube dir im Moment noch irgendetwas?«

Wieder stand er mit gesenktem Kopf vor mir wie ein Schuljunge, der gescholten worden war.

»Ich werde jetzt zu Bett gehen, Hannes«, sagte ich. »Und morgen sehen wir weiter. Gute Nacht.«

»Gute Nacht«, erwiderte er und rollte sich erneut auf seiner Matratze zusammen.

In den kommenden Wochen überschlug Hannes sich förmlich vor Nettigkeit und Entgegenkommen. Er brachte mir Blumen und Schokolade mit, fragte mich nach meinem Wohlbefinden und verwöhnte mich, wo es nur ging. Und irgendwann beschloss ich, nicht länger abweisend zu sein, sondern mich darauf einzulassen.

»Es bringt mir ja nichts, mich ewig in meinen Schmerz zu vergraben und ihn immer wieder abzuweisen«, sagte ich, als ich mich in der Stadt mit Edith traf, um Weihnachtseinkäufe zu erledigen. »Damit mache ich uns nur beide unglücklich. Stattdessen versuche ich nun zu genießen, dass er mich so verwöhnt.«

»Wenn du das kannst«, sagte Edith, die auf meine Offenbarung sehr wütend reagiert hatte.

»Es fällt mir schwer«, gestand ich. »Aber entweder ich gebe ihm noch mal eine Chance, und dann muss ich das auch wirklich tun und ihm ein Stück weit verzeihen, oder aber ich gebe ihm keine Chance, dann muss ich die Beziehung aber konsequenterweise auch beenden.«

Nachdenklich sah sie mich an. »Verzeihen, aber nicht vergessen«, sagte sie. »Vielleicht ist es das, worauf es ankommt.«

Ja«, sagte ich. »Ja, genau so ist es.«

33. Kapitel

Hannes' Bemühungen um mich hielten auch nach Weihnachten an, und ich versuchte darum wirklich, wie ich es Edith gegenüber verkündet hatte, ihm eine Chance zu geben, aber es fiel mir schwer. Mein Vertrauen in ihn war in seinen Grundfesten erschüttert, und etwas in mir war an seinem Betrug zerbrochen, da konnte er sich noch so sehr bemühen. Es wurde Frühling, der Wiederaufbau war nicht zu stoppen, und nach und nach bekam ich auch wieder ein paar Auftritte in Würzburg und Umgebung. Mit der Nürnberger Firma Simon machte ich einen »Modebummel« durch sechs Nürnberger Cafés. Die Idee wurde sowohl von den Gästen als auch von der Presse sehr positiv aufgenommen, und für mich bedeutete sie ein neues Erfolgserlebnis. Weitere Angebote folgten von den Firmen J.V. Wagner, Seisser und Völk. Der Inhaber der Firma Völk beauftragte mich sogar mit der Leitung seiner Schau, was mein Herz natürlich höherschlagen ließ. Denn mit meiner bisherigen Erfahrung war es für mich kein Kunststück, eine Schau vorzubereiten. Selbst einen kleinen Teil der Ansage in den *Huttensälen* durfte ich übernehmen.

Und dann war Albin wieder da. Ausgerechnet am siebten Jahrestag unseres Kennenlernens. Als ich im *Café Charlott* eine Modenschau lief, saß er da, sah mich an und lächelte leise. Seine Anwesenheit irritierte mich, und ich musste mir große Mühe geben, nicht aus dem Tritt zu kommen. Bei jeder Bewegung, die ich machte, bei jedem Schritt, den ich tat, fühlte ich seinen Blick auf mir ruhen.

Nach der Schau verzichtete ich darauf, mich wieder umzuziehen, und ging so, wie ich war, in einem eleganten Nachmittagskostüm aus Seide ins Café hinüber. Albin war noch da und sah mir ruhig lächelnd entgegen.

»Albin«, sagte ich.

»Luise«, sagte er.

Wie damals, als er zum ersten Mal wieder vor mir gestanden hatte, ebenfalls im *Café Charlott*.

»Möchtest du dich nicht setzen? Ich lade dich gerne auf Kaffee und Kuchen ein.«

Ich schüttelte den Kopf. »Nicht auszudenken, wenn ich mit Kaffee oder Kuchen auf dieses Kleid kleckern würde. Es wäre ein Drama.«

Er lachte. »Das verstehe ich.«

»Sollen wir uns nachher unter der Madonna treffen?«, fragte ich.

Ich sah sein Zögern und wusste, woher es rührte. Wie oft hatte er wohl schon einsam und allein unter der »Madonna mit der Lampe« gestanden, Tag um Tag, Stunde um Stunde, immer mittags um 12 Uhr, um auf mich zu warten?

»Diesmal komme ich wirklich«, sagte ich. »Ich verspreche es. In einer Stunde bin ich da. Heute kennen wir uns schließlich seit genau sieben Jahren.«

Er nickte. »Ein guter Anlass, um dich zu besuchen, dachte ich.« Er zahlte, und ich eilte hinter die Bühne, um mich umzuziehen und meine Sachen zusammenzupacken. Dann ging ich mit wild klopfendem Herzen durch die Straßen. Nach wie vor war es nicht richtig, ihn zu treffen, das wusste ich. Aber andererseits: Hannes hatte mich betrogen. Das war nicht wiedergutzumachen, auch nicht dadurch, dass er sich nun um mich bemühte. Und ich traf mich, wie ich mir einredete, lediglich mit einem alten Freund – wenn er das überhaupt war, ein Freund. Aber wie definierte man

Freundschaft? Brauchte es für diesen Status eine langjährige, dauernde, gelebte Verbindung, oder war Freundschaft nicht viel mehr ein Gefühl, das intuitiv und innerhalb eines Momentes entstand und das man gar nicht unbedingt einordnen konnte und musste?

Dann stand ich vor ihm, im Schatten der Madonna, die wir gemeinsam ausgegraben hatten.

»Du bist da«, stellte er fest.

»Ja«, sagte ich und sah ihm in die Augen. Dann legte ich den Kopf in den Nacken und blickte zu der »Madonna mit der Lampe« empor. »Die hast du gut hinbekommen.«

»Danke«, er lächelte. »Ich habe noch 34 weitere ausgegraben und wieder instandgesetzt.«

»Zeigst du sie mir eines Tages?«, fragte ich scheu.

»Gern«, sagte er. »Es wäre mir eine Ehre.«

»Gehen wir ein Stück?«, fragte ich. »Ich möchte dir gern etwas zeigen.«

»In Ordnung.«

Schweigend überquerten wir den Marktplatz und gingen in Richtung Bahnhof.

»Möchtest du mit mir verreisen?«, fragte er scherzhaft, und ich dachte flüchtig, dass ich das tatsächlich gern tun würde. Verreisen in eine Welt, in der es nur ihn und mich gab. Keine Probleme. Kein schlechtes Gewissen und keinen Hannes.

Sofort schämte ich mich dieses Gedankens.

»Nein«, lachte ich verlegen. »Ich wollte dir zeigen, wo ich war, bevor wir uns kennengelernt haben, damals, am 18. März 1945.«

Fragend sah er mich an, als ich auf das Kaisergärtchen zusteuerte und unter »meiner« Magnolie haltmachte.

Ich stellte mich an genau die Stelle, an der ich damals in den Himmel geblickt hatte.

»Hier.« Ich zeigte nach oben. Es war wie damals. Der Märzhimmel war von einem beinahe unverschämten Blau, und eine der Blüten war im Begriff, sich zu öffnen. Ich schluckte.

»Was ist?«, fragte er, und ich erzählte. Davon, dass ich am Mittag des 16. März 1945 noch hier gestanden und gedacht hatte, dass nun alles gut werden würde.

Dass aber nicht alles gut wurde, sondern danach die Hölle losbrach. Dass ich mich zwei Tage später in die Stadt durchgekämpft hatte, um nach meiner Blüte zu sehen. Und dass ich danach ihm begegnet war.

Er nickte.

»Setzen wir uns«, sagte er, zog seinen Staubmantel aus und breitete ihn auf dem Gras aus. Wir ließen uns nieder, lehnten uns mit unseren Rücken an den Stamm der Magnolie, und weil sie so schmal war, saßen wir dicht beieinander, und es fühlte sich gut an.

»Wie ist es dir ergangen?«, fragte ich.

Albin erzählte. Er habe geheiratet, doch die Ehe sei nicht glücklich gewesen, weshalb er seit zwei Jahren geschieden sei. Nach einer Steinmetzausbildung sei er inzwischen Architekt beim Bischöflichen Bauamt, eine Aufgabe, die ihm viel Freude bereite. Irgendwann wolle er einmal ein eigenes Architekturbüro eröffnen.

Ich nickte.

»Und du?«

Ich berichtete von meiner Ehe mit Hannes, von Renate und davon, dass ich sie auf meiner Tournee so sehr vermisst hatte, dass ich seither zu Hause blieb. Und ich erzählte ihm von Susanne Erichsen und davon, was sie nach dem Krieg erlebt hatte. »Weißt du«, sagte ich leise und sah wieder zu der Magnolie empor, »wenn man mittendrin steckt in seinem Leid, dann kommt es einem manchmal so vor, als könnte es kein schlimmeres Schicksal geben. Aber seit dem Krieg ist so viel Zeit vergangen, und ich habe Geschichten erfahren, die mich tief erschüttert haben. Allen voran die Schicksale der Juden, die an Schrecklichkeit nicht zu überbieten sind. Ich mache mir Vorwürfe, dass ich so lange nichts begriffen habe.«

»Ich auch.«

Er nahm meine Hand und hielt sie stumm, und ich ließ es geschehen, auch wenn ich wusste, dass ich das nicht durfte. Hier mit einem fremden Mann unter einer Magnolie sitzen und ihm mein Innerstes offenbaren. Aber sein unmittelbares Verstehen, sein Zuhören taten mir so gut, seine Anwesenheit war wie die innige, liebevolle Umarmung, nach der ich mich so lang schon sehnte.

»Und es sind so viel mehr Schicksale«, sagte ich, während mein Daumen über die raue Oberfläche seiner Hand strich. »Was ihr Soldaten in den Schützengräben erlebt habt. Die Menschen, die im Bombenhagel ihre Liebsten verloren haben. Und ich glaube, das Schrecklichste«, fuhr ich fort und dachte an Renatchen, »das Schrecklichste ist, wenn eine Mutter ihr Kind verliert. Das kann man wohl nicht überleben. Der Vermieter meiner Mutter hat beide Söhne im Krieg verloren.«

Albin nickte.

»Woher nimmt man nach so etwas die Kraft, um weiterzuleben?«, fragte ich.

»Nach jedem Winter kommt ein neuer Frühling«, sagte er. »So, wie die Magnolie wieder und wieder die Kraft findet, neue Knospen zu bilden und sie zur Blüte zu führen, so ist das auch mit uns Menschen.«

Dann sah er mich an. Unsere Hände waren immer noch ineinander verschlungen.

»Ich würde dich gern wiedersehen, Luise«, sagte er. »Ich

habe jeden Tag meines Lebens an unsere gemeinsamen Stunden auf dem Trümmerhaufen gedacht.«

Ich schluckte, atmete tief ein, dann entzog ich ihm ruckartig meine Hand. Der Bann war gebrochen. Hastig stand ich auf. Sah die Enttäuschung in seinem Gesicht. Wollte die Worte nicht sprechen und sprach sie doch.

»Es tut mir leid. Ich bin verheiratet und habe ein Kind.«

»Aber du bist doch unglücklich«, widersprach er leise und immer noch auf seinem Staubmantel unter der Magnolie sitzend. »Ja«, sagte ich. »Ja, das bin ich wohl. Aber ich habe Verpflichtungen meinem Mann und meinem Kind gegenüber.«

»Das verstehe ich«, sagte er. »Trotzdem tut es weh.«

»Mir auch«, sagte ich. »Aber ich weiß auch, wie es sich anfühlt, ein Scheidungskind zu sein. Mein Vater war lange eine wichtige Bezugsperson für mich. Irgendwann ist er gegangen, und mir wollte es das Herz zerreißen. Das kann und will ich Renatchen nicht antun.«

Er nickte. Traurig. Akzeptierend. Und irgendwie auch endgültig, was sich für mich ungemein schmerzhaft anfühlte.

»Auf Wiedersehen, Albin.«

»Auf Wiedersehen, Luise.«

34. Kapitel

Ich sah mich nicht noch einmal um, als ich, mit aller Macht gegen die Tränen ankämpfend und das Herz der Madonna in meiner Tasche umklammert haltend, durch die Kaiserstraße in Richtung Innenstadt ging. Und von dort aus weiter zu Mutti, die auf Renatchen aufpasste und Hannes und mich zum Abendessen erwartete. Doch Hannes kam nicht. Sein Stuhl blieb leer.

»Er sucht sicher nach Arbeit«, versuchte Mutti, mich zu trösten, doch an ihrem Blick sah ich, dass sie nicht daran glaubte. Ebenso wenig wie ich.

»Jetzt hat er sich drei Monate lang bemüht«, sagte ich leise. »Länger hält er wohl nicht durch.« Tiefe Enttäuschung machte sich in mir breit.

»Darf ich bei dir schlafen?«, bat ich sie. »Ich möchte nicht alleine warten, bis er vielleicht irgendwann nach Hause kommt.«

Mutti nickte. »Sicher.« Sie hatte sogar etwas, mit dem sie mich ablenken konnte:

»Stell dir vor, morgen Nachmittag gastiert im *Café Falkenhof* die bekannte Internationale Modenschau *Salon du Monde* aus Amsterdam mit dem berühmten Conférencier Heinz Goedecke – weißt du, das ist doch der von den Wunschkonzerten. Er hat ja auch mit Ilse Werner zusammengearbeitet. Was meinst du – wollen wir da hingehen? Wir können doch Renatchen ruhig mitnehmen!«

Schlagartig verbesserte sich meine Stimmung. »Das ist eine hervorragende Idee!«, rief ich. »Von dieser Truppe habe ich schon so viel gehört. Die ist natürlich der Waldeck–Tournee um ein paar Stufen überlegen.«

»Dann ist es also abgemacht«, freute sich Mutti. »Wir werfen uns richtig in Schale und gehen rechtzeitig los, um einen guten Platz zu bekommen. Oder hast du morgen andere Verpflichtungen?«

Ich schüttelte den Kopf. »Nein«, sagte ich bedrückt. »Ich habe momentan gar keine Aufträge mehr.«

35. Kapitel

Im *Café Falkenhof* wurde ich, die ich hier selbst schon zahlreiche Modenschauen gelaufen war, überschwänglich begrüßt und sofort zum besten Platz direkt an der Tanzfläche geführt. Ein wenig merkwürdig war es schon, zur Abwechslung einmal Zuschauerin zu sein. Mutti saß direkt neben mir, Renatchen auf dem Schoß, und war ebenso gespannt wie ich, als dezente Musik einsetzte und tatsächlich der berühmte Heinz Goedecke ans Mikrofon trat, ganz weltgewandter Herr, so gegen Ende 40 oder vielleicht auch schon über 50. Seine Ansage klang professionell, charmant, witzig und fachlich sehr kompetent. Im ersten Teil zeigten erstklassige Mannequins Modelle von Würzburger Firmen, und im zweiten wurden die extravaganten Kreationen des *Salon du Monde* präsentiert. Die Vorstellung war ein wunderbares Erlebnis.

»Großartig«, flüsterte ich Mutti zu.

»Du machst es besser«, erwiderte sie, und ich schüttelte lächelnd den Kopf. So war das eben mit Müttern und Töchtern. Der eigene Nachwuchs war immer der Beste.

Bei einer der vier Vorführdamen gab ich ihr allerdings recht: Die großgewachsene Brünette, die mir sogar ein wenig ähnlich sah, fiel augenscheinlich vom Niveau der anderen ab.

»Die Brünette ist nicht so gut«, sagte Mutti in diesem Moment, während Renatchen auf ihrem Schoß zappelte.

Ich nickte. »Das ist mir auch schon aufgefallen.«

»Warum bewirbst du dich nicht an ihrer Stelle? Du würdest doch viel besser in die Gruppe passen!«

Ich schüttelte den Kopf. »Ich will Renatchen nicht wieder allein lassen. Außerdem hätte ich bei denen keine Chance.«

»Du warst jetzt so lange da, Renatchen ist inzwischen viel größer und wird ein paar Wochen ohne dich verkraften, ich kümmere mich sehr gern um sie, und sie ist ja an mich gewöhnt«, flüsterte Mutti unbeirrt weiter. »Außerdem hast du mir erst gestern gesagt, dass du keine Aufträge mehr hast, und ihr braucht dringend Geld. Und was die Chance angeht: Du bist immer viel zu bescheiden, du musst dich einfach trauen, ich weiß ja, dass du es besser kannst als diese Dame.« Mit dem Kinn deutete sie auf das Mannequin, das immer linkischer wurde, je länger die Veranstaltung dauerte.

»Also, nach der Schau stellst du dich vor – ich halte dir die Daumen!«, bestimmte Mutti.

Mit klopfendem Herzen ging ich nach dem Schlussapplaus tatsächlich in die Garderobe – da man mich hier kannte, stellte sich mir niemand in den Weg. Im Gegenteil: Der Wirt des *Falkenhofs* zeigte sich sogar ausgesprochen begeistert und stellte mich dem Geschäftsführer der Gruppe, einem Herrn Ackermann, vor, als sei ich seine persönliche Kreation. »Wir haben hier auch schöne Damen, lieber Herr Ackermann«, sagte er. »Luise Meindorf ist unser Würzburger Star-Mannequin und schon zahlreiche Male für uns gelaufen.«

Ackermann war ein schlanker, fast etwas schlaksiger, aber sehr eleganter Mann um die 30 mit blondem Haar und einer hohen Denkerstirn. Er musterte mich interessiert. »Angenehm«, sagte er.

»Ebenso«, sagte ich.

Sein prüfender Blick glitt über mich hinweg. »Würden Sie mir die Ehre erweisen, ein Gläschen mit mir zu trinken?«

Freudig sagte ich zu. Bis hierhin war die Sache einfacher gewesen als erwartet.

»Wie hat Ihnen unsere Schau gefallen?«, fragte er leutselig.

»Wunderbar«, strahlte ich. »Vor allem ist es natürlich großartig, Herrn Goedecke einmal persönlich zu erleben. Seine Stimme ist mir, wie wohl den meisten, ja aus dem Radio vertraut und bekannt.«

Ackermann nickte zufrieden. »Ja, Goedecke ist wirklich ein Gewinn.«

»Allerdings«, setzte ich vorsichtig zu meiner Kritik an, »wenn ich ehrlich sein darf …«

Interessiert beugte Ackermann sich vor. »Natürlich dürfen Sie ehrlich sein. Sie sollen sogar. Lob und Kritik von Profis bringen uns immer weiter.«

Ich sah ihn misstrauisch an. Ich war mir nicht sicher, ob er mich auf den Arm nehmen wollte, denn im Vergleich zu ihm war ich alles andere als ein Profi, doch ich sah nur seinen wachen, interessierten Blick auf mir ruhen und fasste mir ein Herz.

»Nun, ich hatte das Gefühl, dass Ihre Brünette vom Niveau her etwas … hinter Ihren anderen Mannequins liegt.«

Sofort nickte er bejahend. »Da sagen Sie was. Ich hatte gehofft, dass es niemand bemerkt, aber Ihr Auge ist natürlich besonders geschult! Tatsächlich handelt es sich um eine Notlösung. Unser eigentliches Mannequin ist schwer erkrankt und vorzeitig aus der Tournee ausgeschieden.«

»Vielleicht könnte ich …«, wagte ich einen Vorstoß und brach dann ab. Würde Herr Ackermann zusagen, würde ich das arme Mädchen ja um seine Arbeit bringen.

Doch der strahlte mich bereits glücklich an, ich musste gar nicht deutlicher werden.

»Würden Sie für uns probelaufen? Sie besitzen, wie mir scheint, genau die richtigen Maße.«

Ich nickte überwältigt.

»Haben Sie noch etwas Zeit?«, fragte Ackermann. »Wir sind von den beteiligten Firmen zum Mittagessen eingeladen. Da könnte ich einfach später dazustoßen. Wenn wir den *Falkenhof* nochmals nutzen dürften …«

»Das dürfen wir bestimmt«, fiel ich ihm ins Wort.

»Dann ist das abgemacht. Ich gebe der Truppe Bescheid.«

»Und ich spreche mit meiner Mutter. Sie sitzt mit meiner Tochter draußen im Café.«

»Oh, Sie haben eine Tochter?«

»Ja«, sagte ich. »Ist das ein Problem?«

»Nun ja«, murmelte Ackermann. »Sie könnten sie leider nicht mit auf Tournee nehmen.«

»Meine Mutter würde sich um sie kümmern.«

Während ich das sagte, krampfte sich mir das Herz zusammen. Wollte ich das wirklich? Aber was sollte ich tun? Wir hatten kein Geld mehr, ich wusste nicht, wovon ich die nächste Miete zahlen sollte, und Rumpels warteten ja nur auf einen Grund, uns hinauszuwerfen. Mit Hannes war nicht zu rechnen, und Mutti hatte recht: Es war eine ganze Weile her, dass ich fort gewesen war, und Renatchen war inzwischen viel größer und verständiger.

So kam es, dass ich eine Stunde später in meinem altvertrauten *Falkenhof* probelief. Der Wirt, der vor Stolz beinah platzte, und Mutti, mit Renatchen auf dem Schoß, sahen zu. Ich spürte, dass ich gut war, dennoch sah ich Ackermann am Ende meiner Vorführung bang an. Er strahlte über das ganze Gesicht und klatschte langsam und nachdrücklich in die Hände. »Sie sind engagiert!«, rief er und unterbreitete mir die Konditionen. Ich war wie betäubt – ich sollte wirklich mit der berühmten Gruppe um Goedecke auf Tournee gehen, dem Mutti und ich im Krieg stets gelauscht hatten! Und das Honorar konnte sich auch sehen lassen: Ackermann bot mir 20 Mark pro Spieltag plus kostenlose Übernachtung in guten Hotels und eine 20-prozentige Beteiligung an Tombola-Einnahmen. Besser konnte das Angebot überhaupt nicht sein!

Fragend sah ich Mutti noch einmal an – sie nickte. Sag zu, hieß das.

»Wann würde ich denn anfangen?«, fragte ich.

»Ideal wäre, wenn Sie am 21. Juni in Stuttgart zu uns stoßen würden«, sagte Ackermann. »Dann beginnt unsere nächste Tour.«

Ich nickte. Das waren immerhin noch drei Monate. Ich atmete tief ein und stieß die Luft wieder aus.

»Gut«, sagte ich. »Ich werde da sein.«

Teil 3
1952

36. Kapitel

»Und sieh doch mal! Dieser wunderbare Parkettboden!«, rief Edith und drehte sich einmal im Kreis. Ein amerikanisches Ehepaar, das mit den Johnsons befreundet war, war kürzlich ausgezogen, und Edith hatte sich dafür starkgemacht, dass ich die Wohnung besichtigen konnte.

»Er ist wirklich schön«, stimmte ich ihr zu und sah mich in der großen, hellen Wohnung im ersten Stock um.

»Dann noch die hohen Fenster mit Blick auf die Festung! Besser kannst du es gar nicht treffen, Luise.«

»Da hast du recht!« Vor meinem inneren Auge sah ich mich hier schon mit Renatchen viele lange, gemütliche Nachmittage verbringen. »Was kostet sie denn?«, fragte ich, um, als sie mir den Preis nannte, enttäuscht die Luft auszustoßen.

»Das ist viel zu teuer.«

»Aber du verdienst doch auf deinen Tourneen mit Ackermann gutes Geld?«, sagte Edith, die ebenso enttäuscht klang, wie ich mich fühlte.

»Das schon, aber um die Wohnung zu finanzieren, müsste ich noch mindestens zwei Tourneen mehr im Jahr machen und noch mehr fort sein. Und das will ich nicht.«

Ich ging zum Fenster und sah hinaus. Edith stellte sich neben mich. »Weißt du«, sagte ich leise, »immer, wenn ich von einer Tournee zurückkomme, muss ich mir Renatchens Vertrauen von neuem erwerben. Mit dem Ergebnis, dass ich sie gleich darauf wieder im Stich lassen muss. Was tue ich meinem Kind damit an?«

Edith legte den Arm um mich, und ich lehnte meinen Kopf

an ihre Schulter. Eine Weile standen wir so da in schweigender Vertrautheit.

»Eigentlich möchte ich gar nicht mehr gehen«, sagte ich dann. »Aber ich muss, weil Hannes ja kein Geld verdient. Doch ich möchte auf keinen Fall öfter fort sein, als unbedingt nötig. Und lieber wohne ich mit meiner Kleinen bis ans Ende meiner Tage in diesem Hexenhaus, als so oft von ihr getrennt zu sein.«

»Ich verstehe dich gut«, sagte Edith. »Und denke mir wie so oft, was für ein Glück ich habe. Mike verdient genug Geld, um mir das Leben in einem schönen Haus zu ermöglichen. Ich kann mich ganz ihm und den Kindern widmen.«

Ich nickte. »Alle denken immer, es sei so schön und beneidenswert, Mannequin zu sein. Und Hannes tut so, als sei ich ständig nur auf Vergnügungsreise. Aber es ist eigentlich einfach nur anstrengend.«

»Hannes tut so, als seist du auf Vergnügungsreise?« Edith ließ mich los und sah mich empört an. »Ist das immer noch nicht besser geworden? Wie kann er nur! Er soll doch froh sein, dass du Geld verdienst, wo er schon seit so langer Zeit arbeitslos ist.«

»Ich habe das Gefühl, er nimmt mir sogar übel, dass ich das Geld verdiene.«

Edith nickte. »Das kann ich mir leider vorstellen. Hannes ist gar nicht so fortschrittlich, wie er sich gerne gibt. Wahrscheinlich hänseln ihn auch seine Freunde, dass er seine Frau nicht ernähren kann.«

»Vermutlich hast du recht«, sagte ich und musste auf einmal wieder an die Szene kurz nach meiner Wahl zur Miss Würzburg denken, als er mir meinen Erfolg geneidet hatte. »Ich glaube, er wäre gern an meiner Stelle.«

»Ich kann mir vorstellen, dass diese Tourneen sehr anstrengend sind«, sagte Edith anteilnehmend.

»Anstrengend und aufregend. Das ist ein anderes Kaliber als damals bei Waldeck. Wir treten in den mondänsten Kurorten auf und logieren in den besten Hotels wie dem *Wiggers* in Garmisch–Partenkirchen, aber dementsprechend anspruchsvoll sind auch die Auftraggeber und das Publikum.«

»Das kann ich mir vorstellen«, murmelte Edith.

»Und ständig passiert etwas«, fuhr ich fort, während ich nach wie vor auf die so vertraute Festung sah, deren Mauern in der Abendsonne regelrecht zu glühen schienen. »Es gibt Autopannen, Verspätungen, mitwirkende Firmen, die händeringend auf uns warten, Ärger mit den Hotelzimmern, Erkrankungen, Schwierigkeiten mit technischen und bürokratischen Dingen und, und, und.«

»Wenigstens kommst du in den Genuss guter Hotels. Und du lernst Deutschland kennen. Das stelle ich mir sehr spannend vor«, versuchte Edith, mich zu trösten, doch ich schüttelte nur den Kopf. »Wir reisen ja ständig quer durch die Republik. Oft müssen wir nach Beendigung der Schau gleich wieder packen und die Nacht durchfahren. Dafür, die Städte zu besichtigen, bleibt keine Zeit. Und dafür, die Hotels zu genießen, auch nicht.« Ich kicherte. »Du solltest mal die Gesichter der uns empfangenden Firmen-Kunden sehen, wenn wir vollkommen übernächtigt und zerknittert ankommen. Die können sich nicht vorstellen, dass wir ein paar Stunden später frisch und ausgeruht wirken und auf der Bühne brillieren.«

»Aber ihr schafft es immer, dank Make-up?«, vermutete Edith.

»Ganz genau«, bestätigte ich. »Selbst wenn wir zum Umfallen müde sind, das merkt im Publikum keiner. Wenn sich pünktlich um 16 und um 20 Uhr der Vorhang hebt und Herr Goedecke ans Mikrofon schreitet, scheinen alle Probleme beseitigt, wir wirken, als kämen wir gerade aus dem

Urlaub, und es gibt nur noch lächelnde Gesichter. Ganz egal, wie man sich fühlt.«

»Stelle ich mir anstrengend vor«, sagte Edith.

»Ist es«, bestätigte ich. »Von Vergnügungsfahrt keine Spur.«

»Sind deine Kolleginnen wenigstens nett?«, fragte Edith. »Von der Miss Germany auf der Waldeck-Tour warst du ja ganz begeistert.«

Ich zuckte die Achseln. »Marianne ist ganz sympathisch. Aber Felicitas ist einfach nur mannstoll und ungeheuer eingebildet, und Simone ist ungemein kapriziös. Sie ist mit Ackermann zusammen und treibt ihn regelmäßig zum Wahnsinn.«

»Klingt wirklich nicht so, als seist du zu beneiden«, sagte sie und gab mir einen Kuss auf die Wange.

»Jede Menge Gründe, nicht zu oft auf Tour zu gehen. Dafür bleibe ich gern bei der Hexe in unserer düsteren Villa«, sagte ich.

»Wann wirst du denn wieder losziehen?«, wollte Edith wissen, als wir die Wohnung wieder verließen. Sorgsam sperrte meine Freundin die Tür ab, um den Schlüssel später den scheidenden Eigentümern zu übergeben.

»Erst im Frühjahr«, sagte ich. »Mir bleibt also viel Zeit mit meiner Kleinen.«

Doch als ich nach der Besichtigung nach Hause kam, wartete eine Überraschung auf mich. Ackermann saß bei Hannes an unserem kleinen Esstisch am Fenster. Augenblicklich schämte ich mich unserer ärmlichen Behausung, aber Ackermann schien gar keinen Blick dafür zu haben.

»Luise«, rief er, kaum dass ich zur Tür hereingekommen war. »Luise, ich brauche dich.«

»Ich freue mich auch, dich zu sehen«, erwiderte ich lächelnd. »Und ich hoffe, die alte Hexe hat dir den Zugang nicht allzu schwergemacht.«

»Alte Hexe?« Ackermann sah mich fragend an.

»Ich habe ihn draußen auf der Straße eingesammelt«, erklärte Hannes.

»Ach so.« Ich wandte mich erklärend an Ackermann. »Unsere Vermieterin ist schrecklich. Eine echte Hexe. Sie lässt niemanden zu uns durch.«

»Dann gefällt euch mein Vorschlag ja vielleicht recht gut«, nutzte mein Chef die Gelegenheit, das Gespräch in die von ihm erwünschte Richtung zu lenken.

»Welcher Vorschlag?«

Ackermann und Hannes wechselten einen vielsagenden Blick.

»Luise«, sagte Ackermann dann. »Luise, ich weiß, du wolltest erst mal nicht mehr laufen. Aber ich habe wirklich ein Problem. Mir sind zwei Mannequins ausgefallen, und auch der Chauffeur ist weg. Ich brauche euch. Beide.«

»Uns beide?«, fragte ich verblüfft.

»Ja, du hast mir doch auf der Tournee erzählt, dass dein Mann Schauspieler ist und Autos liebt. Er weiß also, wie es auf der Bühne zugeht, und wie er mir gerade bestätigt hat, kann er auch sehr gut Auto fahren. Er könnte den Tour-Bus fahren, an der Kasse sitzen und als meine rechte Hand agieren, und du könntest auf der Bühne glänzen.«

Ich schüttelte den Kopf. »Danke, dass du an uns gedacht hast, aber ich möchte meine Kleine wirklich nicht so lange allein lassen.«

»Luise«, sagte Hannes nervös. »Wir brauchen das Geld, und Ackermann braucht unsere Hilfe. Das ist doch eine gute Gelegenheit, von der alle etwas haben.«

Ich warf ihm einen wütenden Blick zu. Wenn er dieses blöde Radiogerät nicht gekauft hätte und sich auch ansonsten nicht ständig seine Extrawünsche erfüllen würde, würden wir noch eine ganze Weile gut leben können. Doch das wollte ich mit ihm ganz bestimmt nicht vor Ackermann ausdiskutieren.

»Wie viel Bedenkzeit gibst du uns?«, fragte ich.

»Fünf Tage?«

»In Ordnung«, versprach ich. »Ich gebe dir Bescheid.«

Nach einer mehr oder weniger schlaflosen Nacht, in der wir stundenlang das Für und Wider abgewogen hatten – wobei Hannes eindeutig den Part des Für und ich den des Wider eingenommen hatte –, machte ich mich gleich am nächsten Morgen auf den Weg zu Mutti, die sich sofort bereiterklärte, auf Renatchen aufzupassen. Als ich zurückkam, um Hannes davon zu berichten, erwartete er mich bereits mit einem Telegramm. Ich nahm es ihm aus der Hand und las stirnrunzelnd: »Dringend! Brauche euch beide zum 15. Januar in Kassel.«

Ich begann zu weinen, Hannes zog mich tröstend in seine Arme, aber es war besiegelt. Wir würden fahren. Drei Wochen ohne Renatchen. Immerhin: Vielleicht würde uns die gemeinsame Reise auch guttun.

Kurz überlegte ich, ob ich Edith Bescheid geben sollte, dass ich die Wohnung eventuell doch mieten wollte – entschied mich dann aber dagegen. Eine Tour würde nicht reichen, um sie zu finanzieren. Und noch öfter wollte ich auf keinen Fall fort sein.

37. Kapitel

Auch als wir in Kassel ankamen, konnte ich meine Traurigkeit nicht abschütteln, obwohl unsere Gruppe extrovertierter Künstler eigentlich eine Menge Ablenkung bot. Besonders sympathisch war mir ein neues Gesicht, der Conférencier Joe Becker, ein blondgewellter, mittelgroßer, etwas weichlicher Typ von Mann, sehr modebewusst gekleidet, der Herrn Goedeckes Posten einnahm.

»Er zieht die Herren den Damen vor«, informierte mich Hannes bereits an unserem ersten Abend.

»Du meinst …«, fragte ich mit großen Augen.

Er nickte grinsend. »Ganz genau.«

Nachdenklich sah ich meinen Mann an. Er blühte hier regelrecht auf. Zwar war er »nur« der Chauffeur, aber die Stimmung, die uns umgab, tat ihm gut. Wir bewegten uns fast in einer Art theaterähnlichem Milieu, jener Luft, die Hannes offenbar atmen musste, um glücklich zu sein. Hier in der Fremde wurde er nach und nach wieder zu dem Mann, in den ich mich verliebt hatte, und rückblickend kam er mir vor wie ein exotischer Baum, den man versucht hatte, in der kalten mitteleuropäischen Erde einzupflanzen, woraufhin er all seine Lebenskraft verlor und in dem Versuch zu überleben seltsame Ausformungen bildete.

Unsere Tour führte in die Schweiz. Hannes steuerte unseren Bus, und ich saß, als wir uns auf den Weg zur Schweizer Grenze machten, neben Joe. Der hatte eine Schachtel Pralinen, die er mit großem Appetit futterte.

»Möchtest du auch eine?« Er hielt mir die Schachtel hin. »Schokolade ist gut gegen Kummer.«

Zögernd sah ich auf die in der Tat sehr verlockend aussehenden Pralinen.

Dann schüttelte ich bedauernd den Kopf. »Keine Chance«, sagte ich. »Jetzt, wo ich wieder laufe, muss ich streng auf meine Linie achten.«

»Du bist doch schlank genug«, befand er und fragte dann leiser: »Warum bist du immer so traurig?«

Ich hatte das Gefühl, diesem Mann bedingungslos alles anvertrauen zu können. Wir waren auf einer Ebene, verstanden uns blind, so, wie das damals auch mit Susanne gewesen war, mit der ich immer noch in Briefkontakt stand. Inzwischen war sie regelmäßig in den USA, wo sie als »Fräuleinwunder« Karriere machte.

»Ich habe eine kleine Tochter«, sagte ich. »Und ich will bei ihr sein. Immer, wenn ich lange fort war, ist sie so abweisend zu mir.«

»Ich glaube, das ist normal. Dass Kinder so reagieren«, vermutete Joe.

Ich nickte. »Natürlich, und ich werfe ihr das ja gar nicht vor. Eher mache ich mir Vorwürfe, weil ich sie im Stich lasse. Aber es geht nicht anders, wir brauchen das Geld.«

»Dein Mann ist arbeitslos?«

Er deutete mit dem Kinn auf Hannes, der am Steuer saß und unseren Bus in Richtung Schweiz steuerte.

»Ja«, sagte ich. »Die Kleine ist bei meiner Mutter, wenn wir fort sind, und sie kümmert sich wirklich liebevoll um sie. Dennoch sollte *ich* bei ihr sein. Nun ja. Ich habe keine Wahl.«

»Ja. Das sind manchmal die äußeren Zwänge, denen man sich unterwerfen muss«, murmelte er und steckte sich eine Praline in den Mund. Dann starrte er traurig vor sich hin.

»Du auch?«

Er nickte.

»Weißt du, ich habe festgestellt, dass ich Männer mehr mag als Frauen«, sagte er dann rundheraus.

»Das weiß ich. Hannes hat es mir erzählt.«

»Und?«, fragte er und sah mich fragend an.

»Was – und?«

»Hast du damit ein Problem?«

Ich entschied mich zur absoluten Offenheit. »Es ist mir fremd«, gestand ich. »Ich wusste vorher nicht, dass es so etwas gibt.«

Das stimmte nicht ganz. In unserer Straße hatte vor dem Krieg ein Mann gelebt, der Männer liebt. Ich wusste nicht, was aus ihm geworden war.

»Unter Hitler sind wir verfolgt worden«, fuhr Joe fort. Er sprach nun ganz leise. »Ich habe einen Mann geliebt, sehr geliebt. Er war mein Ein und Alles, mein Anfang und mein Ende, er war für mich die ganze Welt.«

»Was ist passiert?«, fragte ich betroffen.

»Sie haben ihn geholt.« Joes Stimme war nur mehr ein Flüstern. »Sie haben ihn geholt und bestialisch ermordet. In einem Konzentrationslager. Ich habe es erst viel später erfahren.«

»Oh Gott«, keuchte ich. »Das tut mir so leid.«

Joe nickte. »Und ich habe ihn im Stich gelassen. Das ist das Schlimmste. Und nicht nur das: Ich habe sogar geheiratet.«

»Du hast geheiratet?«, fragte ich verwirrt. »Ihn? Das geht doch gar nicht?«

Er schüttelte den Kopf. »Nein. Eine Frau. Während er zu seiner Liebe zu mir und zu seiner Veranlagung stand, war ich zu feige, um mich meinen Gefühlen zu stellen. Ich komme aus einem kleinen hessischen Dorf. Es war schon immer klar, dass Gertrude und ich eines Tages heiraten würden. Unsere Eltern und Gertrude haben das geplant, und ich habe nicht widersprochen. Ich habe es einfach geschehen lassen. Und am Abend vor meiner Hochzeit war ich noch mal bei ihm, um es ihm zu sagen. Das war das letzte Mal, dass ich ihn gesehen habe. Dann wurde er verhaftet. In dem Bewusstsein, dass ich ihn im Stich gelassen hatte.«

Er schob sich noch eine Praline in den Mund und bot mir die Schachtel erneut an. Diesmal griff ich zu. Ich hatte das alberne Gefühl, dass das eine Art Zuneigungsbekundung war.

»Es tut mir so leid«, sagte ich leise. »Wie hat er denn reagiert? Also darauf, dass du heiraten willst, meine ich.«

»Das Verrückte ist: Er hat es verstanden. Er hat mich so sehr geliebt, dass er mir keine Vorwürfe machte. Er wünschte mir sogar, dass ich mit meiner Frau glücklich werde.«

»Dann habt ihr euch getrennt?«

Er schüttelte den Kopf. »Nein. Wir wussten ja nicht, dass wir uns nie wiedersehen würden.«

»Und bist du glücklich geworden mit deiner Frau?«

Wieder schüttelte Joe den Kopf. »Nein. Inzwischen sind wir geschieden, und auch hier habe ich Schuld auf mich geladen. Ich hätte sie nicht heiraten dürfen, wo ich doch wusste, wie es um mich stand, und ich doch einen anderen Menschen liebte. Einen Mann.«

Nachdenklich sah ich ihn an. »Könntest du auch eine Frau lieben? Nicht sie, aber irgendeine andere?«

»Wie meinst du das?«

»Na ja, ich frage mich gerade … müsste es nicht eigentlich so sein, dass wir uns in einen Menschen verlieben und nicht in das Geschlecht?«

Er lächelte. »Ein schöner Gedanke, revolutionär, möchte ich meinen. Und ich glaube, du hast recht: Eigentlich kommt es auf den Menschen an.«

»Demzufolge könnte es mir auch passieren, dass ich mich in eine Frau verliebe?« Der Gedanke fühlte sich seltsam an, und seltsam war auch dieses Gespräch. Noch nie hatte ich mit jemandem über diese Themen gesprochen und schon gar nicht mit einem Mann und derart offen. Doch Joe hatte etwas an sich, das mir ein Gefühl der Grenzenlosigkeit gab. Das Gefühl, dass alles möglich war. Das empfand ich als aufregend und beunruhigend zugleich.

»Es gibt aber einen Unterschied zwischen der seelisch-geistigen und der körperlichen Liebe«, stellte Joe fest. »Für mich ist es so, dass ich die Vorstellung, eine Frau sexuell zu lieben, völlig seltsam finde.«

Ich errötete. Nun ging mir das Gespräch fast doch ein bisschen zu weit, andererseits fand ich genau das spannend. Ich horchte in mich hinein. Dann bestätigte ich seine Worte. »Ja«, sagte ich. »Ja, das geht mir umgekehrt genauso. Der Gedanke daran, mit einer Frau ... na ja ...«

»Aber man muss frei genug sein, um sicher zu sein, dass man das nicht nur ausschließt, weil es sich in der heutigen Gesellschaft nicht gehört.«

Ich lächelte und musste an meine Diskussion zu Christian Diors *New Look* mit Mia Bindewald denken.

Er sah mich fragend an.

»Ach, nicht so wichtig«, sagte ich. »Ich habe nur vor mehreren Jahren ein Gespräch mit meiner ersten Auftraggeberin geführt. Es ging um Diors *New Look*, gegen den es ja riesige Proteste gab. Es hieß, dass Dior mit seiner neuen Linie die neu gewonnene Freiheit der Frauen mit Füßen trete. Und ich war damals der Ansicht: Erst dann, wenn wir den Mut haben, wieder Kleider zu tragen und Dinge zu tun, die uns früher eingeschränkt haben, sind wir wirklich frei.«

Joe nickte. »Ja, darum geht es wohl im Leben immer. Grenzen zu überwinden, das Undenkbare zu denken.«

In diesem Moment entstand Unruhe im Bus. »Schaut mal hinaus!«, rief Ackermann. »Der Bodensee.«

Wir taten, wie uns geheißen, und mir stockte der Atem. Wie ein riesiger Edelstein funkelte der Bodensee im Tal, die untergehende Sonne tauchte ihn in ein glühendes Rotorange. Von der Schweizer Seite grüßten die schneebedeckten Berge herüber.

»Das ist der Säntis«, sagte Joe und deutete in Richtung Horizont.

Ich nickte. Von dem Berg hatte ich schon einmal gehört. Als Edith mit ihrem Mann eine Reise an das Schwäbische Meer unternommen hatte, hatte sie begeistert davon berichtet. Ebenso fasziniert war sie von der Insel Mainau gewesen, auf der die Grafenfamilie Bernadotte lebte, die mit dem schwedischen Königshaus verwandt war.

»Meine Freundin hat neulich hier Urlaub gemacht«, berichtete ich Joe. »Sie hat mit Einheimischen gesprochen, die schon ganz lange hier leben, und die haben ihr gesagt, dass der See an keinem Tag gleich aussehen würde.«

»Vielleicht spiegeln sich in ihm ja die Träume und Wünsche derer, die an jenem Tag an seinem Ufer spazieren gegangen sind. Und die Tränen jener, die an seinem Ufer gesessen und geweint haben«, sagte ich nachdenklich.

Er sandte mir einen überraschten Blick. »In dir wohnt ja eine richtige Poetin.«

Ich lächelte.

»Nein, im Ernst, Luise«, sagte er. »Ich bin froh, dass ich heute neben dir sitzen darf. Das Gespräch mit dir hat mir sehr gutgetan. Du kannst gut zuhören. Ich habe das Gefühl, dass du nicht nur die Worte begreifst, sondern dass du den ganzen Menschen erfasst, wenn du mit ihm sprichst. Auch all das Ungesagte.«

»Danke«, sagte ich. »Ich fand das Gespräch mit dir auch sehr bereichernd. Und weißt du«, fuhr ich fort, während wir nachdenklich auf den Bodensee blickten, »ich glaube, dein Freund hätte nicht gewollt, dass die Tatsache, dass du damals keinen Mut hattest, einen anderen Weg zu gehen, wie ein Schatten auf deiner Seele lastet. Wie hieß er eigentlich?«

»Martin«, sagte Joe leise.

»Ich glaube, dass Martin immer bei dir ist. Dass er dich begleitet, wohin du auch gehst. Vielleicht ist das so, dass die Menschen, die wir lieben und die vor uns gehen mussten, zu einer Kraft werden, die uns schützt und trägt.«

»Ich habe noch nie mit jemandem über Martin gesprochen«, sagte Joe rau. »Ich weiß auch nicht, warum ich mich dir anvertraut habe. Wir kannten uns ja noch gar nicht.«

»Manchmal spüren wir einander, bevor wir uns kennen«, sagte ich.

Hannes steuerte unseren Bus am Ufer des Bodensees entlang in Richtung Meersburg. Dort, unterhalb der beeindruckenden Burg, in der, wie ich wusste, eine Zeit lang Annette von Droste-Hülshoff gelebt hatte, befand sich der Fährhafen. Wir hatten Glück: Eine der beiden Fähren, die seit 1928 zwischen Meersburg und Konstanz pendelten, hatte gerade abgelegt, sodass wir die Ersten waren, die auf das nächste Schiff fahren durften und einen Platz ganz vorne bekamen – Seesicht inklusive.

»Das ist ja herrlich!«, rief Hannes, nachdem er den Bus geparkt hatte, und drehte sich zu uns um. »Wer kommt mit nach oben auf Deck?«

»Ich bin dabei«, erklärte Werner Ackermann und sandte uns dann einen bedauernden Blick. »Alle, die auftreten, müssen leider im Auto bleiben. Draußen ist es furchtbar kalt und windig.«

Mir war das nur zu recht. Ich hatte überhaupt keine Lust, den warmen und gemütlichen Bus zu verlassen.

»Wir haben hier ja hervorragende Seesicht«, sagte ich. »Lasst ihr euch da oben nur ordentlich durchblasen.«

38. Kapitel

18. bis 25. Januar 1952

Drei Tage hatten wir am Bodensee verbracht, waren im Konstanzer Spielcasino, in Friedrichshafen und in Lindau aufgetreten, bis wir bei Rorschach die Grenze zur Schweiz überquerten, was uns allesamt in ziemliche Aufregung versetzte. Wir fühlten uns furchtbar wichtig und exklusiv. Aufgeregt verfolgte ich, wie der Grenzbeamte unsere Pässe prüfte, uns musterte, und dann, endlich, drückte er seinen fremdländischen Stempel in den Pass. Je tiefer wir in die Schweiz vordrangen, desto märchenhafter wurde die traumhafte Winterlandschaft, durch die wir fuhren.

Nach Auftritten in Bern und Chur steuerten wir Flims im Kanton Graubünden an, wo wir im *Waldhaus Parkhotel* untergebracht waren. Als Hannes unseren Bus die lange Auffahrt hinaufsteuerte, entfuhr mir ein andächtiges Seufzen. »Ist das schön!«, rief ich. Das Hotel befand sich in wunderschöner Lage, in tiefem Schnee eingebettet, und übertraf alles an Eleganz, was ich bis dahin gesehen hatte. Drei reich verzierte Gebäude voller Erker und Türmchen erstreckten sich in einer gepflegten, weitläufigen Parklandschaft, hinter ihnen ragte ein mächtiger Berg in den blau-weißen Himmel. An der Rezeption wurden wir ebenso beflissen wie herzlich empfangen, und unsere Zimmer waren unfassbar luxuriös.

Nachdem wir uns etwas erholt und erfrischt hatten, luden uns die Eigentümer, das Ehepaar Bezzola, zu einem Begrüßungscocktail und einem Rundgang durch das Hotel ein. »Unser Haus wurde 1877 eröffnet, aber eigentlich beginnt seine Geschichte schon acht Jahre zuvor«, sagte Frau Bezzola, eine schlanke, modern gekleidete Frau mit pechschwarzem Haar und blauen Augen. »Damals wurde die ›Kur- und Seebadanstalt Waldhaus Flims‹ gegründet. Peter-Jakob Bener-Caviezel und Doktor Paul Lorenz erhielten von der Gemeinde Flims die Konzession zum Bau einer Kuranstalt. Die Gemeinde erlaubte ihnen, den Caumasee allein zu nutzen, und verkaufte an die beiden Männer Grundstücke.« Ich wechselte einen belustigten Blick mit Joe. Die Frau liebte ihr Haus offenbar sehr, und was sie erzählte, war auch ausgesprochen interessant, allerdings interessierte sich außer Joe und mir offenbar niemand auch nur im Geringsten dafür. Einzig Ackermann täuschte aus reinster Höflichkeit Aufmerksamkeit vor, Simone machte aus ihrer Langeweile keinen Hehl, und Felicitas – ich folgte ihrem Blick und stellte erschrocken fest, dass sie zu meinem Mann hinübersah und er zu ihr. Der Blickwechsel stach mir mitten ins Herz. Ging nun alles von vorne los?

Ich zwang mich, meine Aufmerksamkeit wieder auf Frau Bezzola zu lenken, die soeben berichtete, dass es neben 120 Betten auch eine kleine Badeanstalt am Caumasee gegeben habe. »Wir hatten sogar damals schon eine eigene Wasserleitung, die von der Quelle Prausura gespeist wurde«, erklärte uns die Hotelchefin. »Alle wollten zu uns kommen, weshalb wir 1881 die *Villa Belmont* bauten.«

Fasziniert bemerkte ich, dass sie immer »wir« sagte, als sei sie damals schon auf der Welt und höchstselbst an den Baumaßnahmen beteiligt gewesen. »Es gab auch lange Zeit Tiere hier«, fuhr sie fort. »Zunächst einen Kuhstall, dann aber auch Enten, Schweine und Pferde. Die Gäste kamen aus aller Welt, Amerikaner, Russen, Niederländer, Franzosen, und sie wollten alle gerne besonders luxuriös wohnen, weswegen wir dann auch noch die *Villa Silvana* bauten. Sie wurde 1889 eröffnet. 1889 war ohnehin ein spannendes Jahr: Wir haben ein eigenes Elektrizitätswerk errichtet und das Hotel elektrifiziert. Das rief viel Aufmerksamkeit hervor, denn es war das größte Privatwerk im ganzen Kanton.«

Während sie uns in der *Villa Silvana* in ein Zimmer führte, das vollkommen mit Arvenholz verkleidet war, stellte ich beunruhigt fest, dass Felicitas und Hannes verschwunden waren. »Diese Umbaumaßnahme haben wir 1893 unternommen«, erklärte Frau Bezzola, deren Worte ich inzwischen kaum noch wahrnahm. »Damals besuchte uns die niederländische Königin Wilhelmina mit Königinmutter Emma und Gefolge.«

»Weißt du, wo Hannes und Felicitas sind?«, flüsterte ich Joe zu, doch der schüttelte nur den Kopf.

»Ich geh sie suchen.«

Er hielt mich am Arm zurück. »Das lässt du schön bleiben. Du läufst denen doch nicht nach. Ich erledige das.«

Zweifelnd sah ich ihn an, musste mir dann aber eingestehen, dass Joe recht hatte. Ich würde nicht auch noch den letzten Rest meiner Würde opfern!

Die Führung war beendet, auch Marianne, Ackermann und Simone verabschiedeten sich, und ich stand etwas hilflos herum.

»Das ist wirklich eine faszinierende Geschichte«, sagte ich zu Frau Bezzola, um mich aus meiner Verlegenheit zu retten.

Sie lächelte herzlich. »Das finde ich auch«, sagte sie. »Und ganz besonders stolz bin ich darauf, dass die Witwe des verstorbenen Direktor Guggenbühl das Hotel ab 1892 zusammen mit ihren Töchtern führte.«

»Das ist beachtlich«, staunte ich. »Damals hatten die Frauen ja noch weniger Rechte gehabt als heute.«

»Allerdings. Als sie ein Jahr später starb, führten die Töchter das Hotel gemeinsam mit dem bisherigen Sekretär weiter. Und sie hatten immer neue Ideen: Sie richteten eine eigene Bäckerei ein, im Park schufen sie ein Luftbad mit Spiel- und Sportgeräten, in dem man sich ertüchtigen konnte, und es wurden Bäder in die Häuer eingebaut. Und 1901 haben sie sogar einen Kiosk für einen Telefonanschluss gebaut. Weil sie solche Angst vor Kurzschlüssen hatten, haben sie ihn aber ganz weit weg errichtet.«

Ich musste lachen und konnte mich sogar einen Moment lang von meinen düsteren Gedanken befreien.

»Ich freue mich so sehr, dass unser Weg uns zu Ihnen geführt hat«, sagte ich. »Es ist ein richtiges Winterwunderland.«

Frau Bezzola nickte. »Wir haben erst seit 1947 auch im Winter geöffnet«, sagte sie. »Damals sind die Bergbahnen Flims gegründet worden, und die erste Sesselbahn nach Foppa-Naraus wurde gebaut. Und so schön es im Sommer ist, in der kalten Jahreszeit hat all das hier seinen ganz eigenen Zauber.«

Einen ganz eigenen Zauber hatte auch die Schau, die wir am Abend liefen. Die Gäste waren so exquisit wie ihre Umgebung, und wir taten alles, um ihren Ansprüchen gerecht zu werden. Was uns, wie der Schlussapplaus zeigte, mehr als gelang. Hannes und Felicitas hatten auch keine beunruhigenden Blicke mehr gewechselt. Und Joe hatte Hannes, als er ihm gefolgt war, allein vorgefunden. Vielleicht wurde ja doch noch alles gut!

39. Kapitel

»Einfach himmlisch«, schwärmte ich und schob mir ein Stück weiße Schokolade von *Gala* in den Mund.

»Die Sorgen um deine Linie hast du vergessen?«, spöttelte Joe und biss ebenfalls ein großes Stück ab.

»Ich mache heute mal eine Ausnahme«, erklärte ich. »Schließlich verlassen wir die Schweiz ja nun, und dann gibt es auch keine so verführerische Schokolade mehr.«

»Na hör mal, meine Pralinen waren ja auch nicht zu verachten«, tat er beleidigt.

Ich lachte. »Tut mir leid, wenn ich dich enttäuschen muss. Aber mit der Schweizer Schokolade können deine Pralinen nicht mithalten.«

Seit unserer gemeinsamen Fahrt nach Konstanz waren Joe und ich unzertrennlich und so etwas wie beste Freunde. Da Hannes um Joes Neigungen wusste, zeigte er zum Glück keine Eifersucht. Im Gegenteil, er schien ganz froh zu sein, dass ich einen Freund innerhalb der Gruppe hatte, denn im Gegensatz zu mir saß Hannes abends gerne noch lange an der Hotelbar und feierte, und es hatte zu meiner Beunruhigung auch durchaus wieder Blicke zwischen Felicitas und ihm gegeben. Manche Nacht lag ich wach und fragte mich, ob er wirklich an der Bar war oder bei ihr – aber immer, wenn ich nachsehen ging, saß er tatsächlich am Tresen – allerdings immer in ihrer Gesellschaft.

Jetzt steuerte er unseren Bus konzentriert über schmale verschneite Gebirgsstraßen in Richtung Allgäu.

»Ich kann gar nicht hinsehen«, flüsterte ich Joe zu. »Was, wenn wir abrutschen?«

»Das wird nicht passieren«, tröstete Joe. »Dein Mann ist ein guter Fahrer. Wir sind bei ihm sicher wie in Abrahams Schoß.«

Tatsächlich brachte Hannes uns ohne Unfall in den verschneiten Gebirgsort im Allgäu, wo wir an zwei Abenden hintereinander Vorstellungen gaben, während die Schneeflocken ununterbrochen niedersanken und die Landschaft in ihr weißes Kleid hüllten.

»Ich mag den Schnee«, sagte ich zu Joe, als wir eines Nachmittags zusammen nach der Mittagsvorstellung einen Spaziergang machten. »Alles wirkt so weiß und rein. Als könne es auf der Welt kein Leid geben, keinen Schmutz. Nur helles, gleißendes Licht und unendliche weiße Flächen.« Ich legte meinen Kopf in den Nacken und genoss, wie ich es immer tat, wenn es zu schneien begann, das Gefühl, wie sich die kleinen Eissterne auf mein Gesicht legten und sofort schmolzen. Kleine eisige Himmelsküsse, dachte ich, und einmal mehr wurde die Sehnsucht nach meinem kleinen Mädchen beinahe übermächtig. Mit ihr sollte ich jetzt hier stehen und den Schnee genießen. Die strahlend weiße Fläche, der Eindruck, dass alles rein und weiß und gut sei, täuschte eben. Der Schnee mochte sein weißes Kleid noch so kunstvoll über alles breiten – er konnte doch nicht das Darunterliegende völlig verbergen.

Es schneite die ganze Nacht über, und als wir unser Winterparadies am nächsten Morgen verlassen sollten, erlebten wir eine Überraschung: Der Schnee lag eineinhalb Meter hoch, unser Bus war vollkommen eingeschneit, die Landschaft schlief unter einer dicken weißen Decke, und die Tannenbäume schienen unter ihrer Last fast zusammenzubrechen. Überall im Dorf hörte man in die verschneite Stille hinein das Kratzen der Schneeschippen. Kleine Trampelpfade verbanden die wenigen Häuser miteinander, sonst ging nichts mehr.

»Das gibt es doch nicht!« Verzweifelt stand Werner Ackermann vor dem Bus und raufte sich die Haare. Fasziniert sah ich ihm dabei zu. Ich kannte das Sprichwort, dass sich jemand die Haare rauft, natürlich, aber ich hatte es noch nie bei einem Menschen gesehen. »Wir haben Termine«, fluchte er. »Wir können unmöglich einfach hierbleiben. Wir müssen doch irgendwie rauskommen aus diesem verfluchten Dorf!«

Verzweifelt stürmte er wieder ins Innere des Hotels, wo er unser Problem einem zwar sehr bemühten, aber absolut machtlosen Hotelchef offenbarte.

»Sie haben leider keine Chance, hier rauszukommen, bevor der große Schneepflug kommt«, teilte ihm der Mann mit.

»Und wann kommt der große Schneepflug?«, rief Ackermann und raufte sich erneut die Haare.

»Das kann ich Ihnen leider nicht sagen«, bedauerte der höfliche Hotelier, dem deutlich anzusehen war, dass wir ihm sehr leidtaten. »Wenn wir Pech haben, erst morgen oder übermorgen!«

»Morgen oder übermorgen?«, wiederholte Ackermann ungläubig. »Aber das kann nicht sein!«

»Und wenn wir mit dem Zug fahren?«, schlug Hannes vor, der inzwischen alle Versuche, unseren Bus freizuschaufeln, aufgegeben hatte und zu uns in die Hotelhalle gekommen war.

Ackermann strahlte uns an. »Das ist eine hervorragende Idee«, rief er. »Ihr beiden seid wieder mal meine Rettung. Ich weiß nicht, was ich ohne euch tun würde!«

Doch der Hotelier raubte uns unsere Hoffnung gleich wieder. »Wie wollen Sie denn zum Bahnhof kommen?«, fragte er. »Sie kommen hier ja gar nicht weg, und zum nächsten Bahnhof ist es weit. Außerdem verkehren gar keine Züge mehr.«

Ackermann fiel regelrecht in sich zusammen. »Was

machen wir denn jetzt?«, rief er. »Wir können die Folgeauftritte unmöglich absagen!«

»Nun«, ließ sich der Hotelier, dessen Mitgefühl mit uns offenkundig immer größer wurde, vernehmen. »Sie sind während Ihrer Zwangspause hier natürlich sehr herzlich willkommen, und vielleicht könnten Sie hier noch zwei weitere Vorstellungen laufen? Das würde bestimmt eine Menge Menschen freuen, viele haben ja keine Karten mehr bekommen.«

Ackermann merkte auf, und ich wusste genau, was in seinem Kopf vorging. Es war zweierlei, was ihn umtrieb: Er hasste es, nicht zu seinen Verpflichtungen zu stehen und seine Verträge nicht einzuhalten. Das war für ihn das Schlimmste. Aber es ging ihm auch ums Geld: Für die ausgefallenen Shows würde er nicht bezahlt werden, während die Kosten bestehen blieben und auch unsere Gehälter weiterliefen. Da kämen ihm die Eintrittsgelder von zwei Veranstaltungen an diesem geschichtsträchtigen Ort gerade recht.

»Es wäre Ihr Schaden nicht«, versicherte der Hotelier. »Denn auch, wenn das noch unter uns bleiben muss, wir haben gestern einen sehr berühmten Gast bekommen. Die Dame würde sich sicherlich sehr freuen, wenn es noch mal eine Veranstaltung geben würde. Sie hat es so bedauert, dass sie die Modenschau verpasst hat.«

»Um wen handelt es sich denn?«, fragte Ackermann, dessen Augen zu leuchten begonnen hatten.

»Das darf ich Ihnen leider nicht sagen«, bedauerte der Hotelier. »Zumindest nicht ohne die Zustimmung der Betreffenden.«

»Das verstehe ich natürlich«, versicherte mein Chef rasch. »Also, wir sagen gerne zu, und wenn sich der bekannte Gast nach der Schau die Ehre geben möchte, uns in unserer Garderobe zu besuchen, dann freuen wir uns alle sehr.«

Beim Abendessen hielten wir nach der geheimnisvollen Fremden Ausschau, tuschelten und rätselten, wer es sein könnte, doch unter den Gästen war niemand, der berühmt wirkte. Als ich am nächsten Abend über den Laufsteg ging, ließ ich meinen Blick immer wieder über die Menge schweifen, und diesmal glaubte ich, die geheimnisvolle Berühmtheit ausmachen zu können. Die Frau saß in der ersten Reihe und wirkte sehr mondän. Ich konnte ihr nur einen kurzen Blick zuwerfen, da ich ja in Bewegung war. Sie war äußerst elegant gekleidet und nickte leicht, als wolle sie mir meine stumme Annahme bestätigen.

Nach der Schau kam der Hoteldirektor hinter die Bühne. »Frau von Opel hat die Schau sehr gut gefallen«, sagte er mit einem Lächeln. »Sie würde Sie alle sehr gern zum Abendessen einladen.«

Frau von Opel!

»Es wäre uns eine Ehre«, sprach Ackermann aus, was ich dachte.

Was ich vom Laufsteg aus erspäht hatte, bestätigte sich: Irmgard von Opel, Enkelin des Firmengründers, war Mitte 40, an Hals, Ohren, Handgelenken und Fingern funkelten Diamanten, und um ihre Schultern lag eine sehr teuer aussehende Pelzstola.

Frau von Opel wurde von Hannes und Herrn Ackermann derart mit Beschlag belegt, dass ich kaum Gelegenheit hatte, das Wort an sie zu richten. Doch als sich die Herren samt Felicitas und Marianne zwischen Hauptgang und Dessert zum Rauchen zurückzogen, wandte sie sich mit einem strahlenden Lächeln an mich. »Bitte entschuldigen Sie, dass ich Sie so sträflich vernachlässigt habe.«

»Das ist doch nicht Ihre Schuld«, winkte ich ab. »Ich habe ja beobachtet, dass die Männer Sie kaum zum Essen haben kommen lassen.«

»Eine solche Bewunderung wird Ihnen sicherlich auch oft zuteil«, sagte Frau von Opel und lächelte mir verbindlich zu. »Sie sind, wenn ich das sagen darf, eine echte Schönheit.«

»Danke«, murmelte ich verlegen.

»Ich meine es ernst«, sagte Frau von Opel. »Wobei es eben nicht nur die äußere Schönheit ist. Es ist Ihre Ausstrahlung, die bezaubert. Sie sind so graziös und haben gleichzeitig eine ... gewisse Traurigkeit.«

Forschend sah sie mich an.

»Ich vermisse meine Tochter«, sagte ich ehrlich. »Wenn ich auf Tournee bin, muss ich sie bei meiner Mutter zurücklassen.«

»Das muss sehr schmerzhaft sein«, sagte Irmgard von Opel. »Ich bin selbst Mutter und kann mir vorstellen, wie es Ihnen geht.« Sie nahm einen Schluck Wein und ergänzte dann: »Ich bin ohnehin ein Exot, müssen Sie wissen. Ich habe drei Kinder von zwei Männern, bin also eine Geschiedene. Jetzt bin ich mit meinem Cousin Georg von Opel verheiratet.«

Ich nickte. Der Name war mir natürlich ein Begriff, zumal mein automobilbegeisterter Mann Herrn von Opel regelrecht verehrte.

Erst das Gespräch und die Freundschaft mit Joe, nun diese weltoffene Frau von Opel – auch wenn mir mein Mädchen unendlich fehlte, bereute ich dennoch nicht, die Reise angetreten zu haben.

Wie ich bei dem Gespräch vorhin erfahren hatte, war Irmgard von Opel in den 1930er-Jahren die weltbeste Reiterin im Military- und Springsattel gewesen. Damit war sie in eine ausgewiesene Männerdomäne eingedrungen. »Das muss enorm abenteuerlich sein«, sagte ich.

»Das ist es«, bestätigte Irmgard von Opel. »Aber das Abenteuerlichste war eine Reise, die ich 1929 unternommen habe.« Sie lachte, ganz in ihrer Erinnerung gefangen, in sich hinein.

»Im Juli 1929 bin ich mit dem Motorrad von Rüsselsheim nach Barcelona gefahren. Ich war 22 Jahre alt, und die Welt gehörte mir.«

»Ganz allein?«, staunte ich.

Irmgard schüttelte den Kopf.

»Nein, mit dem *Irmgard-von-Opel-Klub*. Wir waren zu sechst, darunter auch mein späterer Mann Georg. Unser Klub traf sich regelmäßig, und wir fuhren mehrere Rennen. Wir hatten eine einheitliche Uniform in Blau und Weiß und trugen Bobbymützen. Wir müssen ausgesehen haben wie Matrosen. Und unser Schlachtruf war ›Ahoi‹.«

Sie lachte wieder, und ich dachte erneut, wie überraschend die Menschen waren. Das galt natürlich in besonderer Weise für die Modebranche. Man reduzierte uns schnell auf unser Äußeres, und die Geschichte, die jeder von uns mitbrachte, war uninteressant. Aber das galt auch für diese so mondän und elegant wirkende Frau, in der nicht nur eine erfolgreiche Unternehmerin und eine berühmte Sportlerin, sondern auch eine wilde Motorradfahrerin steckte.

»War das Ihre Idee? Nach Barcelona zu fahren?«

Sie nickte. »Ja. Das war meine Idee. Wir sind nach Freiburg gebraust und von dort aus über die Alpen in die Schweiz. Dann ging es über Nizza und Marseille bis an unser Ziel. Unsere Motorräder hatten keine Probleme, aber das Begleitfahrzeug hat es nicht über die schwierigen Alpenpässe geschafft und musste aufgeben. Das Kühlwasser kochte regelrecht, und das Auto musste mehr als einmal eine Pause einlegen.« Und dann war jedes Leuchten und jede Freude aus ihrem Gesicht gewichen, als sie sagte: »In Frankreich ist der Begleitwagen verunglückt, und eine Mitfahrerin erlitt schwere Verletzungen. Beinah wären wir umgekehrt.«

»Aber Sie sind nicht umgekehrt?«, fragte ich, nun völlig im Bann dieser Geschichte. »Nein«, sagte Irmgard von Opel. »Oder nicht wirklich. Wir waren schon so weit gekommen und wollten jetzt nicht einfach aufgeben. Unsere Mitfahrerin kam ins Krankenhaus, und zwei von uns fuhren mit dem Zug nach Rüsselsheim, um ein anderes Begleitauto zu holen. Wir anderen haben solang gewartet.«

»Was für eine Geschichte«, staunte ich.

»Es wird noch besser«, freute sich Irmgard von Opel. »Ich sah damals nicht so mondän aus wie heute, sondern kam im Gegenteil ziemlich abgerissen daher. Oder, um es rundheraus zu sagen: Wir sahen einfach furchtbar aus. In Nizza wollten sie uns nicht ins Hotel lassen, und das Gleiche ist uns im Ritz in Barcelona passiert. Wir haben allerdings auf unserer Reservierung bestanden, und der Hotelmanager hat sich dann auch entschuldigt.«

»Und was haben Sie in Barcelona gemacht?«

»Oh, wir sind zur Weltausstellung gefahren«, erklärte sie. »Sind Sie schon einmal bei einer Weltausstellung gewesen?«

Ich schüttelte den Kopf. »Nein, leider nicht!«

»Weltausstellungen sind wunderbar!«, rief Frau von Opel und warf die Arme in die Luft. »Von der Schau in Barcelona waren wir ganz fasziniert. Vier Wochen Strapazen haben wir auf uns genommen, aber wir haben so viel gesehen, dass sich all die Mühe mehr als gelohnt hat. Vor allem die Wasserkaskaden waren einfach unglaublich.«

»Der Duft der weiten Welt«, sagte ich träumerisch.

»Irgendwann werden Sie auch noch die Welt sehen«, prophezeite sie mir. »Sie werden als Model die Laufstege der ganzen Welt erobern.«

40. Kapitel

26. Januar 1952

Ich war noch ganz im Bann dieses besonderen Abendessens, als Ackermann am nächsten Morgen in aller Herrgottsfrühe an unsere Zimmertür hämmerte.

»Was soll denn das?«, murrte Hannes, der gestern wieder einmal sehr lange an der Bar verweilt hatte. »Hat man denn hier niemals seine Ruhe?«

Ich hingegen war sofort hellwach, warf mir meinen seidenen Morgenmantel mit dem Blumenmuster über und eilte zur Tür.

»Gute Nachrichten«, rief mein Chef mir entgegen. »Der Schneepflug war da. Wir können los. Aber sie vermuten, dass es bald schon weiterschneien wird, und deshalb müssen wir schauen, dass wir schnell wegkommen. Sagen Sie Ihrem Mann, er soll aufstehen und den Wagen freiräumen.«

Ich eilte zu dem großen, luxuriösen Bett zurück. Hannes war schon wieder im Schlummerland und schlief den Schlaf des Gerechten.

Ich rüttelte an seiner Schulter. »Hannes! Wach auf!«

Ärgerlich blinzelte er mich an. »Was ist denn?«

»Wir müssen aufbrechen. Sofort«, haspelte ich und war schon dabei, mich anzuziehen. »Ackermann hat gerade geklopft. Der Schneepflug war da, aber es soll bald wieder anfangen zu schneien. Daher müssen wir so schnell wie möglich los. Du sollst den Bus freiräumen.«

Mit einem Schlag war Hannes hellwach, sprang aus dem Bett und kleidete sich in fliegender Hast an.

»Ich packe deinen Koffer für dich«, erklärte ich ihm.

Grinsend wandte er sich um und küsste mich. »Dann machst du ja doch mal eine typische Hausfrauentätigkeit. Mein Onkel wäre begeistert.«

Ich musste ebenfalls lachen und gab ihm einen Kuss. So sehr ich unsere Tochter auch vermisste: Die gemeinsame Tour, die gemeinsamen Erlebnisse taten uns gut, selbst wenn mich seine langen Abende an der Bar und die nach wie vor mit Felicitas gewechselten Blicke bekümmerten.

Zehn Minuten später stand ich mit gepackten Koffern im Eingangsbereich des Hotels – auch die anderen hatten sich bereits eingefunden, und Hannes hatte mit Hilfe eines offensichtlich sehr geübten Hoteldieners das Unglaubliche vollbracht und unseren Bus von Schnee und Eis befreit.

Eilig stiegen wir ein – und dann begann unser Weg in die Freiheit. Umgeben von mannshohen Schneewällen schlichen wir unserem nächsten Ziel Oberstdorf entgegen. Unterwegs schneite es unaufhaltsam weiter, was unsere Fahrt schon etwas problematisch machte. Es sah auch nicht so aus, als ob sich da in den nächsten Tagen viel ändern würde. Die Veranstaltung in Oberstdorf bestritten wir mit Joe Becker »unbeaufsichtigt« allein, denn Helmut Ackermann war bereits zum nächsten Ort, Riezlern im kleinen Walsertal, vorausgefahren. Uns blieb überhaupt keine Zeit, uns etwas vom Ort anzusehen, denn schon früh am nächsten Morgen mussten wir los: Bei diesem unaufhörlichen Schneegestöber würde es äußerst beschwerlich werden, nach Riezlern zu gelangen. Nur sehr langsam kamen wir auf der serpentinenreichen Strecke voran, dabei konnte Hannes vor lauter Schnee schon bald kaum mehr durch die Windschutzscheibe sehen! Ich fand all das aufregend und beunruhigend zugleich. Immer mühevoller und langsamer ging es bergauf.

»Verdammt, hier ist wohl vor mir noch nie ein Auto gefahren«, rief Hannes, dem die Anstrengung über seine schwierige Aufgabe ins Gesicht geschrieben stand.

Ich blinzelte durch die Windschutzscheibe. Tatsächlich war die Fahrbahn völlig verschneit, es war kein Weg, keine Spur mehr zu erkennen!

In diesem Moment spürten wir, wie der Wagen seinen Halt verlor. Oh Gott! Sofort schoss mir die Schilderung Frau von Opels über deren Unfall in Frankreich durch den Kopf. Würde uns hier, in dieser einsamen Schneelandschaft, das gleiche Schicksal ereilen? Doch in diesem Moment kam der Wagen zum Stehen. Ich atmete auf, nur, um mir gleich darauf von neuem Sorgen zu machen: Hannes versuchte, den Bus wieder in Fahrt zu setzen, was ihm nicht gelang. Fluchend gab er auf. Ich schluckte. Uns würde hier doch niemals jemand finden, wir würden erfrieren ...

Ruhig, befahl ich mir. Es hat keinen Sinn, jetzt in Panik zu verfallen! Du musst überlegen!

Mein Mann hatte längst die Initiative ergriffen: »Zieht euch alle warm an«, wies er uns an. »Und dann raus zum Schaufeln.«

In weiser Voraussicht hatte Ackermann noch zwei Schneeschaufeln besorgt, die wir im Kofferraum des Busses verstaut hatten.

»Wie stellst du dir das vor?«, maulte Felicitas. »Sollen wir die ganze Straße freischaufeln?«

Hannes warf ihr einen mitfühlenden Blick zu. »Bei deiner Konstitution ist das sicherlich zu viel, zart wie du bist«, sagte er, und ich wechselte einen empörten Blick mit Joe. Er ahnte offenbar, was ich empfand. Wieso sorgte sich Hannes mehr um das Wohl einer anderen Frau als um meines? Und ich war mindestens genauso zart und zerbrechlich wie Felicitas!

Aber ich sagte nichts, stieg nur aus und begann mit zusammengebissenen Zähnen, Schnee zu räumen.

Wenigstens war mir nicht kalt, dazu war die körperliche Arbeit zu anstrengend, und ich musste mir auch eingestehen, dass ich es genoss, mich an der frischen Luft so intensiv zu bewegen.

Doch so sehr wir auch schufteten und schnauften: Es half alles nichts. Wir steckten fest. Frustriert kletterten wir wieder in den Bus und wickelten uns in jede verfügbare Decke ein, die wir fanden. Ich versuchte erneut, meine Panik niederzukämpfen, aber Felicitas schürte sie mit ihrem Gejammer nur. Ich versuchte, auf Durchzug zu schalten.

Draußen schneite es unentwegt weiter. Ich schlang die Decke enger um mich, doch ich hatte das Gefühl, der Kälte nicht mehr allzu lange etwas entgegensetzen zu können. Sie kroch durch meinen Körper, breitete sich in mir aus und begann, mich von innen zu beherrschen. Wie hatte Susanne einst zu mir gesagt? Man kann Kälte durch den bloßen Willen bezwingen? Ich versuchte es, doch es wollte mir einfach nicht gelingen.

»Wir müssen hier raus«, sagte Hannes schließlich in die bedrückte Stille hinein. »In ein paar Stunden ist unser Bus so eingeschneit, dass uns niemand mehr finden wird. Wir müssen zu Fuß weiter. Die Bewegung wird uns warmhalten.«

Felicitas begann erneut zu lamentieren, und nun riss sogar dem sonst so geduldigen und gut gelaunten Joe der Geduldsfaden. »Hör auf mit dem Gejammer!«, fuhr er sie an. »Das ist ja nicht mehr zu ertragen. Das Leben ist eben nicht immer ein Zuckerschlecken. So ein Marsch durch den Schnee wird dich nicht umbringen. Da haben wir alle schon ganz anderes erlebt.«

Hannes hatte sich inzwischen an unserem Gepäck im Kofferraum zu schaffen gemacht und brachte jedem sein festestes Paar Schuhe. Nachdem wir uns so dick wir konnten angezogen hatten, schloss Hannes den Bus ab, und wir stiefelten im Gänsemarsch hintereinander her. Die beiden Männer zuerst, damit wir in ihre Fußstapfen treten konnten und es leichter hätten, dann kam ich, dann Marianne und schließlich ganz hinten Felicitas.

Wir stapften schweigend hintereinander her. Felicitas hatte, beleidigt von Joes Worten, aufgehört zu jammern, doch wir alle waren uns im Klaren darüber, dass wir uns in einer sehr kritischen Situation befanden. Wir wussten nicht, wie lange wir noch brauchen würden, bis wir an einem Ort ankämen, an dem es Licht gab und Wärme, und wie lange unsere Kräfte noch ausreichen würden. Und wir kamen so unendlich langsam voran, weil wir uns unseren Weg durch Schneeberge bahnen mussten, die mir schon bis zum Oberschenkel reichten. Wie am Nordpol kam ich mir vor, der eisige Wind schnitt mir ins Gesicht, und ich hatte das beunruhigende Gefühl, dass wir ins Nirgendwo unterwegs waren, ins weiße Nichts.

»Da!«, rief Hannes plötzlich aufgeregt und deutete nach vorne. »Da kommt jemand.«

Angestrengt starrte ich durch das dichte Schneetreiben. Tatsächlich: In der weißen Ferne waren die Umrisse einer Gestalt zu erkennen. Näher kam sie und immer näher. Und dann kam die erlösende Gewissheit: »Ackermann!«, keuchte ich.

»Gott sei Dank!«, rief er, als er bei uns angekommen war, und wir fielen ihm, einer nach dem anderen, erleichtert in die Arme. Meine Knie zitterten, und nur mit Mühe konnte ich meine Tränen zurückhalten. Er hatte uns gefunden! Wir waren in Sicherheit!

»Ihr habt es fast geschafft«, sprach er uns Mut zu. »Das Hotel ist nur noch 500 Meter entfernt. Dort bekommt ihr etwas Warmes zu trinken, und eure Zimmer sind auch schon bereit.«

Meine Erleichterung kannte keine Grenzen.

41. Kapitel

30. Januar 1952

Die letzten Tage unserer Tournee führten uns nach Tegernsee, Kochel am See und schließlich nach Berchtesgaden, wo sich unsere Tour auflöste. Endlich konnten wir in den Zug steigen und nach Würzburg zurückfahren. Auf der Fahrt stellte ich fest, dass Hannes und ich einander nicht viel zu sagen hatten. Trotz all der Zeit, die wir zusammen verbracht hatten, waren wir uns nicht nähergekommen, sondern einander eher noch fremder geworden. Ein unangenehmes Schweigen breitete sich zwischen uns aus, und so war ich doppelt froh, als unser Zug endlich in den Bahnhof einfuhr: weil ich Renatchen gleich wiedersehen würde und weil mich das von der Einsamkeit befreien würde, die ich in Hannes' Gegenwart erlebte.

Mutti wartete mit Renate bereits auf dem Bahnsteig. Ich stürzte hinaus, ließ Hannes mit dem Gepäck allein und rannte den langen, nicht enden wollenden Bahnsteig entlang. Meine Füße flogen über den grauen Boden, klack, klack, klack, und Renatchen stolperte auf ihren kurzen Mädchenbeinen ebenfalls auf mich zu. Als ich bei ihr angekommen war, fiel ich vor ihr auf die Knie und lachte und weinte gleichzeitig.

»Mutti!«, rief sie und schlang ihre Ärmchen um meinen Hals. Ich nahm sie hoch und bedeckte ihr Gesichtchen mit unzähligen Küssen, da war auch schon Hannes mit den Koffern neben mir und nahm mir Renate ab, um sie ebenfalls zu begrüßen.

»Es ging wunderbar«, teilte mir Mutti auf dem Weg nach Hause in unsere finstere Villa mit. »Wir hatten eine fantastische Zeit miteinander.«

So sehr mich das freute – es stach mir gleichzeitig auch ins Herz. Es war Zeit im Leben der kleinen Renate, die ich mit ihr verpasst hatte.

»Ich habe noch eine Überraschung für euch«, sagte Mutti. »Die anderen Mieter aus der Wohnung sind ausgezogen, und ich habe wieder alles für mich.«

»Das ist ja wunderbar!«, rief ich. »Alle auf einmal? Wie ist das möglich?«, ergänzte ich erstaunt.

»Am Frauenlandplatz sind mehrere Wohnungen hergerichtet worden, und beide haben dort etwas gefunden. Die Flüchtlingsfrau ist ja schon vor längerer Zeit wieder zurück in ihre Heimat gegangen.«

»Großartig«, freute ich mich.

»Schon«, sagte Mutti zögernd. »Aber ich muss nun natürlich auch die ganze Miete bezahlen, und das kann ich nicht. Ich werde mir etwas anderes suchen müssen.« Sie klang ungemein traurig und mir wollte es das Herz zerreißen. Das konnte doch nicht sein! Mutti in einer anderen Wohnung? Wir hatten dort gelebt, solang ich denken konnte! Und was würde aus dem armen Herrn Adam werden?

»Nein!«, rief ich. »Das geht doch nicht. Da muss es doch eine andere Lösung geben!«

»Ich hätte vielleicht eine!«, sagte Hannes, der, mit Renatchen auf dem Arm, bisher schweigend neben uns hergegangen war.

Neugierig sah ich ihn an.

»Ich wollte es dir schon die ganze Zeit sagen«, setzte er zögernd hinzu. Jetzt war ich beunruhigt. Ich kannte Hannes gut genug, um zu wissen, dass mir das, was er mir jetzt sagen würde, nicht gefallen würde.

»Vor unserer Abfahrt hat Ackermann mich gefragt, ob wir im Februar noch einmal mit ihm auf Tournee gehen wollen.«

»Nein!«, rief ich. »Völlig ausgeschlossen. Ich lasse Renatchen nicht noch einmal so lange allein. Und warum hat er überhaupt nur mit dir gesprochen und nicht mit uns beiden?«

»Er hat sich nicht getraut«, sagte Hannes. »Er hat ja gemerkt, wie sehr du unter der Trennung von der Kleinen gelitten und dass du schon diese Tour nur gegen deine Überzeugung gemacht hast. Und ein Mannequin wird auch nicht ganz so dringend gebraucht wie, na ja ...«

»Ein Fahrer?«, mutmaßte ich.

»Ja«, sagte Hannes. »Genau. Wobei er sich freuen würde, wenn du mitkämst. Genauer gesagt – er wäre begeistert. Aber würdest du nicht wollen, könnte ich auch allein gehen. Ich konnte mir das nicht vorstellen, dich in unserem Hexenhaus allein zu lassen. Aber wenn wir die Wohnung nun aufgeben und zu Mutti ziehen würden, dann wäre uns allen geholfen, und leisten könnten wir es uns auch, wenn ich wieder mit Ackermann losziehen würde.«

Überfordert sah ich ihn an und versuchte dann, einen Blick von Mutti zu erhaschen, doch die blickte stur geradeaus. Ich wusste, was das bedeutete: Sie fand, dass das unsere Entscheidung sei, und wollte sich nicht einmischen. Aber an dem feinen Lächeln, das um ihre Mundwinkel spielte, sah ich, dass sie die Idee für hervorragend hielt. Und das war sie ja auch. Nicht so teuer wie die Wohnung, die Edith mir gezeigt hatte, zumal wir uns die Kosten mit Mutti teilen würden, und uns war beiden geholfen. Für mich stand außer Frage, dass ich meine Kleine nicht wieder allein lassen wollte, und Hannes brauchte Arbeit, die ihm jetzt auf dem Silbertablett angeboten und zumindest angemessen bezahlt würde. Wir würden der schrecklichen Villa Rumpel entfliehen können. Doch der Gedanke an eine – wenn auch nur vorübergehende – Trennung von Hannes glich für mich einem Albtraum. Schließlich waren wir eine Familie und hatten ein Kind, und ich wünschte mir doch nur das eigentlich Selbstverständliche, nämlich zusammenzuleben. Außerdem saß der Schmerz um seinen Betrug immer noch tief in mir wie ein Stachel im Fleisch, und die Blicke, die er mit Felicitas ausgetauscht hatte, schossen wie glühende Pfeile durch die Zeit. Er wäre dann mit ihr zusammen auf Tournee. Zahlreiche Nächte in zahlreichen Hotels.

Aber uns blieb wohl keine andere Wahl.

»Wahrscheinlich ist es eine vernünftige Lösung«, sagte ich zögernd.

»Du stimmst also zu?«

»Nun ja, die Frage ist ja auch, was Mutti dazu sagen würde?«, erwiderte ich ausweichend.

»Ich fände das natürlich auch eine hervorragende Idee – die beste überhaupt. Und dass ich euch gerne bei mir hätte, versteht sich ja von selbst.«

Ich nickte. »Wann würde es denn losgehen?« Vielleicht blieb uns ja wenigstens noch ein bisschen gemeinsame Zeit als Familie.

Doch Hannes zerstörte meine Hoffnungen mit einem Achselzucken.

»In zwei Wochen.«

Ich musterte ihn fassungslos. »In zwei Wochen?«, wiederholte ich. »Ist das dein Ernst?«

Er nickte.

»Das heißt, Ackermann rechnet bereits mit unserer Zusage? Denn wer sollte den Wagen fahren, wenn nicht du, wenn es schon in zwei Wochen losgeht?«

»Dann würde er selbst fahren«, nuschelte Hannes.

»Er selbst?«, fragte ich verblüfft und musste wider Willen lachen. »Dann könnte aber keine Modenschau stattfinden, weil dann alle nur über den Laufsteg wanken würden.«

»Da hast du wohl recht«, sagte Hannes und sah mich fragend an.

Ich lächelte dünn. »Dann bleibt uns wohl nichts anderes übrig, als zum Besten der ganzen Crew zuzustimmen.«

Aber wohl war mir dabei nicht. Ich hatte den Eindruck, dass der Riss, der mit seinem Betrug angefangen hatte, sich durch unsere erneute Trennung fortsetzen würde.

42. Kapitel

Der Abschied von Hannes war hart, voller Sorgen und Misstrauen, aber lang nicht so hart wie die Trennung von Renate. Doch auch die würde bald wieder auf mich zukommen: Eine Woche nach Hannes' Abreise – die Zeit dazwischen hatten wir genutzt, um unsere Wohnung in der Villa Rumpel endgültig aufzulösen – klopfte Herr Adam atemlos an unsere Wohnungstür. Der Weg in den ersten Stock war für den alten Mann nicht leicht zu bewerkstelligen, vor allem dann nicht, wenn er es eilig hatte. Und heute hatte Herr Adam es sehr eilig. »Ein Ferngespräch für dich, Luischen«, sagte er kurzatmig. »Es ist dein Mann.«

Hannes? Um Himmels willen, es würde doch nichts passiert sein!

»Geh schon mal vor«, rief er. »Die Wohnungstür ist offen, und du weißt ja, wo das Telefon steht. Ich brauche viel länger als du.«

»In Ordnung!« In fliegender Hast eilte ich die Stufen hinunter und griff unten in der Diele der kleinen, gemütlichen Wohnung nach dem orangefarbenen Hörer. Herr Adam besaß wirklich ein todschickes Telefon!

»Hannes!«, rief ich aufgeregt. »Geht es dir gut? Ist etwas passiert?«

»Nein!«, beruhigte er mich sogleich. »Hallo, Liebes. Mir geht es gut, es ist nur so … Simone Thielen und Helmut Ackermann werden in zwei Wochen heiraten. Und dann wollen sie auf Hochzeitsreise gehen. Simone braucht so oder so Urlaub, sie fühlte sich in letzter Zeit nicht wohl. Ja, und währenddessen sollst du sie vertreten! Mit anderen Worten, du musst in zwei Wochen bei uns in Kassel sein! Das mit Renate lässt sich doch regeln, es ist ja nicht für sehr lange. Sie lebt jetzt ohnehin bei deiner Mutter.«

Wie erstarrt stand ich da, der Hörer zitterte in meiner Hand, und ich konnte nur einen Satz rausbringen: »Muss das wirklich sein?«

»Ja, das muss sein!«, rief Hannes. »Mach's gut, ich erwarte dich in zwei Wochen in Kassel!«

Wie betäubt legte ich auf und stieg langsam die Treppe zu unserer Wohnung hinauf. Dabei klangen Hannes' Worte in mir nach: »Wir sind es Ackermann schuldig!«

Im Treppenhaus begegnete ich Herrn Adam, der gerade wieder auf dem Weg nach unten war. »Alles in Ordnung?«, fragte er besorgt. »Ich hoffe, es ist nichts geschehen?«

Ich schüttelte den Kopf. »Nein, lieber Herr Adam, es ist nichts geschehen. Es ist nur ... ich soll wieder auf Tournee.«

»Oh.« Herr Adam sah mich bekümmert an. Ich musste ihm nichts erklären. »Ich verspreche dir, deine Mutti kümmert sich so liebevoll um die Kleine, wie man es sich nur wünschen kann. Und ich bin ja auch noch da.«

»Ich weiß«, murmelte ich, mit den Tränen kämpfend.

»Das wird schon«, sagte Herr Adam, tröstend meine Hand tätschelnd, während seine alten Augen mich voller Mitgefühl musterten, und ich musste daran denken, wie viel schwerer er es hatte als ich. Er, der alle, die er liebte, im Krieg verloren hatte.

Auch Mutti versuchte, mich zu trösten. »Wenn du abreist, warst du drei Wochen ganz eng mit ihr zusammen, und bei mir hat sie es doch gut«, sprach sie mir Mut zu. »Und du bist ja auch nicht allzu lange fort. Obendrein ist das hier jetzt ihr Zuhause, und ich bin immer um sie. Das wird schon gutgehen.«

Ich nickte und zwang mich, nicht so schwarzzumalen, sondern mir die positiven Seiten dieser drei Tourneewochen bewusstzumachen. Zwar hätte ich meine Kleine nicht um mich, dafür doch aber meinen Ehemann, den ich sonst viele Monate nicht gesehen hätte. Im Leben kann man eben meist nicht alles auf einmal haben, versuchte ich mich zu trösten.

Also verließ ich mein Mädchen zwei Wochen später mit blutendem Herzen und machte mich, schwer bepackt mit Koffern, auf den Weg nach Kassel. Als ich aus dem Zug stieg, dachte ich für einen Moment, es würde nun alles gut werden: Hannes stand vor mir, und zur Begrüßung hatte er mir einen riesigen Strauß Blumen mitgebracht. Doch schon im nächsten Moment merkte ich, dass etwas ganz und gar nicht stimmte. Als ich ihn auf den Mund küssen wollte, wandte er den Kopf ab, sodass ich nur seine Wange traf, auf dem Weg zum Hotel war er schweigsam, und die Blumen in meiner Hand fühlten sich angesichts seines Verhaltens mit einem Mal vergiftet an.

Nachdem er alle meine Versuche, ein Gespräch in Gang zu bringen, ignoriert hatte, gab ich auf, und wir setzten unseren Weg zum Hotel schweigend fort.

Dort angekommen, wurde ich von Joe und Marianne herzlich begrüßt, als wäre ich eine verloren geglaubte Tochter. Felix hingegen warf mir nur einen kühlen Blick zu, der meine Befürchtungen bestätigte. Müde von der Zugfahrt, schlug ich Joes Einladung an die Bar aus – nicht zuletzt in der Hoffnung, mit meinem Mann allein sein zu können. Doch zu meiner großen Enttäuschung war Hannes ganz und gar nicht gewillt, den Abend in meiner Gesellschaft zu verbringen. Er brachte mich nicht mal auf unser gemeinsames Zimmer, sondern wies den Rezeptionisten lediglich an, mir einen Zweitschlüssel auszuhändigen und sich um das Gepäck zu kümmern. Dieser Zustand besserte sich auch in den nächsten Tagen nicht. Er übersah mich, überging mich, plante ohne mich, ließ mich links liegen und hatte immer irgendwelche Termine. Ich fand seine Art unerklärlich, und er ging meinen verzweifelten Fragen auch stets aus dem Weg.

Ich überlegte, ob ich mich Joe anvertrauen sollte, doch mein lieber treuer Freund kam ganz von selbst auf mich zu.

Es war am Abend unserer zweiten Vorstellung in Kassel, und dieses Mal hatte ich mich entschieden, mich nicht in mein Zimmer zu verkriechen, sondern nicht von Hannes' Seite zu weichen, um auf diese Weise dann doch noch in den Genuss eines gemeinsamen Abends mit meinem Mann zu kommen. Doch er beachtete mich gar nicht, sondern saß mit Felicitas an der Bar, viel zu dicht, die beiden wirkten, als seien sie ein Liebespaar, wohingegen er mich keines Blickes würdigte. Fassungslos und traurig wollte ich mich gerade auf den Weg in mein Zimmer machen, als ich eine Hand auf meiner Schulter fühlte.

Ich fuhr herum. »Joe.«

»Es ist unmöglich, wie er dich behandelt. Er weiß doch, dass du hier bist, in diesem Raum. Er hat dich doch gesehen, oder?«

Ich nickte. »Ja, das hat er.«

»Und selbst wenn er dich übersehen hätte – er ist verheiratet und führt sich derart auf!«

»Ach, Joe«, fragte ich verzweifelt, »was soll ich nur tun? Weißt du, ich leide furchtbar, wenn er so kalt zu mir ist. Und ich kann ihm auch nicht wirklich vertrauen. Er ... er hat mich schon einmal betrogen.«

Entgeistert sah Joe mich an und warf dann Hannes einen vernichtenden Blick zu. »Dieser ... dieser ...«

Ich lächelte. Joes Empörung tat mir gut.

»Der hat dich gar nicht verdient«, sagte er zu mir. »Du solltest ihn verlassen. Und wenn ich nun mal nicht lieber Männer mögen würde, würde ich dich sofort heiraten.«

»Ich kann ihn nicht verlassen«, sagte ich verzweifelt. »Ich liebe ihn, obwohl er mir so wehtut. Außerdem will ich Renate nicht den Vater nehmen. Und ich will keine geschiedene Frau sein.«

Liebevoll, beinahe zärtlich sah er mich an. »Erinnerst du dich noch an unser Gespräch im Bus, liebste Luise?«

»Natürlich!«, rief ich. »Wie könnte ich das je vergessen?«

»Und da haben wir doch festgestellt, dass wir erst dann frei sind, wenn wir uns von allen Konventionen lösen und uns dann vielleicht sogar freiwillig für das entscheiden, was uns immer eingeengt hat.«

»Das gilt für eine Rocklänge«, wandte ich ein.

»Du weißt sehr wohl, dass das nicht stimmt und dass die Größe deiner Worte eben darin liegt, dass es um alles geht.«

Ich nickte langsam.

»Außerdem sind Scheidungen nicht verboten, Homosexualität jedoch schon.«

»Du willst damit sagen, ich habe es leichter als du?«

Joe schüttelte heftig den Kopf. »Nicht doch, Liebes. Zumal du diesen Trottel ja offenbar noch liebst, was er nicht im mindesten verdient hat. Ich will dir nur Mut machen, ihn zu verlassen.«

43. Kapitel

Als ich den Laufsteg betrat, hoffte ich, dass meine Professionalität und meine Erfahrung mir dabei halfen, mein Zittern zu überwinden. Ich stand immer noch unter Schock und hätte mich am liebsten weinend in einem Eck verkrochen: Heute Mittag hatten wir schon den zweiten Unfall innerhalb drei Tagen gehabt. Das erste Mal hatte uns ein geplatzter Reifen ins Schleudern gebracht, heute hatte Hannes eine Abzweigung übersehen, die er hätte nehmen müssen, und dann versucht, den Wagen in letzter Sekunde noch herumzureißen, wodurch wir einen dicken Baum nur um zwei Zentimeter verfehlten und schließlich im Graben landeten.

Mit schmerzenden Gliedern waren wir geschockt aus dem Bus gekrabbelt. Zum Glück war der Schaden gering und mithilfe anderer Autofahrer konnten wir unser Gefährt wieder flottmachen. Aber der Schreck saß uns natürlich für den Rest des Tages in den Knochen. Das war der Grund, warum ich ein wenig zitterig war, als ich in Bad Wörrishofen über den Laufsteg schwebte. Außerdem hatte ich offenbar ein paar Prellungen davongetragen, denn jeder Schritt schmerzte. Vor allem aber war es Hannes' Verhalten, das mir wehtat.

Wie sehr hätte ich ihn gerade jetzt gebraucht, aber er hatte mich nach dem Unfall nicht einmal in den Arm genommen, geschweige denn sich für seinen Fahrfehler entschuldigt.

Die Hektik hinter der Bühne gab mir Halt. Die gewohnten Strukturen halfen mir, nicht zusammenzubrechen. Aber ich war zu Tode erschöpft, sehnte mich nach einem warmen, weichen Bett und danach, mir die Decke über den Kopf ziehen zu können. Doch gleich nach der Schau ging es schon wieder weiter, diesmal nach Stuttgart, uns war einfach keine Pause vergönnt! Hannes steuerte schweigend den Wagen, ich saß neben Joe, der gleich nach unserer Abfahrt eingeschlafen war, und starrte in die Nacht hinaus. Was sollte ich nur tun? Das Leben mit Hannes entwickelte sich allmählich zur Qual, ein freudloses Dahinleben ohne echte Nähe, Wärme und Rücksichtnahme auf meine Bedürfnisse und Gefühle. Morgen hatten wir einen freien Tag, den letzten vor unserer Rückreise, und Hannes hatte mir versprochen, dass wir ihn zusammen verbringen würden. Vielleicht würde es ja ein schöner Tag werden. Noch wollte ich die Hoffnung nicht aufgeben.

Wie ich es erwartet hatte, verzog sich Hannes direkt nach unserer Ankunft an die Bar, während ich todmüde ins Bett sank, um noch ein paar Stunden Schlaf zu bekommen.

Als ich aufwachte, fand ich das Bett neben mir leer vor, ein Zettel lag auf dem Tisch. Ich erkannte Hannes' Schrift. »Bin heute Morgen noch in Terminen wegen der Abrechnungen, bis mittags zurück, dann unternehmen wir etwas.«

Ich wartete. Eine Stunde, zwei. Wagte mich nicht vor die Tür, um ihn nicht zu verpassen. Doch er kam nicht. Nicht am Mittag, nicht am Nachmittag.

Inzwischen war ich außer mir vor Sorge. Was, wenn ihm etwas zugestoßen war?

Wie ein gefangener Tiger ging ich in unserem Hotelzimmer auf und ab, als es laut an der Tür klopfte. Beunruhigt öffnete ich. Hannes konnte es nicht sein. Er hatte einen Schlüssel.

Es war Ackermann. »Werner!«, rief ich und stellte besorgt fest, dass er ziemlich verärgert wirkte.

»Wo ist Hannes?«, herrschte er mich an. »Wir müssen weiter, nichts ist gemacht, nichts ist gepackt.«

»Ich weiß es nicht!«, rief ich verzweifelt. »Ich hoffe, ihm ist nichts zugestoßen! Wir waren eigentlich verabredet.«

Ackermann sah mich mitleidig an. »Nein, Luise. Dem ist nichts zugestoßen. Da bin ich mir ziemlich sicher.«

Ich schluckte. Sein Mitleid tat mir weh. »Aber wo ist er denn dann?«

»Das kann ich dir leider auch nicht sagen«, erklärte er. »Mir gefällt sein Lebenswandel nicht. Ich sehe schon eine Weile, dass du leidest. Aber das ist eure Privatsache, da mische ich mich nicht ein. Doch inzwischen leiden wir alle unter ihm. Das geht so nicht weiter, Luise.«

Ich schluckte und nickte. »Dann packe ich mal unsere Sachen«, stotterte ich.

»Und ich bitte den Hoteldiener, mir beim Beladen des Busses zu helfen. Ich werde meinen Wagen hier stehen lassen und den Bus selbst fahren.«

»Wir warten nicht auf ihn?«, fragte ich.

»Wir können nicht auf ihn warten«, sagte er. »Und das weißt du. Wir müssen heute Abend in Aalen sein.«

»Ja.«

Während ich packte, rannen mir die Tränen über die Wangen. Ich presste seine Kleider an meine Nase, die so herrlich nach ihm dufteten, und vor meinem inneren Auge zogen all die schönen Dinge vorbei, die uns verbanden.

Die Fahrt nach Aalen verlief in bedrücktem Schweigen. Selbst Joe vermochte mich nicht zu trösten. Meine Sorge, dass Hannes etwas geschehen sein könnte, überwogen, aber auch Ackermanns Worte: »Dem ist nichts passiert« und sein mitleidiger Blick gingen mir nach.

Heute kostete es mich noch mehr Kraft, die Modenschau zu laufen, als nach dem Unfall. Ich hatte das Gefühl, gleich zusammenbrechen zu müssen vor Kummer und Angst, doch das gestattete ich mir nicht. Haltung, Luise, sagte ich mir immer wieder. Haltung, Luise. Haltung.

»Hannes ist da«, zischte Marianne, als ich hinter die Bühne kam, und deutete auf zwei Kleiderständer. Dazwischen saß Hannes wie ein Häuflein Elend.

»Er hat gerade von Ackermann ziemlich Schelte bekommen«, flüsterte mir Marianne noch zu, bevor sie nach draußen auf den Laufsteg ging.

»Hannes!« Ich eilte auf ihn zu. Er lebte! Das war erst mal das Wichtigste! »Was …«

»Dazu ist jetzt keine Zeit, Luise«, hörte ich Ackermanns scharfe Stimme hinter mir.

»Zieh dich um. Du musst gleich wieder raus.« In fliegender Hast wechselte ich das Kleid und lief gleich darauf wieder los. Dreimal noch, dann würde ich endlich mit ihm reden können!

Scheinbar endlos zog sich die Schau hin, und als ich dann endlich fertig war, war Hannes verschwunden.

»Wo ist er?«, keuchte ich und blickte in die betretenen Gesichter, die mich umgaben.

»Luise.« Joe nahm mich beim Arm.

In Panik sah ich ihn an. »Was? Was denn?«

»Komm.« Unter den mitleidigen Blicken der anderen zog er mich nach draußen. »Er war auf dem *Cannstatter Wasen*«, erklärte er mir dort.

Ich atmete scharf aus. Nach dem, wie die anderen mich behandelt hatten, hatte ich mit weitaus Schlimmerem gerechnet.

»Und als du draußen warst, hat er sich vor den anderen damit gebrüstet, dass er die Nacht … nun ja …«

Mein treuer Freund konnte keine Worte finden für das, was Hannes mir angetan hatte.

Meine Beine gaben nach. Ich wäre einfach mitten auf den kalten Aalener Winterboden gesunken, wenn nicht Joe blitzschnell reagiert und mich aufgefangen hätte.

44. Kapitel

In der Fremde hatte ich gelernt, was Heimat ist. Wie schon so oft, wenn ich von einer Reise zurückkam, hatte ich das Gefühl, dass meine Stadt mir zurief: »Da bist du ja«, und mich in ihre innige, tröstende Umarmung zog. Und Trost brauchte ich dringend. Nach Joes Bericht hatte ich den noch sehr betrunkenen Hannes in unserem gemeinsamen Hotelzimmer gefunden. Wie schon bei seinem ersten Betrug hatte er sofort alles zugegeben und mich unter Tränen, gar auf Knien, angefleht, ihm zu verzeihen. Er liebe nur mich und wolle mich nie mehr enttäuschen oder verletzen. Doch ich ging nicht darauf ein. Konnte nicht darauf eingehen. Ich war innerlich wie tot, mein ganzer Körper schmerzte, und eine bleierne Müdigkeit hatte mich erfüllt. Gleichzeitig spürte ich aber auch eine riesige innere Distanz zu diesem Mann, der nun, da er mich gar zu oft gekränkt und verletzt hatte, um meine Gunst flehte. Ich empfand sein Verhalten als entwürdigend. Für mich, aber auch für ihn.

Würzburg gab mir die liebevolle Geborgenheit, die ich mir von Hannes immer gewünscht hatte.

Hier konnte ich sein, wie ich war. Hier war mir alles unendlich vertraut, hier kannte ich jeden Stein. Ich hatte die dunkelste Stunde in und mit dieser Stadt verbracht, ich kannte ihre Wunden, ihre Narben und sie die meinen. Wir waren Freundinnen, Würzburg und ich. Als ich nun also nach dieser erneut so schwierigen und frustrierenden Reise zurückkam, dachte ich darüber nach, dass das mit der Heimat nicht nur für Orte galt, sondern auch für Menschen. Hatte ich in Hannes je eine Heimat gefunden? Oder war es nur die Sehnsucht nach einer Heimat gewesen? Hatte ich Wünsche und Hoffnungen in ihn hineinprojiziert, die er gar nicht zu erfüllen vermochte? Hannes hatte mich nun so lang schon wieder und wieder im Stich gelassen, dass er, das sah ich nun ganz klar, dieses Heimatgefühl in mir eben nicht erzeugte. Denn Heimat, das war nicht nur ein Ort, an dem man so sein durfte, wie man war, Heimat, das war auch etwas, auf das man sich verlassen konnte. Und auf Hannes konnte man sich nicht verlassen.

Liebte ich ihn noch?

Tatsächlich konnte ich es in diesem Moment, da ich den Bahnhofsvorplatz überquerte, gar nicht sagen. Ich wusste nur, dass es mir guttat, ohne ihn zu sein. Dass ich seine Nähe im Moment nicht ertragen konnte. Deswegen hatte ich ihn auch gebeten, nach Ende der Tour seine Eltern zu besuchen und mir etwas Zeit zu geben. Er hatte zugestimmt, wie er jetzt wohl allem, was ich von ihm gefordert hätte, gefolgt wäre. Aber das war schon gar zu oft so gewesen. Ich konnte nicht darauf vertrauen, dass es auch so bleiben und er nicht wieder in sein altes Verhaltensmuster zurückfallen würde, wenn ich mich ihm wieder öffnete. Vor allem aber hatte er durch sein egozentrisches Verhalten und seine Empathielosigkeit meinen Respekt verloren. Sein zweifacher Betrug setzte dem die Krone auf. Es ging mir besser ohne ihn, auch, wenn der Schmerz um das nun wohl gekommene Ende unserer Ehe in mir tobte.

Inzwischen war ich im Kaisergärtchen angekommen, das dem Bahnhof direkt gegenüberlag. Dort stand sie, »meine« Magnolie, und reckte ihre Zweige lichthungrig gen Himmel.

Langsam schritt ich auf diesen wunderbaren Baum zu. Auch er bedeutete für mich Heimat. Ich legte den Kopf in den Nacken und blickte hinauf, wie ich das damals getan hatte, vor fast sieben Jahren. Eine schwere Zeit hatte hinter mir gelegen und dennoch war ich voller Hoffnung gewesen. So ging es mir jetzt wieder, als ich die prallen rosa Knospen entdeckte. Eine schwere Zeit lag hinter mir. Nun galt es loszulassen, um mich, gleich dieser Magnolie, wieder gen Himmel zu recken.

Wie vor fast sieben Jahren machte ich mich auf den Heimweg. Wie vor fast sieben Jahren strahlte die goldene Madonna der Marienkapelle. Und wie vor fast sieben Jahren lenkte ich meine Schritte in Richtung Blasiusgasse. Diesmal allerdings nicht, um die Madonna zu retten, sondern um ihr einen stillen Gruß zuzurufen.

Du hast es auch geschafft, dich aus den Trümmern zu erheben, sagte ich zu ihr.

Dann wird mir das auch gelingen.

Epilog

16. März 1955

Hoch zu Ross ritt Peter van Eyck im Mönchsgewand über den Festungshof. Ein Bild von einem Mann, aristokratische Haltung, markante Züge, sehr männliche Ausstrahlung. Mein Herz raste, als ich ihn so daherreiten sah, aber das ging nicht nur mir so! Peter van Eyck war ein berühmter Hollywood-Star, und ich durfte nun gemeinsam mit ihm in dem Film *Der Cornet. Die Weise von Liebe und Tod* spielen, der nach einer Novelle von Rainer Maria Rilke und unter der Regie von Walter Reisch auf der Festung gedreht wurde. Es war eine Sensation, wenn meine Rolle auch sehr klein war! Die Dreharbeiten auf der Festung liefen auf Hochtouren, heute waren sie allerdings etwas ins Stocken geraten:

Es war ein wolkiger Tag, das Licht war schlecht, und deshalb musste der Dreh unterbrochen werden. Wie so oft hieß es: Warten. Ich nutzte die Gelegenheit, um den Blick über unsere Stadt zu genießen. Vor genau zehn Jahren war sie in Schutt und Asche gelegt worden. Inzwischen war der Wiederaufbau sehr weit fortgeschritten, was waren wir fleißig gewesen in den letzten Jahren! Unsere Stadt hatte sich aus den Trümmern erhoben wie Phönix aus der Asche. Wäre Würzburg eine Pflanze, dachte ich, dann war diese Pflanze zwar zerstört worden, doch umso mehr Kraft hatte sie in ihre Wurzeln gesteckt, um sich kraftvoll von neuem zu erheben.

So war es auch mit meinem Leben. Zwar war ich nach meiner Rückkehr nach Würzburg relativ gefasst gewesen, doch die folgenden Wochen und Monate hatten sich als sehr schwer erwiesen. All meine Träume, meine Hoffnungen von Familie, Zusammenhalt und einem ganzen Leben an der Seite eines einzigen Mannes waren zerschellt, zertrümmert. Manches Mal war ich kurz davor gewesen, Hannes' Flehen zu erhören und zu ihm zurückzukehren. Doch meine innere Stimme und auch mein Stolz hatten mich immer wieder davon abgehalten. Ich war es mir schuldig, meinen eigenen Weg zu gehen und mein Leben nicht mit einem Menschen zu teilen, der mich nicht respektierte, nicht achtete und mich dann auch noch ständig betrog. Und nach und nach merkte ich, wie ich gesundete.

Ich konnte für mich selbst sorgen. Und ich wollte für mein Kind da sein. Weitere Tourneen hatte ich abgelehnt, dafür war ich in und um Würzburg zahlreiche Schauen gelaufen, hatte sogar moderiert, und schließlich war ich zum Film gekommen. Erst waren es kleinere Werbefilme gewesen und nun spielte ich tatsächlich in *Cornet* mit. Zwei Monate sollten die Dreharbeiten mit rund 200 Schauspielern und Statisten dauern. Das tat auch der Festung gut, denn die Produktionsgesellschaft hatte einige zerstörte Räume eigens für die Dreharbeiten restauriert.

Während ich so verträumt über die Stadt blickte, hörte ich plötzlich meinen Namen über die vielgenutzte Sprechanlage: »Frau Luise Beyer, bitte zu Herrn Van Eyck in die Cafeteria!«

Zuerst reagierte ich gar nicht, bis Agatha Faulhaber, die seinerzeit den dritten Platz bei der Wahl zur Miss Würzburg belegt hatte und nun eine der 15 Würzburgerinnen war, die außer mir in dem Film mitspielten, auf mich zueilte.

»He, hast du das nicht gehört? Du sollst zu Herrn van Eyck in die Cafeteria kommen.«

Ich zuckte zusammen. Ich hatte die Durchsage tatsächlich nicht mit mir in Verbindung gebracht. Zum einen, weil ich mich noch nicht an meinen neuen Namen gewöhnt hatte, und zum anderen, weil ich nicht im Traum darauf gekommen wäre, dass Herr van Eyck von meiner Existenz überhaupt wusste, geschweige denn etwas von mir wollen könnte.

»Na los – geh schon, was er wohl von dir will?« Agatha klang ein wenig neidisch.

Das fragte ich mich allerdings auch, und entsprechend weich waren meine Knie, als ich die Cafeteria betrat.

Peter van Eyck stand auf, als ich auf seinen Tisch zusteuerte, begrüßte mich ganz ungezwungen, fast selbstverständlich, und lud mich auf eine Tasse Kaffee und ein Stück Kuchen ein.

Unsicher nahm ich Platz und wich seinem gar zu eindringlichen Blick aus. Dabei wusste ich, dass er mich eigentlich gar nicht besonders neugierig musterte, sondern dass das einfach seine Art zu schauen war, seine Augen waren ungemein ausdrucksvoll, was durch die gewölbte Form seiner Brauen noch betont wurde.

»Ich kenne Würzburg noch aus Vorkriegsjahren«, kam er, nachdem er mir von Amerika und seiner Familie erzählt hatte, zur Sache. »Und ich würde es mir gerne noch einmal ansehen. Ich suche jemanden, der eine tiefe Verbundenheit mit der Stadt hat, und mir wurde gesagt, dass das bei Ihnen der Fall ist. Würden Sie mir Würzburg zeigen, wie es heute ist?«

Ich war für einen Moment sprachlos. Was für eine Ehre! Ich, die kleine Luise aus dem Frauenland, durfte dem Hollywood-Star Peter van Eyck meine Stadt zeigen!

Aber wäre ich dem denn auch wirklich gewachsen? Was Zahlen und Fakten anging, war ich noch nie gut gewesen.

»Von Herzen gern. Wann soll es losgehen?«

»Wie wäre es mit jetzt?«

»Jetzt?«, fragte ich verblüfft. »Aber ich bin gar nicht vorbereitet.«

»Sie müssen sich nicht vorbereiten«, versicherte der Schauspieler. »Die Fakten kann ich in jedem Buch nachlesen. Ich möchte, dass mich jemand mit dem Herzen durch Würzburg führt. Nicht mit dem Kopf. Trauen Sie sich das zu?«

Ich strahlte. »Und ob ich mir das zutraue.«

»Wunderbar«, freute er sich. »Wie es aussieht, drehen wir heute nämlich ohnehin nicht mehr. Es ist zu bewölkt.«

Ich platzte fast vor Stolz, als ich an der Seite Peter van Eycks durch die Stadt ging. Wieder und wieder wurden wir angehalten, die Würzburger erkannten ihn natürlich alle und wollten Autogramme haben, etwas von seinem Glanz färbte auch auf mich ab. Und er wollte auch wirklich »mein« Würzburg sehen. Er wollte an meinen Erinnerungen teilhaben. Als wir die Alte Mainbrücke überquerten, berichtete ich ihm, wie es mir gelungen war, sie nach dem Krieg heimlich zu passieren, und er lachte herzlich, als ich ihm lebhaft schilderte, wie wir mit den amerikanischen Soldaten buchstäblich baden gegangen waren. Ich erzählte ihm, wie mich die hohlen Fenster der Residenz angestarrt hatten, und als wir die goldene Madonna hoch oben auf dem Turm der Marienkapelle erblickten, da berichtete ich ihm auch davon, wie sie den Würzburgern Trost und Hoffnung gegeben hatte, als sie sich vor genau zehn Jahren nach einer schrecklichen Nacht aus den Trümmern erhob. Ich sagte ihm, dass Würzburg die Stadt der 1.000 Madonnen war. Als wir beim Mittagessen im *Hotel Lämmle*, dem ersten Haus am Platz, das schon viele Berühmtheiten wie zum Beispiel Kurt Tucholsky beherbergt hatte, saßen, erzählte ich ihm sogar von meiner ganz persönlichen Geschichte. Und von Albin.

»Was für eine wunderbare Liebesgeschichte«, sagte er, als ich geendet hatte.

»Ja«, ich lächelte glücklich. »Es hat lange gedauert, bis wir zueinandergefunden haben.«

»Die Liebe geht manchmal seltsame Wege«, sagte van Eyck. »Und allzu oft führt sie uns auch auf Irrwege. Manchmal sind die Wege verschlungen, und manchmal muss man Umwege gehen auf der Reise zu sich selbst. Wichtig ist nur, dass einen die Liebe zu einem selbst führt. Manche Lieben führen einen auch weit von dem eigenen Selbst fort. Wenn man das erkennt, sollte man umkehren.«

Ich nickte. Rückblickend hatte ich das Gefühl, dass ich in den Jahren mit Hannes nie ganz bei mir selbst gewesen war. Mit Albin aber war ich bei mir angekommen. Vom ersten Moment an.

Nachdem Wirtin Paula Hochrhein persönlich uns das Mittagessen serviert hatte, aßen wir eine Weile schweigend, dann sah er auf und sah mich an. »Kennen Sie Rumi?«

Ich runzelte die Stirn, grübelte, hoffte, dass ich mich nicht blamieren würde, und sagte dann: »Nein, leider nicht.«

»Rumi war ein persischer Dichter. Er lebte im 13. Jahrhundert und hat Verse geschrieben, die mitten ins Herz gehen. Seine Philosophie ist, dass die Liebe die Hauptkraft des Universums sei.«

»Das ist ein schöner Gedanke«, sagte ich. »Und ich glaube, dass er damit recht hat.«

»Rumis Worte haben mir schon oft in meinem Leben geholfen, wenn ich glaubte, mich verirrt zu haben. Er sagte einmal: ›Da gibt es eine Stimme, die keine Worte benutzt – höre ihr zu.‹«

Ich war fasziniert.

»Es geht immer ums Zuhören und ums Wahrnehmen«, fuhr er leise fort. »Den anderen wahrzunehmen, ihn zu erspüren, ihn zu erlernen. Aber das gilt auch für einen selbst. Rumi sagt: Die Inspiration, die du suchst, ist bereits in dir. Werde still und höre zu.«

»Ich glaube, darum geht es vielleicht wirklich im Leben«, murmelte ich. »Still werden. Sich selbst zuhören. In sich hineinhören.«

Der Nachtisch wurde serviert und riss uns aus unseren so tiefgehenden Gesprächen.

Während ich aß, musterte ich Peter van Eyck unter gesenkten Liedern. Für einen Moment hatte ich vergessen, wer er war. Und eigentlich war es ja auch gar nicht wichtig. Mir fiel ein Gedicht ein, das mir eine Schulfreundin einmal in mein Poesiealbum geschrieben hatte. »Nicht was du bist, ist, was dich ehrt. Wie du bist, bestimmt deinen Wert.«

So einfache Worte. Und so wahr.

Tagtäglich begegneten wir so vielen Menschen. Und jeder Mensch brachte seine eigene Geschichte, seine eigenen Gedanken und Prägungen, seine eigene Welt mit. Diese Welten kennenzulernen und zu erforschen, war ungemein spannend und bereichernd.

Als hätte er meine Gedanken gelesen, blickte Peter van Eyck auf und sagte lächelnd: »Ich würde Ihnen gerne noch ein Zitat von Rumi mit auf den Weg geben: ›Du bist kein Tropfen im Ozean, du bist ein gesamter Ozean in einem Tropfen.‹«

Ja, dachte ich. Ein Ozean in einem Tropfen. Jeder Mensch für sich. Was für ein wunderbarer Gedanke.

Nachwort

Dieses Buch beruht in großen Teilen auf den Tagebüchern der Ilse Schiborr. Vieles ist aber auch erfunden. Ilse Schiborrs erste Liebe hieß tatsächlich Albin, die beiden trennten sich aber wieder und wurden Freunde. Der Mann, der die Madonna ausgrub, war allerdings nicht Ilses späterer Mann, sondern Rudolf Kuhn. Ilse Schiborr und Rudolf Kuhn kannten sich nicht. Ilse Schiborr heiratete in zweiter Ehe Werner Schiborr und war mit ihm viele Jahrzehnte glücklich.

Die Geschichte der Susanne Erichsen hat sich tatsächlich so zugetragen, im Text finden sich auch mehrere Originalzitate. Sie ist Ilse Schiborr aber nie begegnet. Die Gespräche zwischen den beiden sind erfunden und von Susanne Erichsens Autobiografie inspiriert.

Viele Würzburger, die im Buch vorkommen, gab es wirklich. Manchmal habe ich die Namen verändert, häufig habe ich die Namen aber so gelassen. Das gilt auch für die Handlung: Vieles hat sich genauso zugetragen, manchmal habe ich aber auch die Fantasie spielen lassen.

Das kleine Mädchen in dem weißen Kleid gab es wirklich. Es starb aber nicht beim Bombenangriff auf Würzburg, sondern 2002 später beim Flugzeugabsturz über Überlingen. Es schwebte wie eine Feder vom Himmel. Es trug ein weißes Kleid. Es hatte schwarze Haare. Es war unverletzt. Nur ein kleines, dünnes Rinnsal lief aus seiner Nase.

Auszug aus: Würzburger Geheimnisse, Band 1 und Band 2

In diesem Buch sind vier Geschichten aus den beiden Büchern *Würzburger Geheimnisse* verwoben, die hier mit abgedruckt werden sollen.

Goldene Madonna

Ein Stück Frieden über dem Trümmerfeld

Es waren nur 17 Minuten. Aber als sie vorbei waren, hatte sich alles verändert. Eine – trotz des Zweiten Weltkrieges (1939 – 1945) – noch mehr oder weniger intakte Welt war plötzlich ein Trümmerfeld, wie man es sich schlimmer nicht vorstellen kann. Aus Hausbesitzern waren Obdachlose geworden, aus Kindern Waisen, aus Eltern Männer und Frauen, die am Rande des Wahnsinns standen, weil sie das Wertvollste verloren hatten: ihre Kinder. Den 16. März 1945 wird wohl niemand in Würzburg je vergessen. Weder die, die ihn erlebt haben, noch ihre Nachfahren. Was an jenem Tag geschah, hat sich ins Gedächtnis der Stadt geschrieben, teilt ihre Geschichte, wie Rolf-Ulrich Kunze in seinem Aufsatz *Würzburg 1945 – 2004* schreibt, in ein Vorher und ein Nachher. Was an jenem 16. März geschah, das ist etwas, was viele Würzburger dem geschichtsinteressierten Fremden als Erstes erzählen. Aber wovon kaum noch jemand spricht – und was Stadtführer Horst Tony Walter sehr berührt –, ist, dass der Turm der Marienkapelle den schweren Luftangriff überstanden hat. Und dass sich die goldene, von Jakob van der Auwera geschaffene Maria Immaculata auf der Spitze des Turms strahlend über dem zerstörten Würzburg erhob. »Ich habe das natürlich nicht selbst gesehen«, sagt Walter, der erst lange nach dem Krieg geboren ist. »Aber einige Zeitzeugen haben mir davon erzählt.« Es müsse, sagt der Stadtführer sichtlich ergriffen, ein skurriles Bild gewesen sein. »Über dem Trümmerfeld war alles voller Rauch.« Rauch und Klagen. Das Leid der Stadt schlug über ihr zusammen. Und dann die Madonna. Die goldene Madonna. Frieden kündend. Mut spendend.

Vielleicht wirft manch ein Würzburger an diesem Abend des 16. März 1945, der »frühlingshaft mild« ist, wie Werner Dettelbacher schreibt, noch um 19 Uhr einen Blick hinauf, als der Kleinalarm kommt. Da sind Hunderte Bomber, die zu einem gemeinsamen Flug von London aus starteten, schon unterwegs, um Nürnberg und Würzburg anzugreifen. Die vielen Fachwerkbauten in Würzburg versprechen einen Feuersturm. Die Witterung ist günstig, die No. 5 Bomber Group hat schon Erfahrung, war sie doch auch am schweren Angriff auf Dresden am 13. und 14. Februar 1945 beteiligt. Dass ihre Stadt in jener Nacht fast vollständig zerstört werden wird, ahnen die Menschen freilich noch nicht, während sie ihre Abendspaziergänge machen oder in den Kinos *Musik in Salzburg* oder *Eine Nacht in Venedig* anschauen. Um 20 Uhr dann der Großalarm, um 21.25 Uhr beginnt die 17-minütige Zerstörung. Der Feind steckt das Zielgebiet mit Leuchtbomben an Fallschirmen, sogenannten »Christbäumen«, ab. Erst sind es vereinzelte Brände, die durch den Bombenhagel entstehen, dann geht der Plan der Angreifer auf: Das Feuer breitet sich aus, ein Flammensturm weht über die Stadt. Würzburg brennt lichterloh. »Manche hätten sich retten können, fürchteten aber, dass weitere Sprengbomben geworfen würden. Wer die Keller der engen Innenstadt nicht sofort verließ, das hinderliche Notgepäck wegwarf und zum rettenden Mainufer oder ins Glacis lief, verbrannte, erstickte an den Brandgasen, wurde vom herabstürzenden Gebälk, von der einbrechenden Kellerdecke erschlagen«, schreibt Dettelbacher. »89 Prozent der Innenstadt werden zerstört, gerade mal sechs Häuser an der Juliuspromenade und eines in der Büttnergasse bleiben stehen. In den Randbezirken werden 68 Prozent vernichtet. Heidingsfeld trifft es mit 85 Prozent. Durchschnittlich spricht man von einer Zerstörung von 82 Prozent der gesamten Stadt«, sagt Horst Tony Walter. »Knapp 22.000 Wohnungen und 35 Kirchen sind zerstört. Und mehr als 4.000 Menschen sind tot. Und denen, die überlebten«, schreibt Dettelbacher, »nahm das 60 Kilometer weit sichtbare Flammenmeer ihre Erinnerungen und ihre Habe, ihre Geschenke und ihre Kunstwerke, ihre Bibliotheken und ihre kleinen aufgesparten Vorräte.« Einzelgräber gibt es nicht für die, die im Bombenhagel sterben. Im Dom lagert man die Toten, bis sie in ein gemeinsames Grab gebracht werden. Der Würzburger Domkaplan Fritz Bauer schreibt: »Unter den Toten ist jedes Alter und Geschlecht vertreten, vom Säugling bis zum Greis. Es gibt Unversehrte, Blutige, Zerquetschte, Staubige, Schwarze und Verbrannte. Auch Teile von Leibern sind dabei.«

Vielleicht hat das Bild der goldenen Madonna, die über allem strahlte, manch einen ermutigt, als das begann, was Rolf- Ulrich Kunze als eine der »erstaunlichsten Wiederaufbaugeschichten Westdeutschlands« bezeichnet. Die schwer getroffenen Menschen stehen aus den Trümmerhaufen auf und beginnen damit, ihre Stadt wieder zu errichten. »Die Geschichte der unmittelbaren Nachkriegszeit in Würzburg ist zu einem großen Teil Frauengeschichte«, schreibt Kunze. Bei der Räumung von zwei Komma 25 Millionen Kubikmetern Schutt hätten sie Schwerstarbeit geleistet. Und Dettelbacher vermerkt: »Hoch über dem ›Grab am Main‹, wie die ausländische Presse Würzburg nannte, hocken diese Frauen auf einem Betondachboden und ›putzen Steine‹ in der Sommerglut. Nur wenn genügend Backsteine aus den Trümmern geborgen werden, können einige Räume im Parterre ausgebaut werden.« Doktor Otto Schönberger war ab 1946 Student in Würzburg. Er beschreibt, was man sich heute nicht mehr vorstellen kann: »Vorerst aber sah man fast nur Ruinen, und erst allmählich wuchsen ein paar Wohnungen oder gar kleine Geschäfte zwischen den Mauern auf. Zettel oder Kreideinschriften verwiesen auf höhlenartige Behausungen in Hinterhöfen und abgedeckte Parterrewohnungen (...) Morgens und abends flimmerten kleine Lichter zwischen Bretterfugen, Ofenrohre, durch Wellblechdächer geführt, stießen Rauch aus, der träge zwischen Ruinenmauern zog, und in zehn Metern Höhe hing ein verrosteter Wasserboiler an verbogenen Rohren im Leeren, und ebenso ins Leere führten stehengebliebene Treppenhäuser.« Trotz allem sei das Gesicht der Stadt erhalten geblieben, »und wer morgens vom Bahnhof durch die Kaiserstraße ging, sah die Festung tröstlich im Frühlicht.« Und vielleicht auch die goldene Madonna auf der Marienkapelle.

Madonna mit der Lampe

Mit der Kinderschaufel ausgegraben

Es ist eine durch und durch anrührende Geschichte, und sie ereignete sich im Zweiten Weltkrieg. Wie die meisten Männer, musste auch der Würzburger Rudolf Edwin Kuhn an die Front und erlebte daher den schweren Luftangriff auf Würzburg vom 16. März 1945 (siehe Geheimnis 4) nicht mit. Als er davon erfuhr, war er außer sich vor Sorge um seine Eltern, schließlich war beinahe die ganze Stadt zerstört worden. »Er schwor sich, eine Madonnenstatue zu restaurieren, wenn seine Eltern noch leben«, erzählt Madonnen-Kennerin Christine Hofstetter. Der Soldat bekam aufgrund der Ereignisse in seiner Heimatstadt Sonderurlaub – und tatsächlich traf Rudolf Edwin Kuhn seine Eltern lebend an. Er hielt Wort, und sogar noch mehr als das: »Rudolf Edwin Kuhn grub in den ersten vier Jahren nach dem Angriff in harter Arbeit 32 Madonnenplastiken aus dem Schutt und setzte sie gemeinsam mit dem Bildhauermeister Georg Schneider wieder zusammen«, sagt die Stadtführerin bewundernd. Schon vor Ausbruch des Zweiten Weltkrieges hatte Kuhn sich ausführlich mit Würzburgs Madonnen befasst und eine Karte mit ihren Standorten erstellt, was später bei der Bergung der Heiligenfiguren in der verschütteten Stadt sehr hilfreich war. Auch die Madonna, die in der Blasiusgasse 9 steht, wurde von Kuhn gerettet.

»Mangels besserem Werkzeug grub er sie mit der Kinderschaufel aus und stieß zuerst auf ihren abgetrennten Kopf«, beschreibt Hofstetter. Ebenfalls in den Trümmern gefunden wurde die Laterne, die restauriert und der Madonnenfigur beigegeben wurde. »Fast alle Madonnen hatten damals einen Leuchter, den Vorläufer der elektrischen Straßenlaterne, bei sich.«

Die Geschichte ist anrührend und steht in historischem Kontext, was Kuhn als großer Madonnenkenner – 1949 promovierte er mit *Die Würzburger Madonnenplastik in der II. Hälfte des 17. und im 18. Jahrhundert* – vermutlich gewusst hat. »Die eigentliche Blüte der Madonnenplastik fällt in die Zeit nach dem 30-jährigen Krieg, etwa in das Jahrhundert von 1670 – 1770«, blickt Christine Hofstetter in die Geschichte zurück. »Die Hilferufe, die während der Schrecken und Leiden des 30-jährigen Krieges an Maria gerichtet worden waren, schlugen sich nach dem Krieg in der Stiftung zahlreicher Madonnen nieder.« (siehe Geheimnis 11) Man habe die Madonnen aus Dankbarkeit, zur Gelübde-Erfüllung oder aus neu erwachter Lebensfreude gestiftet. Mehr als 300 Jahre später kniete der Soldat Kuhn nach einem furchtbaren Krieg auf seinem Heimatboden nieder, um sein Gelübde zu erfüllen, weil seine Eltern den Bombenhagel tatsächlich überlebt hatten. Und es kann als Sinnbild für das Ausmaß der Zerstörung – und natürlich auch für das Ausmaß seiner

Dankbarkeit – angesehen werden, dass es nicht nur, wie er sich vorgenommen hatte, eine Madonna war, die er ausgrub und restaurierte, sondern 32.

Patrona Franconiae

Gar nicht mehr kopflos

Diese Patrona Franconiae ist gar nicht die Patrona Franconiae. Genauer gesagt: Sie hat nicht ihr Gesicht. Ihr Kopf ist mehr als 200 Jahre jünger als ihr 1725 aufgestellter Körper – und ein Stein gewordenes Abbild der Frau, die nach dem Zweiten Weltkrieg im Mainfränkischen Museum das Sekretariat schmiss. Wie es dazu kam, kann Dirk Eujen, profunder Würzburgkenner, erzählen: »In den Kriegswirren, vielleicht aber auch am Ende des Kriegs mit dem Einmarsch der Amerikaner, kam der Figur der Kopf abhanden, vermutlich durch Beschuss. Er fiel in den Main und tauchte trotz intensiver Suche nicht wieder auf.«

Das war 1947 sogar dem Nachrichtenmagazin *Spiegel* einen Bericht wert: »Die steinerne Frau [...] verlor in den Kriegswirren ihren Kopf, und die Flussgötter des Mains gaben ihn nicht wieder her. Nun hat Georg Schneider der Frankonia den Kopf wieder zurechtgemeißelt und zurechtgesetzt.« Jener Georg Schneider (1882 – 1965) war, wie der *Spiegel* schreibt, »ein graugelockter alter Herr von jugendlicher Rüstigkeit«. Dem Bildhauer oblag die Aufgabe, die vielen »steinernen Flüchtlinge«, also die Madonnenfiguren, die den Krieg nur beschädigt überstanden hatten, zu restaurieren, bevor man sie »zurückführen kann in die laute Welt«. Und deshalb war er, so der Autor, »stets von außerordentlich schönen, aber keineswegs leichten Frauen umgeben«. Eine dieser Damen war allerdings keine Madonna, sondern die kopflos gewordene weltliche Patronin Frankens.

»Eigentlich sollte er ihr Gesicht anhand einer Fotografie rekapitulieren, aber er hatte Schwierigkeiten, die Zweidimensionalität in die Dreidimensionalität zu übertragen«, sagt Eujen. »Also musste ein anderes Modell her. Wie mir berichtet wurde, klagte er sein Leid dem ersten Nachkriegsdirektor des Mainfränkischen Museums, Max Hermann von Freeden. Und der sagte: ›Dann nehmen Sie doch meine Sekretärin.‹« Laut *Spiegel* kam der Bildhauer selbst auf die Idee: Schneider, verzweifelt auf der Suche nach einem passenden Gesicht, sei sich eines Tages »erfreut durch das graue Gelock« gefahren und habe »dem Fräulein, dem er Tag für Tag seine Korrespondenz diktiert«, ins Gesicht gestarrt. Dieses Fräulein hieß Annemarie Probst. Vermutlich hatte er ihr seine Briefe diktiert, weil man den Madonnen »in der Marienfeste jenseits des Mains eine vorläufige Unterkunft zugewiesen« hatte, also dort, wo auch das Museum seinen Sitz hat. Der Journalist beschreibt anschaulich, was dann weiter geschah: »Der alte Herr bog dem an der Schreibmaschine sitzenden Fräulein den Kopf in den Nacken und rief: ›Sehn S', Sie ham ja des Köpfl'. So hat er also das Würzburger ›Mädle‹ für die Frankonia konterfeit.«

Und dieses »Mädle« schaut nun Tag für Tag von der Alten Mainbrücke aus in den Würzburger Himmel – derweil sich um ihren mehr als 200 Jahre älteren Körper die Brückenschoppentrinker scharen und sich in die barocken Falten ihres Gewandes schmiegen.

Gasthaus Lämmle

Viel Prominenz im ersten Haus am Platz

Eine Eins, eine halbe Acht, eine Acht und eine nach oben zeigende Zacke – das ergibt in der europäischen Schreibweise des Mittelalters die Jahreszahl 1487. Zu entziffern ist sie am Gebäudekomplex des *Wirtshaus zum Lämmle*. Man läuft geradewegs darauf zu, wenn man von der Marienkapelle aus die Häfnergasse entlanggeht. Mit einiger Mühe lässt sich auch entziffern, was sonst noch auf der an der Hauswand angebrachten Tafel geschrieben steht: »hat Jost Kolb dißen baw lassen mache«. Jost Kolb hat also 1487 das Haus erbauen lassen. Die Suche nach diesem Jost Kolb führt ins Stadtarchiv, das mitteilt, ein Jobst Kolb lasse sich im Jahr

1485 als Würzburger Ratsherr nachweisen; 1481 war er Bürgermeister der Stadt. Naheliegend, dass es sich um den gleichen Jost oder Jobst Kolb handelt, der auch das Haus erbauen ließ. Es gehörte ursprünglich zum Domkapitelischen Präsenzhof *Zum Elsengarten*. »Merkwürdig, obwohl das Haus so lange im Besitz meiner Familie war, habe ich die Tafel mit der Inschrift nie bemerkt«, sagt Axel Hochrein nachdenklich. Denn auch wenn der Flügel, an dem die Hausinschrift hängt, heute nicht mehr direkt zum *Gasthaus Lämmle* gehört, war das zu Zeiten, als seine Vorfahren in dem Gebäudekomplex über viele Generationen das Wirtshaus und Hotel führten, noch anders. Gut 100 Jahre, nachdem Jost oder Jobst Kolb das Haus erbaut hatte, 1594, wurde bereits ein *Gasthaus zum Weißen Lamm* in Würzburg erwähnt, wie Axel Hochrein recherchiert hat. »Urkundlich wird ein *Gasthof zum Weißen Lamm* erstmals 1656 genannt.« Die Familiengeschichte der Hochreins in selbigem beginnt mit Eusebius Philipp Hochrein (1861 – 1932). Der war zuerst im *Greifensteiner Hof* als Hausdiener tätig, ehe er Anna Mark heiratete, die Tochter des damaligen Eigentümers vom *Weißen Lamm*. »Der Gasthof war eine beliebte Einstellwirtschaft, in der Pferde und Fuhrwerke untergestellt werden konnten. Schon kurz nach 4 Uhr morgens kamen die ersten Gäste und stärkten sich mit Kaffee und Frühstück, nachdem sie als Einkäufer bei den Marktbauern ihre Bestellung aufgegeben hatten. Später fuhr dann ein Lohndiener die Ware in die Hotels oder Kaufläden«, erzählt Axel Hochrein. 1925 erfolgte die Umbenennung in *Lämmle*, um von der Gaststätte *Weißes Lamm* in der Gerberstraße unterschieden werden zu können. Der Aufschwung von der Einstellwirtschaft zum viel besuchten Weinlokal sei unter Eusebius' Sohn Oskar, Axel Hochreins Großvater, passiert, der eine Paula Schmitz geehelicht hatte. Und Paula brachte Erfahrung mit, hatten ihre Eltern doch im Breisgau das Hotel *Römischer Kaiser* betrieben. »Paula war die Seele des Geschäfts und kümmerte sich um jeden Gast, obwohl sie zwei Söhne, Adolf und Hans, zu erziehen hatte«, erzählt Hochrein. Besonders berühmt seien die Kommunionsfeiern gewesen, die »Frau Paula« mit viel Mühe ausrichtete: »Vom Tischschmuck bis zum Dankgebet war alles bedacht und wurde Jahr für Jahr variiert. Noch feierlicher ging es bei Hochzeiten zu. War die Trauung in der nahen Marienkapelle, so lag ein 30 Meter langer roter Läufer vom Nordportal bis zum Hauseingang aus, damit die Hochzeitsgesellschaft an die gedeckte Tafel kam, ohne einen Fuß aufs Pflaster setzen zu müssen«, schildert Axel Hochrein die Mühen seiner Großmutter. Auch Burschenschaften hätten im Hinterzimmer gern ihre Versammlungen abgehalten. Der Zweite Weltkrieg brachte viel Leid: Sohn Adolf kehrte nicht von der Front heim, der Bombenangriff vom 16. März 1945 zerstörte das Anwesen stark – die Familie überlebte im Weinkeller. »Oskar Hochrein erlitt als Brandschutzwart allerdings eine Rauchvergiftung und starb genau ein halbes Jahr später, am 16. September 1945«, berichtet Axel Hochrein über das Schicksal seines Großvaters. Seine Witwe Paula baute zusammen mit ihrem Sohn Hans – Axel Hochreins Vater – das Haus wieder auf und verhalf ihm zu neuer Blüte: »In den 1950er-Jahren war es das erste Haus am Platz in Würzburg, wer Rang und Namen hatte, stieg hier ab«, sagt Axel Hochrein, der noch immer das Gästebuch hat, in dem sich auf jeder Seite Prominenz aus Film, Wirtschaft und Politik drängt. Kurt Tucholsky war da, Kronprinz Ruprecht kam am 22. Mai 1947 und aß »Königinsuppe, Goldbarschfilet in Weisweinsoße, Salzkartoffel und Rumpsteak mit Bratkartoffel, Stangenspargel und Kopfsalat und eine Käseplatte«, wie der noch erhaltenen Speisekarte zu entnehmen ist. Magda Schneider, die Mutter von Romy

Schneider, stieg hier ab und auch der Bayerische Ministerpräsident Hans Ehard. Winifred Wagner war am 14. und 15. September 1951 zu Gast, Otto von Österreich-Ungarn und seine Frau weilten hier, ihr Kind wurde in Würzburg geboren und im Neumünster getauft. »Das *Lämmle* hat den Sekt zum Empfang spendiert«, sagt Axel Hochrein. Franz Josef Strauß verewigte sich am 16. Juli 1963 ebenfalls im Gästebuch und ließ unter seiner Widmung noch Platz, den der folgende Gast, Komödiant Karl Lorenz, zu nutzen wusste. Er schrieb darunter – in dem Wissen, dass Strauß' Vater Metzger war: »Wenn sein Vater Ochsen, Kälber, Schweine mit geübten Armen die Axt vors Stirnbein schlug, / ging Franz Josef in sein Zimmer, um zu weinen, da sein Zartgefühl den Anblick nicht ertrug. / Erst am Mittag, wenn das Resultat der Schlachtung lieblich in der Pfanne briet, / zeigt er dem Handwerk wieder Achtung, denn gesegnet war Franz Josefs Appetit.« Übrigens hat Strauß sich im Hochrein'schen Haus den Arm gebrochen: »Er ist in der Badewanne ausgerutscht«, sagt Axel Hochrein. »Das hatte zur Folge, dass die Uniklinik, in der er versorgt wurde, eine neue Ausstattung bekam.« 1973 verkaufte die Familie das Haus, es folgten mehrere Besitzerwechsel. »Im März 2007 begann eine neue Ära«, sagt Axel Hochrein. Gemütlich einen Schoppen trinken kann man hier nach wie vor. Tut man das draußen, kann man dabei auch noch die Tafel begutachten, die der stolze Erbauer des Hauses vor vielen Jahrhunderten anbringen ließ. Prost, Jost oder Jobst Kolb!

Danksagung

Mein allererster Dank geht, wie immer, an meine treuen Leserinnen und Leser! Es ist nicht selbstverständlich, von der Schriftstellerei leben zu können. Dass mir das so gut gelingt, ist Ihnen und Ihrem großen Interesse zu verdanken.

Das ist aber auch mit viel Arbeit verbunden, und die könnte ich nicht erledigen, wenn es sowohl in meinem privaten als auch in meinem persönlichen Umfeld nicht die vielen guten Geister gäbe, die mir immer und immer wieder treu zur Seite stehen. Vor allem ist das natürlich meine großartige Familie. Christian Schuchardt hat mir in unendlicher Geduld die vielen kleinen Fragen zu Würzburg beantwortet, die sich beim Verfassen eines solchen Buches stellen, und es obendrein auch Korrektur gelesen. Es sind bei diesem Roman aber auch vier Frauen, die in besonderem Maße dazu beigetragen haben, dass ich dieses Buch schreiben konnte: Allen voran natürlich Ilse Schiborr. Ich lernte die einstige Miss Würzburg 2019 kennen, und wir hatten sofort einen »Draht« zueinander. Sie überließ mir ihre Tagebücher und war begeistert von der Idee, einen Roman daraus zu machen. Wobei es ausdrücklich ein Roman ist und kein Tatsachenbericht, und ich mir auch die eine oder andere künstlerische Freiheit erlaubt habe. Ein großer Dank geht wie immer auch an meine Kollegin und treue Freundin Melanie Kunze, die all meine Roman liest und mir mit Rat und Tat zur Seite steht. Eine tiefe und langjährige Freundschaft verbindet mich auch mit meiner Lektorin Claudia Senghaas. Ich erinnere mich noch gut daran, wie ich ihr vor zehn Jahren meinen ersten Roman auf den Tisch legte – ausgedruckt und mit Gummiband drum – und sie sofort begeistert war. Und dann ist da noch meine liebe Agentin Anna Mechler, die immer an meiner Seite ist und es schafft, für all meine Ideen den passenden Verlag zu finden. Was für ein Glücksfall, dass ich dich kennenlernen durfte.

Und schließlich und endlich geht ein ganz großer Dank an den von mir so bewunderten Würzburger Historiker Roland Flade. Seine Bücher sind mir ein unerschöpflicher Quell der Inspiration, für diesen Roman gilt das vor allem für: *Hoffnung, die aus Trümmern wuchs* und *Zukunft, die aus Trümmern wuchs*.

In akribischer Arbeit hat er Stimmen von Würzburgerinnen und Würzburgern aus jenen schweren Tagen nach dem Krieg zusammengetragen und veröffentlicht. Ihm ist es übrigens auch zu verdanken, dass ich Ilse Schiborr kennenlernen durfte.

Bleibt mir nur noch zu hoffen, dass Sie vergnügliche Lesestunden hatten!

Herzlichst

Ihre Eva-Maria Bast

Literatur und Quellen

Chronik 1947

Chronik 1948, Dortmund 1989

Chronik 1949, Dortmund 1988

Chronik 1950, Dortmund 1989

Chronik 1951, Dortmund 1988

Chronik 1952, Dortmund 1989

Chronik 1953, Dortmund 1988

Chronik 1954, Dortmund 1988

Chronik 1955, Dortmund 1989

Erichsen, Susanne: Ein Nerz und eine Krone. München 2003.

Flade, Roland: Hoffnung, die aus Trümmern wuchs. Würzburg 2008.

Flade, Roldand: Zukunft, die aus Trümmern wuchs. Würzburg 2009.

Flade, Roland: »Über Nacht füllten sich alle Schaufenster.« In: Main-Post vom 13.6.2008. URL: https://www.mainpost.

de/regional/magazin/ueber-nacht-fuellten-sich-alle-schaufenster-art-4543493

Lanfranconi, Claudia; Meiners, Antonia: Kluge Geschäftsfrauen: Aenne Burda, München 2010 S. 108 ff.

Würzburg Wiki: Charlott-Terrassen. URL: https://wuerzburgwiki.de/wiki/Charlott-Terrassen. Abgerufen am 2.4.2021

Würzburg Wiki: Kiliani. URL: https://wuerzburgwiki.de/wiki/Kiliani. Abgerufen am 2.4. 2021

Weitere Titel finden Sie auf den folgenden Seiten und im Internet:

WWW.GMEINER-VERLAG.DE

Alle Bücher von Eva-Maria Bast:

Die Jahrhundert-Saga:
Mondjahre
ISBN 978-3-8392-1545-6

Kornblumenjahre
ISBN 978-3-8392-1694-1

Dornenjahre
ISBN 978-3-8392-1976-8

Wolkenjahre
ISBN 978-3-8392-2277-5

Margeritenjahre
ISBN 978-3-8392-2735-0

Ole Strobehn und Alexandra Tuleit:
Vergissmichnicht
ISBN 978-3-8392-1338-4

Tulpentanz
ISBN 978-3-8392-1413-8

weitere:
Miss Würzburg
ISBN 978-3-8392-0173-2